순진한 목사가 말하는
너무나 솔직한 종교 이야기

모든 종교는 구라다

모든 종교는 구라다

초판 1쇄 발행일 2009년 6월 30일
초판 4쇄 발행일 2015년 8월 31일

지은이 송상호
펴낸곳 도서출판 유심
펴낸이 구정남 · 이헌건
마케팅 최진태
표지일러스트 김수정

주소   서울특별시 구로구 공원로 41, 805(구로동, 현대파크빌)
전화   02.832.9395
팩스   02.6007.1725
URL   www.bookusim.co.kr
등록   제2014-000098호(2014.7.8)

ISBN   979-11-953260-7-5 03810
값   12,000원

순진한 목사가 말하는
너무나 솔직한 종교 이야기

모든 종교는 구라다

송상호 지음

도서출판 USim

길 잃은 현대 종교인들을 위하여

어느 날, 이름도 얼굴도 모르는 목사님께서 당신이 쓰신 책에 추천의 글을 부탁하기 위해 찾아온다는 연락이 왔다. 매정하게 거절할 수 없어서, 시간이 허락하시면 지리산 바람도 쐴 겸 오셔서 차나 한잔하시죠 하고 말씀드렸다.

연락 받고 며칠 지나지 않아서 목사님이 찾아오셨다. 목사님은 생각했던 것보다 훨씬 젊어 보였다. 당신이 살아온 우여곡절과 책을 쓰고 추천의 글을 부탁하기 위해 찾아오게 된 이야기들을 펼쳐 놓으며 갖고 오신 원고를 건네주었다. 나는 원고를 받고 솔직히 말씀드렸다.

"요즈음 제 상황이 글을 쓸 형편이 못 됩니다. 마음도 썩 내키지 않고요. 하지만 주신 원고를 잘 읽어 보겠습니다. 누가 압니까. 혹 원고를 읽다 보면 불현듯 글을 쓸 마음이 생길지 말입니다."

그리고 며칠 뒤 목사님이 주고 간 원고가 생각이 나서 읽기 시작했다. 내용이 좋고 재미있었다. 평소 종교에 대한 나의 문제의식이나 고민과 놀라울 정도로 일치하는 내용들이었다.

말이 씨가 되었던 것일까. 무작정 글을 써야 되겠다는 마음이 생겼다. 하지만 내 이야기를 더 보태는 것은 군더더기에 지나지 않는다는 생각이 들었다. 사실 더 보탤 이야기도 없다. 나로 하여금 글 쓰게 만든 내용만으로도 충분하다. 그럼에도 불구하고 부득불 본래부터 종교는 우주적 종교였음을 이해하는 데 도움이 되도록 하기 위해 몇 가지 이야기를 덧붙이려고 한다.

"천지가 나로 더불어 한 뿌리요, 만물이 나로 더불어 한 몸이다." 존재의 실상에 대한 동양 철학의 눈이다. "하나 안에 일체가 있고, 일체 안에 하나가 있네. 하나가 그대로 일체요, 일체가 그대로 하나이네." 존재의 실상에 대한 화엄의 눈이다. "사람이 곧 하늘이다. 사람 섬기기를 하늘 섬기듯이 하라." 존재의 실상에 대한 동학의 눈이다. "천지 만물은 하나님이 창조했다. 그러므로 존재 하나하나가 모두 형제요, 자매이다." 존재의 실상에 대한 기독교의 눈이다. "하늘에 별이 빛나지 않으면 지상에 꽃 한 송이 피어날 수 없다." 존재의 실상에 대한 현대 물리학의 눈이다. "한 송이 국화꽃을 피우기 위해 봄부터 소쩍새는 그렇게 울었나 보다." 존재의 실상에 대한 시인의 눈이다. "온 우주는 살아 있는 하나의 생명 그물이다. 온 세상 모든 존재들이 그물의 그물코처럼 연결되어 있다." 존재의 실상에 대한 인디언의 눈이다.

본래 온 우주는 한 몸, 한 생명이다. 한 몸, 한 생명의 길이 본래 종교의 길이다. 이제 종교가 본연의 제 모습을 되찾아야 한다. 종교가 본래의 제 길을 잘 가야 한다. 종교 스스로를 위해, 뭇 생명들을 위해, 우리가 살아가야 할 세상을 위해.

추천의 글을 쓰면서 생각을 해보니 목사님이 참으로 고맙다. 내가 하고 싶은 이야기를 잘 말해 주고 있다. 길 잃은 현대 종교인들에게 종교가 나아가야 할 길을 잘 안내해 주고 있다. 참으로 고맙고 또 고마운 일이다.

인드라망 도법 (지리산 실상사)

나쁜 책이면서 좋은 책

나는 이 책의 저자 송상호 님을 모르고 지낸 사람이었다. 노동판에서 처절하게 살아가면서도 종종 틈나는 대로 내가 섬기는 교회의 예배에 참석하곤 했던 어느 젊은 교회 청년의 소개로 만나게 되었다. 저자의 첫인상은 처음 만난 분 같지 않게 눈에 익은 모습이었다. 그리고 내면이 깨끗하고 조용하여 따뜻한 성품의 파동을 발산하고 있었다.

출간하려는 책 제목이 『모든 종교는 구라다』라고 저자가 말해 주었을 때, 아무리 종교 문제를 정면으로 다루는 책이라지만 표현이 너무 지나치다 싶었다. 하여, 자극적인 제목을 붙임으로써 독자들의 관심을 끌려는 마케팅 전략이라면 출판사의 상술에 넘어가지 말라고 웃으면서 조언했다. 그리고 추천의 글을 쓰든지 비판의 글을 쓰든지 일단 원고를 한번 읽어 보자고 했다.

보내준 원고를 읽어 가면서 『모든 종교는 구라다』라는 책 제목이 단순히 독자들을 자극하여 책 판매 부수를 올리려는 전략이 아니라, 상당 부분 저자의 확신이요 신념임을 알았다. 그래서 현재 작은 교회에서 종교인으로 복무하는 내가 이 책의 추천 글을 쓰는 것은 옳지 않

다고 생각했다. 저자의 글 내용에 화가 나거나 교계 반응이 겁나서만
은 아니었다. 최소한 종교에 복무하는 내가 나 자신의 정체성에 대립
되는 자가당착의 짓은 하지 말아야 한다는 생각 때문이었다.

그런데 결국 원고를 읽은 독자로서의 소감 같은 글이라도 쓰지 않
을 수 없다는 내면의 미세한 소리를 느끼게 되었다. 이유는 두 가지이
다. 저자의 진의가 '종교는 진실을 품은 구라, 구라를 품은 진실'이라
는 역설적 진실을 말하려는 것이고, 결론에서 '우리가 가야 할 길은
간소한 우주적 종교'라고 주장하는 저자의 신념이 나와 다르지 않았기
때문이다. 그래서 이 책은 나쁜 책이면서 좋은 책이다.

이 책을 나쁜 책이라고 말하는 이유는, 현실 종교들의 부정적이고
극복되어야 할 모든 것들을 까발리는 비판적 독설의 전제나 논조나 내
용이 옳은 점도 있지만 틀린 점도 많기 때문이다. 그럼에도 불구하고
이 책이 좋은 책이라고 하는 이유는, 세계 석학들의 생각을 소개하면
서 용기 있게 종교의 모든 문제점들을 공론화시키고 있기 때문이다.
또한 독단과 독선에 빠져 있는 종교인들에겐 더없이 좋은 치유약이 될
것이기 때문이다. 좋은 책, 나쁜 책이라는 이분법이 초등학생 독후감
같아서 나 자신도 마음에 들지 않지만 말이다.

모든 우주적 종교들은 위대하지만 진리는 더 위대하기 때문에, '전
통종교'의 집 안 그늘지고 습기 찬 구석에서 번성하는 균들을 소독하
기 위하여, '의심의 해석학 살균제'를 뿌리고 밝은 진리의 태양 아래
노출시키는 이 책은 출판될 충분한 가치가 있다. 다만 한 가지, 독자들

이 이 책의 진수를 알려면 인내심을 가지고 마지막 페이지를 다 읽기 전까지 책을 내던져서는 안 된다는 조건을 전제한다.

특히 종교에 종사하는 분들, 그중에서도 기독교 지도자들과 '복음주의적 정통교회'에 다닌다고 자만하는 신도들에게는 각별한 인내심이 요청된다는 점을 미리 귀띔해 주고 싶다. 그러면 마지막 책장을 덮을 때쯤엔, 저자의 논조에 동의하지 않을지라도, 종교에 대한 이해와 안목이 이전보다 훨씬 더 맑아지고 넓어지고 깊어지고 높아짐을 선물로 얻게 될 것이다.

김경재 (한신대 명예교수, 삭개오작은교회 전도목사)

모든 종교는 구라다

　책 제목이 다소 선정적이다. '모든 종교는 구라다'라고 하니 사람들이 개신교 목사– '목사 자격증을 가지고 있는 사람'이 더 정확한 표현이긴 하지만–가 그런 소리 해도 되느냐고 한다. 개신교는 그렇다 할지라도 다른 종교에 결례가 아니냐는 사람도 있다. 그렇게라도 해서 책을 팔고 싶더냐고 한다. 종교가 구라라는 걸 증명하는 것도 구라가 아니냐고 한다.

　그렇다. 지금 우리가 만날 이 책은 그런 모든 비난의 요소를 안고 있다. 불완전한 허점들이 여기저기서 발견될 수 있다. 이 책에서 이야기되는 것들조차 얼마든지 구라일 수 있다. 여러 종교에 결례를 범할 수도 있고, 구라를 쳐서라도 책을 팔고 싶은 생각도 있고, 구라를 증명하는 데 또 다른 구라적인 요소가 있을 수 있다.

　그럼에도 이 책은 우리가 그동안 쉬쉬했던 종교에 대한 생각들을 여과 없이 드러내 주고 있다. 술자리에 빙 둘러 앉아 오징어를 씹듯 종교에 대해 씹어 대던 이야기들이다. 종교의 교권과 종교에 대한 예의와 종교에 대한 경외심 등 때문에 감히(?) 표현하지 않았던 이야기들이다.

말하자면 《학교는 죽었다》(E.라이머, 한마당)의 저자 라이머가 아래처럼 말했던 요소 같은 것들이다.

"누구에게나 무상으로 주어질 신의 선물이 종교의 손아귀에 넘어가자 신의 선물에 대한 가격이 매겨졌으며, 가격을 지불할 능력이 없거나 지불하려고 하지 않는 사람들에게는 그것을 주지 않았다. 종교는 근래까지도 다른 여러 가지 제도 중에서 가장 위선적인 것으로 두드러진다. 기존의 다른 제도들은 누구에게나 그렇게 선물을 주는 척했던 적이 없었다. 고대 사회의 주술가들조차도 그렇게 하지는 않았다. 오늘날의 대종교들의 유일한 특징을 지적한다면, 그것은 창시 교주들이 모든 사람에게 정신적인 문을 개방하였으며, 그를 따르는 사제들이 한 손으로는 문이 닫히지 않도록 문을 잡고 다른 손으로는 입장료를 받아 내고 있다는 것이다."(같은 책 97쪽)

나는 개인적으로 소위 모태신앙자다. 어렸을 적부터 개신교가 최고인 줄 알고 자랐다. 개신교가 진리이며, 다른 길은 없는 줄 알고 자랐다. 아니, 그것 외에는 생각할 수 없는 분위기에서 자랐다. 신학교를 가고 전도사가 될 때만 해도 '천국과 지옥'은 반드시 있으며, 예수를 믿어야 지옥에서 천국으로 간다고 철저하게 믿고 살았다.

하지만 경계 없는 독서, 꾸준한 독서로 인해 나의 신앙에 균열이 가기 시작했다. 내가 알고 있고 믿고 있는 것이 다가 아닐지도 모른다는 생각이 조금씩 고개를 쳐들었다. 처음엔 조금씩 틈이 생기더니 드디어 그 벽이 허물어져 버렸다. 댐에 생긴 조그만 구멍 하나가 댐을 허물어 버리듯이. 그리고 이젠 모든 종교가 둘이 아니라는 생각, 이 세상이 둘이 아니라는 생각에 이르고야 말았다. 앞으로도 나의 생각이 어떻게 변할지 나는 모른다. 다만 지금의 깨달음이 그렇다.

물론 모든 사람들이 나처럼 길을 가야 된다고 보지 않는다. 더구나 나의 생각이 옳다고 믿지 않는다. 바르다는 보장도 증거도 댈 수 없다. 다만 지금에 이른 나의 생각을 여러 사람들과 나누어 보고자 한다. 나누다 보면 이것저것 드러날 테니까.

미국 연방최고재판소 판사였던 루이스 브랜다이스는 "햇빛은 최고의 살균제"라고 말했다. 어떤 논리가 제대로 된 것인지를 아는 방법은 만인에게 내놓는 것이라는 의미다. 그러니까 어떤 생각을 공개적으로 따져 보는 것이 그 생각의 잘잘못을 증명하는 가장 좋은 방법이라는 것이다. 공개적인 토론과 논의를 하지 않으면 결국 그것이 전적으로 옳다고 묵인하는 꼴이 될 수 있다.

나아가서 구라든 진실이든 솔직하게 털어놓고 이야기하지 않으면 우리는 아무 대안도 건설적인 생각도 찾을 수 없다. 상처가 나고 혼란이 찾아와도 솔직하게 털어놓고 이야기할 때 길을 찾을 수 있다. 길을 못 찾는다 해도 최소한 여러 가지 다양한 길이 있음을 알 수 있다. 숨겨 두고 묻어 두고 쉬쉬하는 곳에는 참된 성숙은 없다. 참된 발전도 없다. 거기엔 참된 자신도 만날 수 없다. 그래서 우리가 알고 있는 종교에 대한 생각-

그것이 긍정적이든 부정적이든 상관없이―을 가감 없이 드러내 놓고 이야기해 보자는 것이다.

물론 이 책 제목이 '모든 종교는 구라다' 라고 해서 종교는 필요 없고 없어져야 하는 악쯤으로 보지 않는다. 책 제목만 보고 단순히 '종교 비판서' 이겠거니 하는 것도 조급한 생각이다. 오히려 종교는 있을 수밖에 없는 그 무엇으로 말하고 있다. 예컨대 어떤 한 사람이 무신론자이고 비종교인이라고 할지라도 우리는 모두 종교적일 수밖에 없다. 사람이 먹고 사는 것에만 만족할 수 없는 존재라면. 또 사람이 태어나서 인간으로서의 삶과 죽음, 영원, 영혼, 진리, 가치를 생각하는 한.

이 책엔 허술한 논리, 사상의 빈틈, 공허한 소리 등이 담겨 있을 수 있다. 그럼에도 그런 것들을 여과 없이 설왕설래하다 보면 좀 더 성숙한 생각들을 만날 수 있으리라. 나는 다만 진리를 제시하는 게 아니라 그러한 난장판으로 가는 다리 역할을 하고 싶다. 이 책은 나름대로 그런 역할을 충분히 할 수 있으리라고 확신해 본다.

어쨌든 이 대열에 당신도 참가해 보시라.

석가탄신일에 즈음하여 안성 더아모의 집에서 송 상 호

Contents

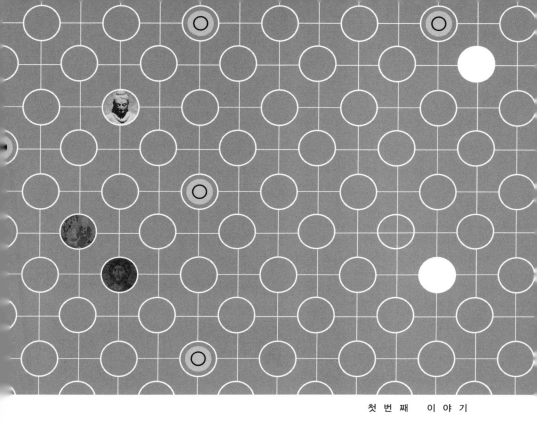

모든 종교는
'두려움'에서 출발한다

인류 역사상 맨 처음 종교는 어떻게 생겨났을까. 소위 '종교기원설'은 다양하다. 나는 종교학자가 아니니 그런 다양한 학설을 일일이 언급할 실력도 없거니와 언급하고 싶지도 않다. 어차피 학설이니까. 물론 이렇게 말하고 있는 나의 모든 말도 하나의 주장일 뿐이다. 어쨌든 '모든 종교가 구라다'라고 말했으니 그 말에 대해 나름 책임을 져야 하지 않겠는가.

먼저 인도의 수상이었던 네루를 만나 보자. 그는 감옥에 갇혀 있던 시절, 자신의 딸에게 세계의 역사를 정리한 편지를 보낸 적이 있다. 이 편지를 묶은 책이 바로 《열 살의 내 작은 딸아》(네루 지음, 신서출판사)이다. 거기서 네루는 자신의 딸 간디에게 종교의 기원을 쉽게 이야기해 준다.

"그들은 이러한 상상의 신이 정글에, 산에, 강에 또는 구름 속 어디에든지 있다고 생각했다. 또한 신이란 친절하고 좋은 사람이 아니라 언제나 화를 내는 아주 참을성이 없는 존재로 생각했기 때문에 신이 화를 낼까 봐 두려워서 언제나 신에게 제물을 바쳐 신들의 비위를 맞추려고 노력하였지. 그래서 심지어 엄청난 재앙으로 많은 사람을 제물로 바치는 일도 있었단다. 이것은 아주 끔찍한 일이지만, 상상할 수 없는 두려움에 떠는 사람이 무슨 일인들 못하겠니? 이렇듯 신을 위해 제물을 바치고 신의 비위를 맞추려 했던 모든 행동이 오늘날 종교의 시작이라고 할 수 있단다."(《열 살의 내 작은 딸아》 84쪽)

이어서 네루는 종교에 대해 예리하고도 명확한 통찰의 말을 내놓는다. "다시 말해 최초의 종교는 인간의 두려움과 공포로 인해 발생되었다고 할 수 있지." 이처럼 네루는 '두려움과 공포'가 바로 모든 종교의 기원이라는 것을 탁월하게 진단하고 있다.

사실 따져 보자. 인간이 살아가는 데 전혀 지장이 없고 불만도 없고 평화로웠다면 과연 종교가 발생할 수 있었을까. 모든 인생의 문제에 대해 인간 스스로 나름의 해답을 가지고 있었다면 과연 종교가 발생했을까. 당면해 있는 현실이 명확했다면 두려움에 떨 이유도 없고, 따라서 종교를 만들 이유도 없는 것이다. 하지만 종교에 귀의한 사람들이나 그렇지 못한 사람이라 할지라도 인생의 문제에 대해 모두 자유로울 수도 두렵지 않을 수도 없지 않은가.

우리 곁에서 숨 쉬는 '두려움'이라는 요물

두려움. 그것 또한 정확히 살펴봐야 할 요물이다. 두려움을 사전에서 찾아보라. '두려운 느낌'이라고 되어 있다. 그렇다. 느낌인 것이다. 느낌은 인간의 감정 문제일 뿐 결코 실체가 아니다. 실상이 아니라 허상인 것이다. 말하자면 '허깨비'인 것이다. 있지도 않은 것을 인간이 마음속에서 지어낸 것, 그것이 바로 '두려움'이라는 요물이다.

하지만 이 '두려움'이라는 요물은 신기하게도 그것을 느끼고 받아들인 사람에게는 너무나도 뚜렷한 실상인 양 자리잡는다는 데 문제의 심각성이 있다. 예를 들어 자신의 집 안에 귀신이 산다고 믿고 두려움에 떠는 사람에게는 그 어떠한 설명과 위안으로도 그 두려움을 잠재울 수 없다.

적어도 그 사람에겐 그 두려움이 '허상'이 아니라 '실상'인 게다.

사람은 자신이 잘 알고 있는 친숙한 대상이나 문제에 대해선 두려움을 느끼지 않는다. 그 대상에 대해 정확한 지식이나 정보나 감각이 없을 때 우리는 두려움을 느끼게 되는 것이다. 예를 들어 깊은 바다 속에 당신이 혼자 덩그러니 떨어졌다고 상상해 보라. 생각만 해도 두렵지 않은가. 그 두려움의 근원은 죽을지도 모른다는 생각과 함께 그 죽을지도 모를 원인을 제공하는 원인제공자가 누가 될지 모른다는 데 더 큰 두려움이 있는 것이다. 저 깊고 깊은 바다 속 알지 못하는 무한한 것들이 적어도 그 순간에는 경이로움이나 신비함이 아니라 두려움으로 엄습해 오는 것이다. 하지만 만일 그 사람이 수영장 물에 홀로 떨어졌다면 별로 두려움을 느끼지 않을 게 분명하다. 그 수영장의 깊이도 알고 있고, 다른 위험의 요소가 없다는 것도 알고 있고, 평소 수영하던 곳이니 친숙하기도 할 것이기 때문이다.

이렇듯 두려움이란 알 수 없는 것, 부정확한 것, 친숙하지 않은 것에 대한 마음이나 느낌인 것이다. 인간에게 있어서 이 두려움의 정점은 역시 죽음일 것이다. 간혹 죽었다가 살아났다는 사람, 죽어서 천국을 갔다 왔느니 지옥을 갔다 왔느니 하면서 자신의 체험담을 늘어놓지만, 그것 역시 지극히 개인적인(어떤 특정한 종교에 심취한 사람이거나 그런 믿음체계에 동의하는 사람들) 체험일 뿐, 만인이 공감하고 받아들이기엔 많은 부분이 부족한 게 사실이다. 그 체험담이라는 게 사람마다 다르며, 그것을 묘사하는 것도 다르다. 서양 사람에겐 서양의 모습이, 동양 사람에겐 동양의 모습이 사후 세계에 그려지니 더 신빙성이 떨어지는지도 모른다. 인간이 죽음의 문제를 완벽하게 해결할 수 없는 한 인간에겐 두려움, 특히 종교적 두려움은 떨쳐 버릴 수 없는 친구 같은 존재일 수밖에 없다. 이것이 종교가 인류와 함께 존재할 수밖에 없는 이유가 되기도 하는 것이다.

심판과 부활로 포장된 종교적 '두려움'

현재 존재하고 있는 종교를 예로 들어 보자. 기독교에서 주장하는 '예수 천국, 불신 지옥'이 그토록 많은 사람(비기독인은 물론, 심지어 같은 기독인으로부터도)에게 혐오감을 주면서도 여전히 왕성한 선교의 원동력이 되고 있는 것은 '두려움'이라는 코드가 아니고서는 설명할 수가 없다. 만일 사람이 죽어서 영혼이 어디로 가는 줄 모두 다 알고 있다면 지금의 기독교는 문을 닫아야 할지도 모른다. 그것은 두 가지 측면에서 특히 그렇다. 사람이 죽으면 그것으로 끝이라는 것이 확실하다면 사람들은 기독교를 찾지 않을 것이다. 또한 사람이 죽어서 천국이나 지옥으로 가는 것이 분명하며 그것을 모두가 분명히 알고 있다고 해도 사람들은 기독교를 찾지 않을 것이 확실하다. 다 알고 있는데 뭐 하러 힘들게 교회에 가고 주일을 지키며 헌금을 내겠는가.

기독교 입장에서는 사후의 문제가 분명하지 않은 것이 천만다행이다. 사후의 문제가 분명하다면, 사람들은 사후에 대해 더 이상 두려움을 갖지 않게 될 것이고, 그 두려움이 사라지면 종교를 굳이 가질 필요도 없기 때문이다. 장담컨대 지금도 일요일마다 예배당을 찾아서 공손히 머리

숙이고 예배를 드리며 헌금을 바치는 많은 기독교 신자들 중에는 이런 심정도 적지 않을 것이다. '교회가 싫고 목사도 싫지만, 만약 기독교의 가르침대로 사후에 천국과 지옥이 있다면 어쩔 것인가. 그러면 큰일 나지 않겠는가. 사후에 천국과 지옥이 없다 해도 손해 볼 건 없으니까' 라고 말이다.

인류 역사상 이런 두려움은 엄청난 권력으로 자리잡아 왔다. 중세시대 교회의 권력이 무려 1천 년 이상을 지배해 온 것을 우리는 잘 알고 있다. 중세시대에서 교회가 권력으로 자리잡은 것은 베드로 성당을 건축할 때의 일화를 봐도 쉽게 알 수 있다. 베드로 성당이 건축되면서 건축 자금이 모자라자 교회에서는 "여러분의 동전이 교회 헌금함에 '쨍그랑' 하고 떨어지는 소리와 함께 여러분의 죽은 가족이나 친척 중 연옥에 있는 사람들이 천국으로 갑니다"라고 공표를 했다. 그러자 너 나 없이 교회 헌금함에 몰려들었다. 이렇게 된 원동력이 무엇이었을까. 바로 '두려움' 이었다. 확인되지도, 확인할 수도 없는 지옥에 대한 두려움과 천국을 가지 못할 거라는 두려움이 그것을 가능하게 만든 것이다. 이것이 교회가 절대권력으로 이어지게 된 원동력이었던 것이다.

이 권력에 반항하는 자들을 더 두려움에 떨게 하기 위해서, 즉 교회의 권력을 더 공고히 하기 위해서 중세시대에 행해진 대표적인 행태가 바로 '종교재판과 마녀사냥' 이었다. 자칫 약해질지도 모를 교회권력을 강화하기 위해선 희생양이 필요했다. 그 시대에 가장 약한 자들(주로 비천한 여성들)이 마녀로 선택되었다. 그리고 종교권력에 도전하는 자들을 교리의 수호, 진리의 수호라는 이름으로 재판정에 올렸다. 우리가 잘 알고 있는 갈릴레이도 그런 사람 중에 한 사람이었다. 어쨌든 그런 식으로 죽음에 내몰린 사람들이 태산을 이룬다는 것은 역사가 말해 주고 있다. 이 모든 일들이 가능했던 것이 바로 '두려움' 때문이었다. 확인되지 않은 사후세계에 대한 두려움뿐만 아니라, 교회권력에 대들었다가 사회로부터 매장당하고 죽게 될 거라는 두려움까지 한몫 단단히 거들었다고 할 것이다.

그렇다면 불교는 다른가. 불교는 애당초 인도의 싯다르타가 고행 끝에 깨달은 것을 내놓은 것이 기원이 되었다. 왕자였던 싯다르타가 어느 날 성문 밖을 나갔다가 거기에서 병들고 나이 많은 노인들과 죽은 사람의 장례를 지켜보고는 깨달은 바가 있어 출가를 했다고 한다. 여기에서도 역시 싯다르타의 '두려움'이 작용한 것이다. '왜 사람이 태어나서 늙고 병들고 죽는가'의 문제가 자신에게 다가온 것이다. 알 수 없는 인생의 운명의 고리를 부여잡고 두려워했던 것이다. 이 문제가 해결되지 않는 한 왕이 된들 무슨 소용이 있겠는가 싶었을 것이다. 인생이 이렇게 왔다가 이렇게 허망하게 가는 것이라는 두려움은 왕자의 자리를 박차고 뛰쳐나가 노숙자로 살아갈 만큼 그 무게가 컸던 것이다.

이렇게 시작된 불교도 후대에 전해지면서 윤회, 극락, 지옥 등에 대한 다양한 민간신앙이 합류하면서 정설 아닌 정설이 되어 버렸다. 기독교에 대었던 똑같은 잣대로 대어 본다면, 불교에도 극락과 지옥의 신앙이 없고 윤회설(좋은 일을 하면 좋은 존재로, 나쁜 일을 하면 나쁜 존재로 태어난

다는 신앙)이 없다면 그 누가 절을 찾을까. 그런 문제가 확실해진다면 세
상의 모든 절들은 문을 닫아야 할지도 모를 일이다.

비록 싯다르타의 원래 가르침대로 세상 모든 것이 '일체유심조'이니
그 마음을 넘어 해탈하는 것이 기본 가르침이라고 믿는 사람들이 있다고
할지라도 그것조차 두려움의 소산이다. 우리 자신이 해탈하지 않고 붓다
(깨달은 사람)가 되지 않는다고 해서 무엇이 문제란 말인가. 굳이 수련을
하고 마음을 다스리고 명상을 해서 붓다가 되어야 할 이유가 뭐란 말인
가. 인간답게 살기 위해서, 행복하게 살기 위해서 등등의 대답이 나오겠
지만 결국 그것 또한 그렇게 하지 않으면 안 될 것 같은 두려움 때문이
다. 그러면 붓다가 되지 않은 사람들은 모두 불행하단 말인가.

이슬람은 또 어떠한가. 그들의 경전엔 '모든 종교는 하나이며, 신도
하나다'라고 말하면서 넓은 포용심을 드러내고 있다. 실제로 이슬람 세
력이 스페인 등 기독교 국가들을 점령해서도 종교법을 적용하여 종교의
자유를 보장해 주었던 것은 사실이었다. 종교의 자유를 보장해 주는 대
신 타 종교인은 세금을 더 내게 하고 그들이 지정해 준 일정 지역에서 살
게 했던 것이다. 이것이 포용심을 드러내 주는 면일 수도 있지만, 당하는
입장에서는 고도의 전략에 휘말렸다고 볼 수 있는 것이다. 오히려 서서
히 피를 말리는 작전으로 다가왔을 테니 말이다. 이렇듯 표면적으로는
타 종교에 관용을 보이며 어느 정도 '두려움'을 극복한 듯 보이는 이슬
람도 두려움이 종교의 본질이라는 점에서는 크게 다를 바가 없다.

이슬람의 교조인 '마호메트' 또한 당시의 기득권층으로부터 미움을

받아 쫓기는 신세가 되었고, 그 와중에서 형성된 세력들이 지금의 이슬람교 기원 세력들이 되었던 것이다. 이슬람교도 기득권층의 위협으로부터 오는 두려움에서 자유로울 수 없었다. 그래서 기성 종교이면서도 교주가 실제로 군대를 형성해서 수차례 전쟁을 치르고 피를 흘린 것은 이슬람교가 유일할 것이다. 물론 그들은 기득권층으로부터 약한 자를 보호하며 대안 세력을 만들어내기 위한 싸움이라는 점을 명분으로 내세우고 있지만 말이다.

이슬람의 경전 《코란》에는 크게 6가지에 대한 믿음을 설파하고 있다.

"첫 번째는 유일신 하느님을 믿는 것이다. 두 번째는 천사를 믿는 것이다. 세 번째는 모든 성서를 믿는 것이다. 네 번째는 예언자를 믿는 것이다. 다섯 번째는 최후의 심판과 부활을 믿는 것이다. 마지막은 하느님을 절대적이며 전능한 주권자로 믿고, 현세에서 일어나는 모든 일이 하느님의 뜻과 섭리에 따른다는 것을 믿는 것이다."《자존심의 힘 이슬람의 힘》 권삼윤, 동아일보사 90~91쪽)

위에서도 본 바와 같이 모든 것이 증명할 수 없는(일반인들의 눈으로) 교리들로 꽉 차 있다. 말하자면 모든 것이 증명할 수 없는 것이니 한 사회에 있어서 그 신앙체계가 굳건하면 굳건할수록 '두려움'은 더욱 커질 게 분명하다. 특히 최후의 심판과 부활은 사막의 종교(기독교, 유대교, 이슬람교)에서 공통적으로 주장하는 것인데, 이런 신앙체계에 감히 맞설 사람이 있겠는가. 그런 두려움에 당당히 맞서서 '아니오'라고 말할 사람이 이 세상에 몇이나 되겠는가. 특히나 한 사회가 거의 모두 그 종교를 신봉하고 있다면 더욱 힘든 일이다. 유독 이슬람 국가들은 사회구성원 모두가 무슬림인 경우가 많다. 그들에게는 이슬람이 종교라기보다 일상생활이며 공통의 문화인 것이다. 그래서 이슬람 국가들은 단일 종교공동체라고 표현하는 게 적합할 듯싶다.

이처럼 어떤 종교든 두려움을 근간으로 하지 않는 종교란 없다. 그런 두려움이 없다면 이 세상의 종교는 모두 문을 닫아야 할 것이다. 그 두려움이 종교의 근간이 되어 발전의 원동력을 불어넣기도 하고, 때론 그 두려움이 사람을 얽매어 자유롭지 못하게 만들고 나아가 억압하고 죽게도 하는 것이 인류 역사상 발생한 모든 종교의 모습들이다. 종교의 순기능과 역기능이 모두 두려움이라는 요소로부터 출발된다는 것은 참으로 아이러니한 일이 아닐 수 없다.

이제 우리는 솔직해질 필요가 있다. 모든 종교가 '두려움'에 기반하고 있다는 것을 인정해야 할 때가 되었다. 세상 모든 종교가 나름대로 일리 있는 신앙체계를 기반 삼아 이루어졌고, 그것이 일정 부분 진리를 내포한다고 할지라도 역시나 인간에게 다가갈 때엔 두려움이라는 요물을 자양분으로 삼아 더욱 왕성해진다는 것을 말이다. 그런 면에서 '모든 종교는 구라다'를 인정할 수밖에 없지 않겠는가. '두려움'이라는 구라(허상)를 기반으로 형성된 종교라면 역시 그 종교도 구라라고 인정하는 것이 솔직한 모습일 게다.

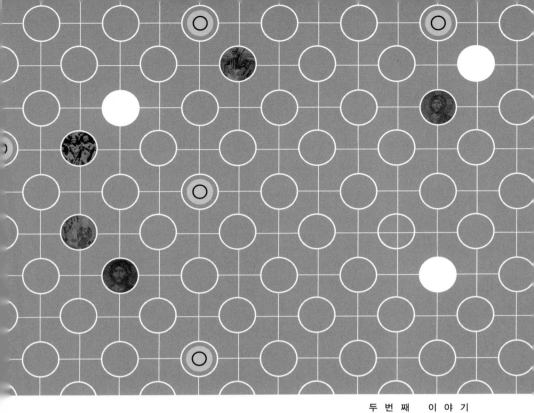

신은 과연
존재할까

"스웨덴 85%, 영국 44%, 프랑스 54%"

이 수치는 바로 각 나라의 전체 국민 중 무신론자의 비율이다. 미국의 유력 방송 FOX TV에서 방영한 내용을 우리나라의 한 방송사에서 방송한 내용이다. 이것이 유럽의 현실이다. '기독교 국가'로 알려진 이들 나라에서 신의 존재를 믿지 않는 사람들이 국민의 반수를 넘는 상황이다. 그러면서도 자타가 '기독교 국가'라고 공인을 하고 있는 것이다.

우리는 개인적으로 무신론자든 유신론자든 상관없이 논리적으로 보면 양자가 모두 '신'에 대해 나름대로 사고를 하고 있다. '신'이란 주제만큼 인류에게 진지하고도 중차대한 논제로 다뤄진 것은 없다. 인생을 진지하게 생각하는 사람이라면 대부분 '신'의 문제를 생각하지 않을 수 없다는 것이다.

인간의 얼굴을 한 무소부재의 신

기독교, 유대교, 이슬람교 등 소위 '사막의 종교'에서 나오는 신은 근엄하다. 그 신은 항상 '악에 대한 응징'을 부추긴다. 악을 응징하도록 독려하며 심판자로 나선다. 철저한 징벌을 기본으로 한다. 심지어 구약성서에 나오는 신은 악과 연관된 것이라면 기르는 가축과 아기 등 살아 있는 생물까지도 모두 살육하라는 명령을 서슴지 않는다. 이러한 신은 전지전능하고 '무소부재'하다. 물론 이 신이 항상 근엄한 것은 아니다. 때론 자상하고 따스한 아버지로서 자신을 나타낸다. 하지만 그것은 언제나 단서가 붙어 있다. 그것은 '나를 따르는 자, 나를 아버지로 인정하는 자'에 한해서라는 것이다.

그리스 신화에 나오는 신들은 복잡다단하다. 신들의 행동은 탈도 많고 일도 많다. 그 신들은 때론 결혼도 하고 때론 질투도 하고 때론 미워하고 때론 전쟁도 일으킨다. 마치 사람들이 사는 모습과 흡사하다. 그들이 사람과 다른 면이 있다면 단지 능력의 차이가 있을 뿐이다. 변화무쌍하고 변덕이 심한 신들의 모습이지만, 어쩌면 역으로 너무나도 인간적인 면을 보여주기도 하는 것이다.

고대의 우리 민족에게도 다른 곳과 다를 바 없이 신은 있었다.《삼국유사》의 한 대목 중 "환인의 아들인 환웅이 널리 인간을 이롭게 하기 위해 바람, 구름, 비를 다스리는 신들과 신하들을 거느리고 태백산에 내려와 '신시'라 하고 스스로를 '천왕'이라 하고 사람을 다스렸다. 그러던 중 호랑이와 곰이 찾아와 사람이 되기를 원하자 환웅이 마늘과 쑥을 주며 '그것을 먹고 백일 동안 햇빛을 보지 않으면 사람으로 변할 수 있을 것이다'라고 했다. 곰은 이를 이겨냈으나 호랑이는 이겨내지 못했고, 곰은 여인이 되었다. 환웅은 이 여인을 아내로 맞이하여 아들을 낳았는데 이분이 단군왕검이다. 단군왕검은 아사달(평양)에 도읍을 정하고 나라를 세워 '조선'이라 하였다"라는 부분에서 '환인'이라는 신과 '바람, 구름, 비'를 다스리는 신이 있었다는 것이다. '고조선'이라는 나라는 신이 세운 '신의 나라'였다는 것이 삼국유사가 우리에게 전해 주는 메시지이다.

우리 민족의 곁을 늘 떠나지 않은 신이 있다면 '옥황상제'이다. '옥황상제'는 옥황(玉皇)·천황(天皇)·옥제(玉帝)라고도 하는 신으로 도가의 신 가운데 하늘의 최고 통치자를 일컫는다. 이 옥황상제가 탄생한 배경은 이렇다. 광엄묘악국의 왕인 정덕왕이 후손이 없자 여러 도사들을 불러 기도를 올리게 하였다고 한다. 도사들이 힘을 모아 기도를 올린 지 6개월이 지난 어느 날 정덕왕의 왕비 보월비가 태상노군에게 간청하여 아기를 받는 꿈을 꾸고 일어나 임신을 하게 되었고, 이렇게 태어난 아기가 옥황상제라는 것이다. 이런 옥황상제는 "옥황상제께서 사해용왕(四海龍王)을 불러 하교(下敎)하시되, 오늘 도화동 심학규의 딸 심청이가 인당수에 들 터이니 착실히 모셔 드려라"라는 《심청전》 대목에서처럼 효녀 심청을 도와주는 신으로 등장하기도 한다. 우리 민족은 이 존재를 일컬어 '하늘님, 한울님, 하늘' 등으로 불러 왔다. 이처럼 단군신화에 등장한 '환인'과 '옥황상제'는 다르지 않다.

인간의 마음에 투사된 신

이렇듯 신은 다양하게 존재해 오고 있다. 그런데 이 신들은 왜 각각 다른 모습으로 나타날까. 사막의 신들은 하나같이 '쿠르타(중동지방의 일상복)'를 입고 손에는 지팡이를 들고 흰 수염을 휘날리고 있으며, 우리 민족의 신은 '용 문양'으로 디자인된 금색 비단 한복과 머리엔 금관을 쓰고 있는 것일까. 유일신교의 주장에 따라 '세상의 신은 유일하다'라는 것이라면 어찌 민족마다 다른 것일까. '유일신교'의 추종자처럼 자신들이 신앙하는 신이 진짜요, 다른 종교인들이 신앙하는 신은 가짜이기 때문일까. 하지만 이 논리는 너무 일방적이고 편협할 뿐만 아니라 일반 상식에도 어긋나는 논리이다. 또한 단순히 신을 체험한 인간이 신을 표현하는 한계 때문에 각자가 처한 문명의 모습으로 설명했다고, 말하자면 그 지방의 문명을 덧입은 의인화의 일종(유일신교에선 이것조차도 용납하지 않는다)이라고 하기에는 뭔가 석연찮다.

그렇다면 혹시 신이 곧 사람은 아닐까. 역으로 사람이 곧 신이 아닐까. 단순히 의인화가 아니라 신을 사람이 만들어낸 것은 아닐까. 이에 대해《지금 이 순간을 살아라》의 저자 에크하르트 톨레는 "구약성서의 신은 인간의 마음에 투사된 신이다"라고 말함으로써 나름의 해답을 제시하고 있다. 톨레의 주장은 심리학자들이 자주 사용하는 투사의 원리를 적용한 것이다. 사실 심리학에서 '신은 인간 내면의 투사'라고 보는 견해는 그리 새로운 것이 아니다. 심리학자 칼 융은 사람의 무의식이 신의 모습과 닿아 있음을 이야기했다. 즉 '집단무의식'이 신의 모습이라는 것이다. 어쨌든 어느 종교나 어느 사회나 초월적이고 절대적인 신을 말하고 있지만 한편으로는 거의 모든 종교가 '사람이 신이다'라는 명제를 언급하고 있다는 것은 놀라운 사실 중 하나다. 각 종교마다 이 부분에 대해선 조심스레 언급하고 있긴 하지만, 군데군데 그런 사상이 빛나고 있음을 발견할 수 있다.

우리 민족에게도 그런 사상을 말한 사람이 있다. 그가 바로 동학의 교조 최제우다. 그는 '시천주(신을 사람의 몸에 모셨다는 사상)'와 '인내천(사람이 곧 신이라는 사상)' 사상을 통해 '사람이 곧 신이다'라는 사상을 확고히 했다. 아래는 천도교(동학)의 사상을 잘 분석한 글 중 하나다.

"이러한 한울님과 사람과의 관계를 설파한 동학의 신관은 단순한 초월적 신관이나 내재적 범신관이 아닌 '초월과 내재'를 모두 포함하는, 또는 '인격성과 자연성'을 모두 포함하는 신관이며, 동시에 '사람이 한울님을 모시고 있으니, 사람이 이에 한울님'이라는 시천주를 근간으로 하는 신관인 것이다."《동학교조 수운 최제우》윤석산, 도서출판 모시는 사람들 206쪽)

최제우 생존 당시까지만 해도 신의 개념이 부분적이고 간헐적으로 이야기되어 왔던 것을 감안하면 그가 펼친 신의 개념은 상당히 고등한 것이라고 볼 수 있다. 물론 그가 펼친 신의 개념은 우리 민족이 평소 품어 왔던 신의 개념인 '한울님, 하늘'과 통하는 개념이다. 그는 이 개념을 들어 '사람은 누구나 하늘과 같이 존귀하다'는 것을 말하고 싶어 했다. 말하자면 양반과 평민을 나누어 그 당시의 평민인 농민, 상인, 공인 등과 하층민(백정, 종)을 괴롭혔던 불평등 사회에 대해 '평등사상'을 전파하기 위해서 사용한 신의 개념이다. 이 개념은 종교적이거나 개인적이라기보다는 다분히 사회적인 개념이라고 볼 수 있다.

이에 대해 비교종교학자인 이찬수 교수는 "이러한 사상은 남녀노소 빈부귀천을 막론하고 사람은 누구나 하늘을 모시고 있으니, 그 하늘의 성품을 잘 길러 사람이 곧 하늘과 같다는 놀라운 사실을 구체화시켜야 한다고 주장했다. 이러한 가르침이 구체화되는 세상이 동학에서 말하는 후천개벽의 세상일 것이다"《종교로 세계 읽기》이찬수, 이화여자대학교 출판부 137쪽)라고 동학의 사상을 잘 설명해 주고 있다.

다음으로 힌두교의 경전 《바가바드기타》에서도 이러한 사상을 나타내고 있다.

"나는 모든 존재를 동등하게 대하느니, 내게는 사랑하지 않는 자도 없고 사랑하는 자도 없도다. 그러나 자기 몸을 바쳐 나를 예배하는 자들은 내 안에 있고 나도 그들 안에 있느니라."《바가바드기타》 제9장 29절)

힌두교에서도 역시 내재적인 신의 관념이 있었음을 이 짧은 한 구절에서 만나 볼 수 있다. 이런 개념들은 사실 전혀 다른 성질의 신을 섬기는 기독교의 교주인 예수에게서 흔하게 찾아볼 수 있는 구절이다. 예수는 종종 "나와 아버지는 하나이다. 내가 아버지(신) 안에 있고, 아버지가 내 안에 있다. 나도 너희(추종자) 안에 있고, 너희도 내 안에 있다"를 강조하곤 했다. 이것에 대해서는 다양한 해석이 있지만, 한 인간으로서의 예수와 아버지로서의 신이 하나라는 것을 강조한 것이며, 나아가서 신을 따르는 많은 사람들도 또한 신과 하나임을 역설하는 표현임에는 틀림없다.

이런 예수의 사상은 곧바로 신약성서에 나오는, 심판대 앞에 선 '염소와 양의 비유'에서 잘 말해 주고 있다.

"인자가 모든 천사와 더불어 영광에 둘러싸여서 올 때에, 그는 자기의 영광스러운 보좌에 앉을 것이다. 그는 모든 민족을 자기 앞으로 불러 모아 목자가 양과 염소를 가르듯이 그들을 갈라서, 양은 그의 오른쪽에, 염소는 그의 왼쪽에 세울 것이다. 그때에 임금은 자기 오른쪽에 있는 사람들에게 말하기를 '내 아버지께 복을 받은 사람들아, 와서, 창세 때로부터 너희를 위하여 준비한 이 나라를 차지하여라. 너희는 내가 주렸을 때에 내게 먹을 것을 주었고, 목말랐을 때에 마실 것을 주었고, 나그네 되었을 때에 영접하였고, 헐벗었을 때에 입을 것을 주었고, 병들었을 때에 돌보아 주었고, 감옥에 갇혔을 때에 찾아 주었다' 할 것이다. 그때에 의인들은 그에게 대답하여 말하기를 '주님, 우리가 언제, 주께서 주리신 것을 보고 잡수실 것을 드리고, 목마르신 것을 보고 마실 것을 드리고, 나그네 되신 것을 보고 영접하고, 헐벗으신 것을 보고 입을 것을 드리고, 언제, 병드시거나 감옥에 갇히신 것을 보고 찾아갔습니까?' 할 것이다. 그때에 임금이 그들에게 말할 것이다. '내가 진정으로 너희에게 말한다. 너희가 여기 내 형제자매 가운데, 지극히 보잘것없는 사람 하나에게 한 것이 곧 내게 한 것이다.'"(신약성서 마태복음 25장 31~40절)

이어서 심판관은 왼편에 있는 염소들이 양들과 같은 비슷한 변명을 늘어놓을 때 "너희가 여기 내 형제자매 가운데, 지극히 보잘것없는 사람 하나에게 하지 않은 것이 곧 내게 하지 않은 것이다"라고 말을 한다. 이러한 사상들은 예수 당시엔 획기적인 사상이었으며, 신성모독죄에 해당하는 사상이었기에 예수는 당시 종교지도자들의 견제로 인해 십자가에서 죽임을 당한 것이다.

불교는 어떨까. 사람들은 흔히 불교를 일러 '자력의 종교, 신이 없는 종교, 마음의 종교, 명상의 종교'라고 말하지만, 그것은 반쪽짜리 진실이다. 불교에서도 신에 대한 언급은 여러 군데서 볼 수 있다. 대표적으로 《화엄경》을 보자.

"부처란 원시불교에서와 같이 붓다가 되신 석존을 가리키는 것이 아니라 화엄경의 부처 비로자나불이며, 우주의 끝없는 전일자이다"라고 고시로 다마키는 화엄경 해설서인 자신의 책《화엄경의 세계》에서 밝히고 있다. 그러면서 "자기의 좁은 영역을 넘어선, 세계 그것, 우주 그것, 무한히 활동적인 그것, 그것이 곧 비로자나불이다"라고 말하면서 유일신을 외치는 종교의 신들과 상통하는 신의 모습을 보여주고 있다. 또 "비로자나불은 항상 보이지 않는 형태로 우리들의 현실 안에서 설법하며, 또 보이는 형태로는 여러 부처님이 되어 우리 인간관계 속에 출현하는 것이다"라고 말함으로써 초월적 신관과 내재적 신관을 아우르는 모습을 보여주고 있다.

이런 모습들은《법화경》에서도 나타나고 있다. 법화경에서는 "나는 감히 그대들을 가벼이 보지 않습니다. 그대들은 다 부처님이 될 것이기 때문입니다"(《사람이 부처님이다》무비 스님, 불광출판사 231쪽)라고 말했다. 또 "부처님이 깨달으신 지혜란 무엇인가? 사람이 영원한 생명과 무한한 능력을 가진 부처님이라는 사실을 철저히 하는 것입니다. 부처님이 이 세상에 출현하신 뜻이 무엇인가? 그것 역시 사람이 부처님이라는 사실을 알리기 위해서입니다"라고 역설함으로써 사람이 곧 부처라는 사상을 확고히 말해 주었다.

이러한 사상은 한때 우리 사회에 커다란 정신적 영향을 주었던 성철 스님의 설법으로 잘 드러내 주고 있다.

"집집마다 부처님이 계시니 부모님입니다. 내 집안에 계시는 부모님을 잘 모시는 것이 불공입니다. 거리마다 부처님이 계시니 가난하고 약한 사람들입니다. 이들을 잘 받드는 것이 참된 불공입니다. 발밑에 기는 벌레가 부처님입니다. 보잘것없어 보이는 벌레들을 잘 보살피는 것이 불공입니다. 머리 위에 나는 새가 부처님입니다. 날아다니는 생명들을 잘 보호하는 것이 참 불공입니다. 수없이 많은 이 부처님께 정성을 다하여 섬기는 것이 참 불공입니다."(《종교로 세계 읽기》 이찬수, 이화여자대학교출판부 98~99쪽)

도전 받는 신의 존재

현대에 와서는 이러한 '사람이 신이다' 라는 명제에서 더 나아가 '신은 존재하지 않는다' 라는 명제에 상당히 많은 사람들이 찬성표를 보내고 있다. 이제 신의 존재가 여러 곳에서 의심 받고 있다는 사실은 그리 놀랄 일이 아니다. 프리스턴 대학교 물리학 교수이자 노벨 물리학상 수상자인 필립 앤더슨은 '특정 신이 존재할 확률은 상당히 낮다' 라고 주장하고 있다. 그는 "신이 존재한다는 것은 있을 수 있는 일인가? 내가 아는 모든 논리 체계를 동원해도, 신의 존재를 증명할 수도, 부인할 수도 없다. 그러나 나의 확률 계산법으로 볼 때 신은 존재할 가능성이 극히 적다"라고 주장하고 있다. 이제 신의 존재 여부는 확률상으로도 상당히 낮은 것이 아니냐고 의심 받고 있는 것이다. 앞서 말한 유럽 3국(스웨덴, 영국, 프랑스)의 '무신론자의 비율' 자료가 이를 잘 말해 주고 있는 것이다.

'악마의 사도' 라고 불리는 리처드 도킨스는 아예 대놓고 신의 존재에 대해 도전을 한다. 도킨스는 신에 대한 모든 견해를 가설로 규정한다. "무언가를 설계할 정도로 충분한 복잡성을 지닌 창조적 지성은 오직 확장되는 점진적 진화 과정의 최종 산물로 출현한 것이다"《만들어진 신》리처드 도킨스, 이한음 역, 김영사 51쪽)라고 말하면서 "신 가설은 망상이다"라며 주장하고 나선다. 그는 진화된 존재인 창조적 지성은 우주에서 나중에 출현할 수밖에 없으므로, 우주를 설계하는 일을 맡을 수 없기 때문이라고 역설하기에 이른다. 그리고 "생명이 지구에 출현할 확률이 고물 야적장을 휩쓰는 태풍이 운 좋게 보잉 747을 조립해 낼 확률과 별 다를 바 없다"고 말한 프레드 호일의 말을 인용하면서, 신이 세상을 창조했다는 유신론적 견해를 증명하기 힘든 가설이라고 일축한다. 이어서 도킨스는 "기독교, 이슬람교 등에서 주장하는 '전지전능한 신'은 착각이다. 이는 검증된 바 없는 이야기일 뿐이다. 안타깝게도 모든 종교는 틀렸다"라고 과감하게 신의 존재에 도전장을 내민다. 그러면서 아울러 '신이 존재한다'는 대전제 아래 성립된 종교에 대해서도 "누군가 망상에 시달리면 정신이상이라고 한다. 다수가 망상에 시달리면 종교라고 한다"라고 비틀어 보기도 한다. 이러한 그의 도전은 가히 도발이라는 말이 어울릴 정도로 서양 기독교 사회에 큰 충격을 던져 주었다.

 이제 유일신을 신봉하는 기독교를 정신적 근간으로 삼던 서양 문명과 서양 사회는 서서히 신을 버리고 있다. 아니 아예 대놓고 신을 무시하고 있는 장면은 서양 사회를 조금만 관심 깊게 살펴보면 확인할 수 있다.

여기서 우리가 말하고자 하는 주제 '모든 종교는 구라다'와 연관시켜 다시 되씹어 볼 도킨스의 말이 있다면 "다수가 망상에 시달리면 종교라고 한다"는 부분이다. 종교가 존재하는 근간은 역시 '신에 대한 생각과 관계'라는 것은 상식적인 이야기다. 그런데 그 신에 대한 견해도 천차만별이거니와 이젠 숫제 그 존재를 의심하고 도전하는 사회가 되어 가고 있는 것이다. 사실 이 모든 논란을 잠재울 만한 탁월한 신의 개념을 말한 사람이 있다. 그가 바로 마리아 릴케이다. 릴케는 이렇게 말했다.

"현실 속에서 영혼의 갈망을 자극하고 충족시키는 것은 여러 가지 이름으로 불리는 하나님이다. 인간의 정신으로는 하나님의 본질을 도저히 이해할 수 없으므로, 우리가 하나님을 대상이 아니라 하나의 방향으로 생각한다는 라이너 마리아 릴케의 의견을 그냥 따르는 것이 좋겠다."

《종교가 왜 중요한가?》 휴스턴 스미스, 서문 3쪽)

릴케의 말을 보라. 획기적이지 않은가. 전통적인 신의 논쟁은 '존재하느냐 마느냐'의 문제였다면, 릴케는 이 둘을 잠재우고 신을 하나의 대상(존재의 여부를 물어야 하는)이 아닌 하나의 방향(존재의 여부의 차원이 아닌)으로 보는 것이다. 말하자면 종교의 근간을 이루었던 신의 존재(아니면 신적인 경지)를 뛰어넘어 방향으로 본다는 것이다. 이런 정도라면 "신이 과연 존재하느냐 하지 않느냐의 문제가 중요하지 않으며, 나아가서 이제 우리 사회에서 과연 신이 필요하냐 필요하지 않냐의 문제를 되돌아보아야 한다"는 도킨스의 주장이 자리를 잡을 수 있는 시대가 되지 않았을까 싶다. 도킨스의 주장처럼 필요에 의해서 신이 만들어졌고 종교가 만들어졌다면, 필요에 의해서 신을 없애기도 하고 종교를 없앨 수도 있다. 그래서 릴케의 말대로 신을 '하나의 방향'으로 보는 것도 결국 인간의 몫이지 않을까.

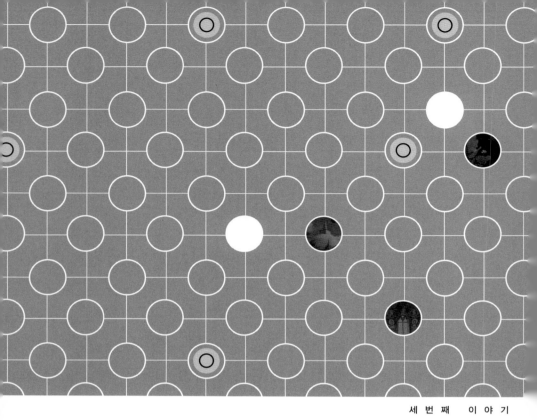

사후세계는
과연 있을까

어느 날 붓다가 제자들에게 묻기를 "이 세상에서 가장 놀라운 일이 무엇이냐?"라고 했다. 제자들은 제각기 생각한 대로 대답을 하였는데 하늘에서 비가 내리는 것이라고 하는 사람, 동물들이 태어나 새끼를 낳고 죽어 가는 일이라고 하는 사람이 있었고, 인간이 이 짧은 생애에 나쁜 짓을 하여 업을 산처럼 쌓는 일이라고 하는 이도 있었다. 그런데 계속 아무 말 없이 빙그레 웃고만 있는 이가 있어 붓다가 그 제자에게 "너는 아무 대답이 없구나. 너는 이 세상에서 가장 놀라운 일이 무엇이라고 생각하느냐?" 하니 그 제자가 대답했다. "이 세상에서 가장 놀라운 일은 모든 인간이 하나도 예외 없이 언젠가는 죽을 것인데도 모든 인간이 하나도 예외 없이 자기가 죽으리라는 걸 잊고 산다는 것입니다. 이보다 더 놀라운 일이 또 어디 있겠습니까?" 그러자 붓다는 활짝 미소를 지으며 말했다. "네 말이 옳다. 그보다 더 무서운 일은 이 세상에 없느니라."

위의 일화는 붓다의 생애 중 한 장면이다. 사실 우리가 살아간다는 것도 태어나는 순간부터 죽어 가는 것이 아니었던가. 우리의 자연 수명을 여든으로 친다고 할 때, 현재 자신의 나이가 마흔이라면 우리는 40년을 살아온 것이지만, 동시에 우리의 죽음의 지점인 여든을 향해서 40년을 죽어 온 것이다. 말하자면 40년을 산 것이 아니라 40년을 죽어 간 것인 게다. 그럼에도 우리 모두는 언젠가 죽는다는 명제를 인정하긴 하지만, 바로 몇 분 후에라도 얼마든지 자신이 죽을 수 있다는 것에는 좀처럼 동의하지 않는다. 마치 죽지 않고 영원히 살 것처럼 말이다. 이렇듯 인간의 삶의 문제만큼이나 중요한 것이 죽음의 문제이다.

죽었다가 살아난 사람의 증언

간혹 죽었다가 살아난 사람들의 증언이 우리들에게 들린다. 해외 토픽에서도 자주 들리지만, 우리나라 민담에도 자주 등장한다. 다음은 우리나라 민담에서 죽었다가 살아난 사람의 이야기다.

"박경래란 사람이 중병이 들어서 죽게 되어 정신이 몽롱한데, 밖에서 어떤 사람이 자기 이름을 부르며 나오라고 하기에 나가니 저승으로 끌고 갔다. 그가 저승에 가니, 최판관이 '박경래'를 '박영래'로 잘못 알고 데려왔으니 다시 가라고 해서 집으로 왔다. 집으로 오자 그는 깨어났는데, 가족들은 죽었다고 울고불고 하면서 장례를 치르려 하다가 깨어나는 것을 보고 기뻐했다. 그가 아들을 시켜 '박영래'라는 사람을 찾아보라고 했더니, 정말 '박영래'라는 사람이 그날, 그 시에 죽었다고 한다."

《한국의 민담》 최운식, 시인사

'저승에 갔다 온 사람'을 다룬 이 글은 저승사자가 '박영래'라는 사람을 데려가야 하는데 이름을 착각하여 '박경래'를 데려갔다가 다시 인간세상으로 돌려보내 소생시켰다는 내용이다. 이렇게 죽었다 살아났다는 민담은 전국적으로 분포되어 있다. 이런 종류의 민담에서 살아난 사람들은 자신이 염라국에 가보았다거나 아니면 이상한 곳을 여행했다고 말한다. 이처럼 저승을 여행했다고 말하는 것은 민담에서 공통적으로 나타나는 현상이다.

그러고 보면 동서양 모두 사람이 죽는다는 것은 어딘가를 간다고 표현하고 있다. 우리나라도 어른이 죽는 것을 '돌아가셨다'라고 표현한다.

어딘가에서 와서 다시 거기로 돌아갔다는 뜻일 게다. 저승, 염라국 등으로 표현되는 그곳을 간다고 믿는 것이다. 고대 이집트는 피라미드의 '미라' 인 파라오가 살아나서 생전에 쓰던 물건과 심지어 부리던 노예까지 부린다고 생각해 물건과 노예를 함께 생매장했다. 죽음 후에 어딘가를 가서 산다는 믿음을 갖고 있었기 때문이다. 마찬가지로 종교에서도 빠지지 않는 부분이 바로 사후의 세계를 신앙하는 것이다.

그렇다면 어째서 문명이 고도로 발달했다고 하는 곳에서 오히려 입증하기조차 불가능한 사후세계관이 더욱 발달해 왔을까. 우주선을 타고 달나라를 가는 지금의 문명에서 천국, 극락, 지옥 등의 사후세계가 거론되고 있는 걸까.

성서에서 살펴본 천국과 지옥

이 문제를 자세하게 짚어 보려면 기독교도들의 경전인 성서로 돌아갈 필요가 있다. 예수 탄생 이전의 고대 이스라엘 역사를 다룬 구약성서에는 지옥이라는 개념이 없다. 죽어서 가는 사후의 세계에 대한 믿음이 기록되어 있지 않다. 다만 출애굽을 지도하던 모세에게 반항했던 이스라엘 백성들 중 일부가 신의 노여움을 받아 갈라진 땅속으로 파묻혔던 곳을 지칭하는 '음부' 라는 개념이 있다.

또한 '게헨나' 라고 불리는 예루살렘 남서쪽의 계곡을 가리켜 음부라는 개념으로 사용하기도 했다. '힌놈의 골짜기' 라는 뜻의 히브리어 '게힌놈'(Ge Hinnom)에서 유래한 그 계곡은 원래는 암몬족의 신 몰록에게 어린아이들을 희생 제물로 불태워서 바치던 곳이었다. 사람이 불태워진 다는 상상력에서 유대교와 그리스도교 종말론의 '지옥 불' 개념이 생겨난 것으로 성서학자들은 보고 있다.

실제로 구약성서 시대엔 사후세계관보다 더 중요한 개념이 있었다. 천국이란 개념보다는 '약속의 땅'이라는 개념이 그것이다. 이 말이 제일 처음 등장한 것은 구약성서 창세기에 보여주는 아브라함의 행적에서다. 우상숭배의 땅 하란에서 신은 아브라함을 불러 거기를 떠나 '약속의 땅' 가나안으로 들어갈 것을 주문했다. 이런 연고로 성경을 텍스트로 하는 종교들인 유대교, 기독교, 이슬람교가 공히 아브라함을 믿음의 조상이라고 부르고 있는 것이다.

이후 약속의 땅을 제대로 믿지 못한 백성들은 흉년을 핑계로 이집트로 피난 간다. 구약성서 출애굽기에는 모세라는 사람이 태어나 민족을 인도하는 영웅이 된다는 내용이 나온다. 물론 이런 내용은 《람세스》, 《엑소더스》 등의 책이나 영화에서 자주 다룬 내용이다. 그도 이스라엘 백성들을 이끌고 '약속의 땅' 가나안으로 향한다. 이런 내용도 성서고고학자들 간에 실제 사건인지 아니면 상징적인 사건인지를 두고 의견이 분분하다.

하여튼 모세도 역시 '약속의 땅'에 대한 신앙으로 이스라엘을 이끌었다. 그 '약속의 땅'은 곧바로 바벨론 포로 생활에서 고대 유대인들이 고국 팔레스타인에 유대 민족국가를 건설하는 것을 목표로 한 유대민족주의 운동인 '시오니즘'으로 이어진다. 바벨론에 포로로 잡혀 갔던 이스라엘 사람들은 '약속의 땅'에 대한 신앙의 불을 지펴 지금의 이스라엘 본토와 팔레스타인에 해당하는 '약속의 땅' 가나안에 힘써서 들어가게 된다.

이런 역사는 세계 각지로 흩어져 있던 이스라엘 사람들에게 세계 1차대전이 발발하면서 또다시 정치적인 시오니즘으로 이어진다. 그 주도적 역할은 영국에 거주했던 유대인들인 바이츠만과 소콜로 등이 맡았고, 1917년 11월 2일에 드디어 영국으로부터 팔레스타인 내의 유대 민족국가 건설을 약속하는 밸푸어 선언을 얻어내기에 이르렀다. 팔레스타인으로 유대인을 이주시키는 정책이 지지부진하던 상황에서 세계 2차대전이 발발한 후에 미국과의 교섭을 통해 확정짓게 되고 현재에까지 이르게 된 것이 시오니즘의 역사이다.

이처럼 구약성서 자체는 사후세계에 대한 관심보다는 '약속의 땅'에 대한 신앙으로 상징되는 현세의 독립과 자유에 대한 갈망으로 꽉 차 있다. 그러다가 지옥이란 개념이 본격적으로 들어온 것은 예수 탄생 이후와 기독교 교회의 탄생을 기록한 신약성서가 기록되던 시대부터다.

지옥이란 신약성서를 기록한 언어인 그리스 헬라어로 '하데스'이다. '하데스'는 그리스 신화에 나오는 명계를 지키는 신을 말한다. '하데스'가 살던 곳을 묘사하면 이렇다. 하데스가 지배하는 나라는 지하에 있다고 생각되었고, 그 경계에는 스틱스(Styx) 또는 아케론(Acheron)이라는 강이 있어 나룻배 사공 카론이 사자를 건네 준다고 묘사하고 있다. 하데스의 입구에는 사자가 명계에서 나가지 못하도록 케르베로스(Cerberos)

라는 개가 감시하고 있다. 요즘 일반적으로 우리가 생각하는 지옥의 개념과 아주 흡사한 곳이 바로 이 하데스가 사는 나라라고 보면 무리가 없을 듯하다. 성경에 나오는 지옥에 대한 여러 어원과 표현이 있지만, 지옥을 생각하는 기독교인들의 심상에 제일 적합하게 묘사해 준 개념은 역시 지옥 같은 곳을 지키는 그리스 신 '하데스'의 이름에서 유래되었다고 볼 수 있다.

이렇게 고대 그리스인들에게 지옥의 개념이 왕성했던 것은 크게 두 가지 이유다. 하나는 현세(현상계)와 내세(이상계)를 구분하는 이원론적 세계관이며, 다른 하나는 수많은 신들이 등장하는 신화가 일반인들에게 두루 퍼져 있었기 때문이다. 물론 이 둘은 떼려고 해도 뗄 수 없는 관계이다.

이런 사상들이 로마가 이스라엘을 포함한 고대 근동을 점령하면서 기독교에도 자연스레 흘러들어 가게 되었고, 초기 기독교 사상과 접목이 되어 지금의 기독교적 사후세계관을 형성하는 데 일조하게 된 것이다. 예수와 예수 사후의 초기 기독교 사회를 기록한 신약성서는 그리스 언어인 헬라어로 기록되었는데, 사후세계관뿐만 아니라 기독교 사상 전반에 걸쳐서 헬라문화의 지대한 영향을 받으면서 초기 기독교는 성장했다. 이런 사후세계관은 로마제국의 치하에서 초기 기독교가 받았던 '기독교 박해' 시대에 꽃을 피우게 된다. 핍박 받던 그들은 고난을 이겨내고 희망을 불어넣기 위해 '사후세계관'을 더욱 강하게 받아들였다.

그러면 기독교도들의 교주인 예수는 천국과 지옥을 어떻게 설명하고 이해했을까. 신약성서에 '부자와 나사로' 라는 이야기에서 비슷한 개념의 말이 나오지만 천국이라는 표현보다는 '아브라함의 품' 이라는 상징적 표현을 썼고, 지옥이라는 표현보다는 '바깥 어두운 데' 라고 하는 상징적인 표현을 썼다.

그것보다 더 중요한 것은 예수에게 있어서 하늘나라(천국)가 지금의 다수 기독교도들이 믿는 것처럼 죽어서만 가는 나라로 보지 않았고, 오히려 더 역동적으로 지금 이 세상에서 이룰 '하나님의 나라' 로 보았다는 것이다. 그러니까 예수는 천국(하늘나라)보다는 신국(하나님 나라)에 더 관심을 가지고 생애를 투자한 것으로 볼 수 있다. 예수 당시 유대교의 종교 지도자들이었던 바리새인들이 하나님의 나라가 어느 때에 임하느냐고 물었을 때 예수는 "하나님의 나라는 볼 수 있게 임하는 것이 아니요, 또 여기 있다 저기 있다고도 못하리니 하나님의 나라는 너희 안에 있느니라"(신약성서 누가복음 17장 20~21절)라고 대답했던 것이다. 여기서도 역시 하나님의 나라(신국)라는 표현을 쓰면서 '볼 수 있게 임하는 것이 아니다' 라고 함으로써 그것은 어느 때에 임하는 시간의 차원도 아니고 볼 수 있는 시각의 차원도 아니라는 걸 시사하고 있다. 그리고 '여기 있다 저기 있다고도 못한다' 고 말함으로써 공간의 차원 즉, 죽어서 가는 알 수 없는 곳이 아니라는 것도 시사하고 있다. 다만 예수는 '너희 안에 있다' 라고 표현함으로써 사람들의 마음속에 있다고 확실히 알려 주고 있다.

불경에서 살펴본 극락과 지옥

이쯤 하고 불교를 만나 보자. 사실 종교적 신앙과 연관된 세계일수록 사후의 세계에 대한 신앙이 널리 퍼져 있음은 그리 놀랄 만한 일이 아니다. 그런 차원에서 보면 기독교에 '천국과 지옥'이 있듯이, 불교에도 역시 '극락과 지옥'이 있다. 하지만 원시불교와 소승불교에는 '극락과 지옥'이라는 개념이 존재하지 않는다. 붓다 사후에 불교가 널리 퍼져 나가 대승불교로 승화되면서부터 생긴 개념이 바로 '극락과 지옥'이라는 개념이었다.

극락이란 '아미타불의 정토인 불교도들의 이상향'이라고 사전은 설명하고 있다. 안양(安養)·안락(安樂)·연화장세계(蓮華藏世界)라고도 불리는 극락은 즐거움만 있는 곳으로 묘사되고 있으며, 이 즐거움은 아미타불의 본원이 성취된 깨달음의 즐거움을 말한다고 한다. 《아미타경》에 의하면, 극락세계는 아미타불이 거주하며 설법하는 곳으로서 서방으로 십만 억의 불국토를 지나야 있다고 한다. 《화엄경》에 의하면 "연화장세계(蓮華藏世界)라 불리는 광대무변한 대우주에 20겹으로 된 수많은 대우주 세계가 있는데 제13겹계에 우리가 살고 있는 사바계 우주, 은하계 우주가 있다. 연화장세계는 불찰(佛剎) 미진수의 세계로 구성되어 있으며, 사바세계로부터 서쪽으로 십만 억 세계를 지나 극락세계가 있는데, 극락세계와 사바세계는 같이 연화장세계 내에 있다"라고 더 구체적이고 세세하게 기록하고 있다. 극락은 광대무변한 우주 가운데 천체의 모양으로 실재하는 땅이며 천당·지옥 등이 있는 3계(三界)와도 구별된다고 《화엄경》은 밝히고 있다. 극락에는 5욕(五欲)이 없으므로 비욕계(非欲界)며, 땅에 존재하므로 비색계(非色界)며, 극락인들 모두 형상이 있으므로 비무색계(非無色界)로 경은 욕계, 색계, 무색계와 구별되는 곳이라고 알려 주고 있다.

여기서 한 가지 재미있는 사실을 발견할 수 있다. 불경에서 말하는 극락과 성서에서 말하는 천국의 모습이 너무나도 유사하기 때문이다. 불교에서는 "땅이 칠보로 되어 있고 청정하며 국토가 한량없이 넓고 땅이 평탄하여 산과 골짜기, 바다와 강이 있으며, 지옥 아귀 축생 등이 없다. 비 눈이 없고 해 달도 없으나 항상 밝고 밤낮이 없으며, 꽃 피고 새 우는 것으로 낮을 삼고 꽃 지고 새 쉬는 것으로 밤을 삼는다. 극락의 일주야는 사바의 일 겁에 해당하며, 여인이 없어 음욕이 없으며 6신통(六神通)이 모두 구족돼 결코 욕망하는 바로 고통 받는 일이 없다. 사람들 모두 지혜로우며 도덕 아님이 없고 서로 공경하고 사랑하며 미워하거나 시기하는 일이 없다"(미타인행 48원가)라고 극락을 설명하고 있다. 기독교에서는 "하나님이 모든 눈물을 그 눈에서 씻기시므로 다시 사망이 없고 애통하는 것이나 곡하는 것이나 아픈 것이 다시 있지 않다. 그곳은 하나님의 영광이 있어서 그 성의 빛이 지극히 귀한 보석 같고 벽옥과 수정같이 맑다. 크고 높은 성곽이 있고 그 성곽의 기초는 세상의 진귀한 모든 보석으로 되어 있다. 또 수정같이 맑은 생명수가 흐르고 과실과 잎사귀가 늘 푸른 곳이다. 거기에는 도무지 밤과 같은 어두움이라고 찾아볼 수 없어서 등불과 햇빛이 쓸데없는 곳이다"(요한계시록 21~22장)라고 천국을 설명하고 있다. 전혀 다를 것 같은 두 종교가 그리고 있는 사후 이상향의 모습이 이토록 비슷한 것은 우연일까. 아니면 종교에서 추구하는 이상향은 언제 어디서나 동일하다는 것을 보여주는 것일까.

이렇게 극락에 대해서 말하고 있으니, 불교에서는 극락과 지옥을 실제로 있는 어떤 곳으로 신앙하고 있는 것은 아닐까 하는 의문이 고개를 든다. 정말 그럴까. 이 의문을 풀기 위해 《불교입문교리》(김길상 저, 도서출판 홍법원 49~52쪽)를 만나보자. 이 교리서에서는 극락과 지옥이 어떤 곳인지 다음과 같이 설명하고 있다. 극락은 극락세계, 극락정토, 극락국토라고 부르며, 앞서 《화엄경》에서 말한 것으로서 '사바세계에서 서쪽으로 십만 억 불국토를 지나가면 있고, 괴로움이 없고 자유와 즐거움만 있는 이상향'으로 말하고 있다. 다만 이러한 설명 말미에 "이러한 극락설은 불교의 윤리관에서 나온 것이다"라고 말한 부분이 인상적이다. 또한 지옥은 즐거움이 없고 행복이 없는 곳이며, 극락과 반대되는 곳이라고 설명하고 있다. 그러면서 극락과 지옥의 뜻은 인간생활을 떠난 외계의 어떤 특징된 곳을 의미하지 않고 오직 인간의 마음 가운데 있는 것으로 번뇌를 끊고 자기 본성을 깨달아 부처가 된 열반의 경지를 이른다고 말하고 있다. 말하자면 붓다가 깨달은 경지가 극락이요, 그 반대로 참다운 진리를 모르고 미혹에 빠져 고뇌하는 곳이 지옥이라는 것이다. 그러면서 마지막에는 명쾌하게 불교를 설명해 준다. "그러므로 불교는 사후에 어떤 안일한 꿈나라를 염원하는 것이 아니고 오직 이 세계를 '지상극락화'하자는 데 목적이 있으므로 가장 현실적인 종교요 삶의 지침이 되는 사상입니다"(《불교입문교리》52쪽)라고 말이다.

앞의 이야기는 《법화경》에 가면 좀 더 직접적으로 표현되고 있다. 법화경에서는 "부처님은 이 세상을 바꾸어 극락정토를 만들려고 오신 것이 아닙니다. 이미 세상 그대로가 정토라는 사실을 알리려고 오신 것입니다"(《사람이 부처님이다》불광출판사 72쪽)라고 말함으로써 이미 사람과 이 세상이 성불한 부처의 나라임을 역설한 것이다. 불교계의 거장 성철 스님이 "집집마다 부처님이 계신다"라고 말한 것과 일맥상통한다고 할 것이다.

달라이라마의 윤회 이야기

이왕 불교를 말했으니 '환생'을 말하지 않을 수 없다. 사람이나 동물이 죽어서 다른 존재로 다시 태어난다는 것을 말한다. 실제로 환생을 했다는 사람들의 증언을 다룬 책들과 다큐멘터리는 꽤 된다. 지금 우리에게 익숙한 티베트의 지도자 달라이라마도 그런 체험을 통해서 티베트의 지도자가 되었다.

14대 달라이라마(달라이라마란 명칭은 이름이 아니라 직책을 말한다. 티베트의 왕이자 종교적 지주이다. 정교를 둘 다 관장하는 수장의 직책이 달라이라마다)인 '텐진 갸초'는 어릴 때에 현신으로 발견되었다. 13대 달라이라마가 임종 직전에 자신의 환생을 예고하였다. 그 후 13대 달라이라마의 유언에 따라 라마들은 앞에 호수가 있는 하얀색의 집을 찾아 나섰다. 1935년에 암도 지방에서 그 집을 발견하였는데, 라모 돈드럽이 있었다. 그때 관리가

라마라는 것을 '돈드럽'은 알아챘으며 라마들의 이름을 알아맞혔다. 그리고 신자들이 돈드럽을 라싸로 데려와서는 큰 북과 작은 북을 각각 한 개씩 가지고 왔는데 놀랍게도 작은 북을 집었다. 그 북은 13대 달라이라마가 자신의 시종을 부를 때 사용하던 북이었다.

지금의 티베트 망명정부의 수장인 달라이라마 '텐진 갸초'는 그의 자서전에서 어렸을 적 '달라이라마'라는 계시 덕분에 '14대 달라이라마'로 지목을 받고 생전 가보지도 않은 티베트 궁전으로 불려 들어가면서 다음과 같이 고백하고 있다.

"어쩐지 두 사원 다 매우 낯이 익어서 전생에 와 본 적이 있는 것 같은 확신이 들었다."《달라이라마 자서전》텐진 갸초, 정신세계사 68쪽)

이러한 사실을 믿든 안 믿든 지구의 3분의 1에 해당하는 사람들이 환생의 신앙에 가까운 힌두교, 불교 등의 교도들이다. 그 환생의 신앙에서도 마찬가지로 한 사람이 다른 존재로 태어나기까지의 간격은 어떻게 설명할까, 그동안에는 어디로 갔다가 온단 말인가, 이런 질문들을 던질 수 있다.

우리는 앞에서 다양한 사후세계를 여행했다. 어떤 사후세계관을 신앙하는 곳이든 해당 신봉자들은 가감 없이 믿을 뿐 아니라 그렇게 체험했다고 증언하고 있다. 과연 어느 것이 진실일까. 며느리도 모르고 시어머니도 모르는 이런 '네버 엔딩 스토리'들이 지구상에 존재하는 모든 종교들의 바탕이 되고 있다는 것도 재미있는 사실이다.

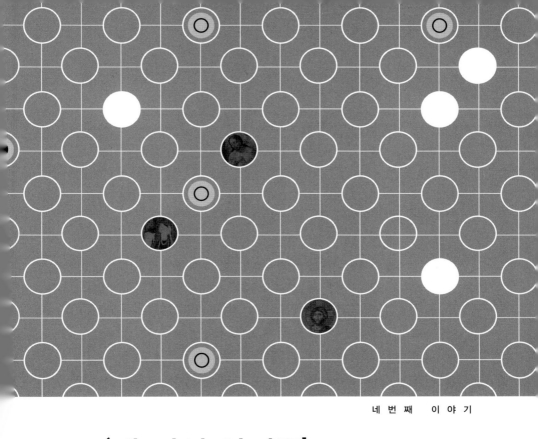

네 번 째   이 야 기

'세 명의 사기꾼'
모세 · 예수 · 마호메트

"이 대범하고도 도발적인 책은 18세기 내내 엄청난 성공을 거두었다. 당시 전 유럽에서 출판되었고, 십여 차례에 걸쳐 거듭 필사되기도 했다. 스웨덴의 크리스티나 여왕이 이 책을 구하기 위해 막대한 자금을 동원하였고, 실제 저자의 정체가 무엇이냐는 문제를 놓고 끝없는 논쟁이 진행되었다. 심지어 숨은 저자가 프로이센의 프리드리히 2세일 거라는 추측이 나돌기도 하면서 결국 초긴장 상태의 파리 경찰이 직접 나서 이 책을 유통시키는 서적상을 일제 검거하는 사태가 벌어지기도 했다."《세명의 사기꾼》의 표지 글 중에서, 스피노자의 정신, 생각의 나무)

《세 명의 사기꾼》이 도대체 어떤 책이기에 18세기 유럽 전체를 흥분과 논란의 도가니로 몰아 갔을까. 단지 한 권의 책이 그리도 위력이 있단 말인가. 아직도 저자가 누구인지 논란이 분분한 책이다. 이슬람 종교철학자 이븐 루슈드, 교황으로부터 종교파문을 당했던 프리드리히 2세, 13세의 유명한 연금술사 아르노 드 빌뇌브, 보카치오, 에라스무스, 마키아벨리, 르네상스기의 광인 천재 카르다노, 신학자이자 의사인 세르베투스, 무슬림과의 화해를 주장하다 투옥된 기욤 포스텔, 범신론적 인문주의자 조르다노 브루노, 이탈리아의 철학자 캄파넬라, 무신론 강연을 펼친 자연철학자 바니니. 이상 열거한 12명의 사람들이 이 책의 저자일 거라는 '추측 명단'에 오른 사람들이다. 물론 '스피노자의 정신'이란 저자명은 실명이 아니라 후대 사람들이 보건대 스피노자 사상에 정통한 사람 중 한 사람이 썼을 거라는 추측으로 붙여준 것이다.

이 책에서는 '모든 종교는 사기다'라고 주장하기를 조금도 주저하지 않는다. 이 책의 주장을 요약하면 "물론 그 이유는 단순했다. 베일에 가려져 있지만, 필경 스피노자의 사상에 정통했음이 분명한 저자의 주장이 너무나도 파격적이었기 때문이다. 즉 세상의 모든 종교는 사기꾼들에 의해 정교하게 조작된 거짓일 뿐이며, 정치권력과 결탁하여 민중을 폭압하는 목적으로 운영된다는 것이다"(같은 책 표지 글 중에서)라며, 세상의 모든 종교는 사기꾼들에 의해 조작된 것이라고 대담하게 고발하고 있다. 종교를 창시한 사람과 그를 따르는 추종자들을 한마디로 '사기꾼'이라고 몰아붙이고 있는 셈이다. 사실《세 명의 사기꾼》의 원제가 'Traite des trois imposteurs Moise, Jesus, Mahomet(세 명의 사기꾼 모세, 예수, 마호메트)'이다. 유대교의 교조 모세, 기독교의 교조 예수, 이슬람교의 교조 마호메트 등 세 사람을 사기꾼이라고 말한 책이다. 책 제목부터 아주 대담한 도발이 아닐 수 없다. 최첨단 문명을 자랑하는 현대에서조차도 이러한 도발적인 명제의 책이라면 금서의 굴레를 덮어쓸 수도 있을 법하다. 더구나 기독교 문화가 왕성하고 이슬람 문화가 활발했던 18세기 유럽에서 출간되어 공공연히 베스트셀러가 되었으니 오죽하랴.

그들이 '사기꾼'이라 불린 이유

이 책을 조금 들여다보면 "자고로 인간의 망상이란 끝이 없는 법이기에, 사람들은 수많은 신들을 이리저리 만들어 왔고, 자신들이 선을 행하는지 악을 행하는지에 따라 호의적이고 때론 악의적인 신들의 태도를 규정지어 왔다"(23~24쪽)며 신을 인간의 상상의 결과물이라고 말하고 있다. 그러면서 "눈에 보이는 모든 것들이 바로 자신을 위해 만들어진 것이라는 참으로 어리석은 견해에 사로잡힌 인간들은, 세상 삼라만상을 자신들의 이익에 부합하도록 끌어들이고, 그 속에서 얼마나 이득을 보느냐에 따라 사물의 가치를 판단하기 위해 더없이 안성맞춤인 종교를 만들어냈다"(30쪽)며 종교가 만들어진 원인을 '인간의 자기중심성'으로 보고 있는 것이다. 그래서 결국은 "세상 만물은 오로지 상상의 단순한 결과일 뿐이다"(33쪽)라고 강력한 명제를 던져 놓는다. 결국 신도 종교도 인간의 필요에 의해서 만들어낸 망상에 불과하다는 것이다.

이 책은 모세에 대해 "사람을 속여 먹는 것에선 항상 대가이기 마련인 야심가들은 자기들의 계율을 세울 때 하나의 예외도 없이 똑같은 길을 걸어왔다. 대중 스스로가 고개를 숙이고 들어올 수 있도록, 그들은 대중의 자연스런 무지를 십분 활용하여 문제의 계율들이 신 또는 여신으로부터 직접 받아낸 것이라고 설득했던 것이다"(50쪽)라고 묘사하고 있다. 아마도 이는 모세가 광야의 시나이 산에서 신으로부터 직접 부여받았다는 십계명이 새겨진 돌을 들고 내려온 장면을 빗대어 하는 말이리라.

또한 예수를 "일단 무식한 몇몇 사내들을 휘하로 삼아, 자기가 아버지인 성령과 어머니인 동정녀 사이에서 태어났다고 설득했다. 그렇지 않아도 허무맹랑한 몽상과 꿈에 사로잡히기 일쑤였던 이들 선량한 사내들은 예수의 터무니없는 이야기에 흠뻑 빠져들었고, 자연의 질서를 무시한 탄생의 사연이 신기하면 신기할수록 그만큼 쉽사리 그가 원하는 곧이곧대로 믿게 되었다"(61~62쪽)라는 식으로 몰아붙이면서 자신의 탄생조차

사기를 친 인물로 묘사하고 있다. 그러면서 간음하다 현장에 잡혀온 여인에게 "죄 없는 자가 먼저 돌로 치라"고 말하면서 율법과 사랑의 법을 교묘히 빠져나갈 줄 아는 예수는 대단한 책략가였다고 강조하고 있다.

마호메트에 대해서도 "우선 그는 다른 사기꾼들과 마찬가지로 무지한 군중의 비호를 받았고 그들을 상대로 하늘로부터 부여받았다는 새로운 신탁을 떠벌렸다. 이들 무지하면서도 감각에 들뜨기 쉬운 자들은, 계율을 잘 지키는 사람들에 한해 그 들뜨기 쉬운 감각을 최고로 만족시켜 줄 낙원을 약속 받고는, 사기꾼의 이름을 사방으로 퍼뜨려 주었다"(86~87쪽)라고 묘사하고 있다. 마호메트에 대해서도 역시 약삭빠르게 기적이라는 것을 행했으며, 언제나 놀랄 만한 구경거리를 즐겨 찾기 마련인 대중의 약점을 여지없이 공략했다고 말하고 있다.

그러면서 이 책은 "이들 여러 종교들은 하나같이 공통된 이유들을 가지고서 서로 경쟁하는 가운데 자신의 입장을 방어, 정립하고자 애쓴다. 그런 와중에서 제각각 자기만의 기적과 성인들, 성공사례들을 끌어다 대는 것이다. 말하자면 그런 것들이 공통으로 사용되는 무기인 셈이다"(95쪽)라고 말하면서 세상에 모든 종교들의 특성을 꼬집는다. 또 "모든 종교는 상식에 비추어 볼 때 기이하고 혐오스럽다. 왜냐하면 그를 구성하는 요소들 중 어떤 것들은 인간적으로 판단해서 천박하고 가당치 않을 뿐더러 조금이라고 강인한 정신력의 소유자가 보기엔 한낱 조롱거리에 불과하거니와, 그게 아니라면 또 인간이 도저히 알 수 없도록 너무 드높고 찬란하며 신비스런 경지만을 내세우기 때문이다"(103쪽)면서 종교가 인간 상식 밖의 요소로 이루어졌음을 역설하고 있다.

준비된 역사, 교조들의 탄생

좀 더 차분하고 냉정하게 우리의 마음을 가라앉히고 이야기 해 보자. 앞의 책에서 말한 대로 모세, 예수, 마호메트 등 세 사람이 '사기꾼'이라는 것에 대해 우리는 전적으로 찬성표를 던질 수 있을까. 또한 '스피노자의 정신'이 말한 것처럼 종교가 모두 망상이며 사기라고 말하기엔 뭔가 많이 씁쓸하지 않은가. 마치 "개별 종교는 모두 절대적 진리이다"라고 말할 때와 비슷한 기분이 드는 것은 왜일까. 물론 개별 종교가 이 세상에 얼굴을 내밀 때 사기꾼 같은 면과 망상적인 면을 드러내기도 한다는 것은 부인할 수 없다. 종교의 역기능으로 인해 이 세상이 많이 황폐화되고 피폐된 것도 사실이지만, 그렇다고 모든 것이 '사기'이고 '사기꾼'이며, 망상이라고 말하기엔 뭔가 허전하지 않은가.

그렇다면 각 종교의 교조들의 삶을 되살펴보기로 하자.

먼저 이슬람교의 마호메트에겐 "아이를 낳기 전부터 아미나는 자기 뱃속에서 어떤 빛이 발산되는 것을 자주 느꼈다. 그러던 어느 날 그 빛이 더욱 강렬해지더니 1천 킬로미터나 떨어져 있는, 시리아의 거대한 성 보스라에 쏟아졌다. 그런 환영과 함께 음성이 들려왔다. '아미나 그대 몸속에는 훗날 모든 아랍인의 주인이 되는 아이가 잉태되어 있다. 이 아이는 세상에 나와 이렇게 말할 것이다. '나는 세상 사람들을 모든 악으로부터 구해 내 전능하신 알라의 보호 아래에 두리라.'"《무함마드》나종근 엮음, 시공사 60쪽)라는 탄생설화가 전해져 오고 있다. 그렇게 태어난 무함마드는 결혼해서 살다가 얻은 자식들이 차례로 죽게 되자 삶의 회의를 느끼고 히라의 동굴에 들어가 기도를 하는 가운데 천사들로부터 하늘의 계시를 받게 된다. 이로써 무함마드는 예언자의 길을 걷게 된다.

고대 이스라엘의 백성들이 이집트에 끌려가 고된 노예 생활을 하며 구원자를 고대하고 있을 때 이스라엘 12지파 중 한 족속인 레위 족속에게서 한 아이가 태어났다는 것이 모세의 출생 이야기다. 사내 유아를 죽이라는 이집트 파라오의 명령(이 부분은 후대에 예수가 태어날 때 이스라엘 헤롯왕이 내린 '유대 사내아이 살해 명령'과 유사하다)을 두려워한 나머지 갓난아기를 갈대 상자에 넣어 나일강에 띄웠고, 그 상자를 파라오의 딸이 보고는 모세를 거두어 궁중의 왕자로 키웠다는 것이 구약성서 출애굽기 2장에 기록되어 있다. 그렇게 장성한 모세는 우연히 길거리에서 이스라엘 사람을 학대하는 이집트인을 쳐 죽인 후 처벌이 두려워서 광야로 도망가서 살았다. 그러던 어느 날 광야의 가시떨기에서 신의 음성을 듣고 이스라엘의 구원자의 길로 나서게 된다. 모세는 이어서 파라오에게 이스라엘 백성들을 이끌고 나가겠다는 통보를 하면서 이집트를 상대로 아주 신기한 대재앙을 일으키기도 하고, 홍해를 가를 뿐만 아니라 뒤따라오던 파라오의 군대를 수장시키는 드라마틱한 기적을 행하기도 한다. 마침내 모세는 시나이 산에 올라가 신으로부터 직접 율법을 전수받음으로써 명실상부한 이스라엘 종교의 대부로 자리매김한다.

그렇다면 예수는 어떤가. "예수 그리스도께서 태어나신 경위는 이러하다. 예수의 어머니 마리아는 요셉과 약혼을 하고 같이 살기 전에 잉태한 것이 드러났다. 그 잉태는 성령으로 말미암은 것이었다. 마리아의 남편 요셉은 법대로 사는 사람이었고 또 마리아의 일을 세상에 드러낼 생각도 없었으므로 남모르게 파혼하기로 마음먹었다. 요셉이 이런 생각을 하고 있을 무렵에 주의 천사가 꿈에 나타나서 '다윗의 자손 요셉아, 두려워하지 말고 마리아를 아내로 맞아들여라. 그의 태중에 있는 아기는 성령으로 말미암은 것이다. 마리아가 아들을 낳을 터이니 그 이름을 예수라 하여라. 예수는 자기 백성을 죄에서 구원할 것이다' 하고 일러 주었다. 이 모든 일로써 주께서 예언자를 시켜, '처녀가 잉태하여 아들을 낳으리니 그 이름을 임마누엘이라 하리라' 하신 말씀이 그대로 이루어졌다. 임마누엘은 '하느님께서 우리와 함께이시다' 는 뜻이다"(신약성서 마태복음 1장 18~22절)라는 것이 예수의 탄생설화다. 그 후 헤롯왕의 유아 살해 명령을 피해 이집트로 피신했다가 다시 이스라엘 갈릴리에서 목수의 아들로 장성한다. 그 후 선지자 요한에게 세례를 받고 사막에서 40일 금식을 하면서 사탄의 시험을 통과한 후 메시아의 길을 걷는다. 그리고 병든 자를 낫게 하고 물로 포도주를 만드는 등의 기적을 행하다가 십자가 위에서 생을 마감한다.

그들의 삶을 간략하게 요약하고 나니 공통점이 보인다. 하나같이 그들의 탄생은 하늘로부터 신비한 예언과 음성, 꿈 등에 의해 준비된 역사라는 것이다. 또한 적절한 때에 보통 사람들의 상식을 초월한 신체험을 했다는 것과 보통 사람들이 행하지 못하는 기적 등을 행했다는 것이다.

그렇다면 이 이야기들의 진정성은 차치해 두고 왜 이러한 공통점들이 상존하는 걸까.

교조설화 역시 탄생설화일 뿐

이러한 실마리를 풀기 위해 뜬금없는 것 같지만 우리 민족의 이야기로 돌아와 보자. 고조선을 세운 단군의 탄생설화는 "천제(天帝) 환인의 아들 환웅이 태백산 신단수 아래로 무리 3,000명을 이끌고 내려와 신시(神市)를 세워 나라를 다스릴 때, 사람이 되기를 원하는 곰과 호랑이에게 쑥과 마늘을 주면서 백 일 동안 햇빛을 보지 말고 동굴 속에서 생활하라고 하였으나, 호랑이는 이 시련을 참지 못하여 나가고 곰은 웅녀가 되어 환웅과 결혼하여 단군을 낳았고, 그 단군은 고조선을 세웠다"며《삼국유사》,《제왕운기》,《세종실록지리지》,《동국여지승람》등의 서적에 유사한 내용으로 전해지고 있다.

신라를 세웠다는 박혁거세의 탄생은 이러했다. "진한 땅 여섯 마을의 우두머리들이 왕을 모시기 위해 높은 곳에 올라갔다. 남쪽을 보니 나정(蘿井)이라는 우물가에 흰말이 엎드려 있었다. 가까이 가자 말은 붉은 알 하나를 두고 하늘로 올라가 버렸다. 알을 깨어 보니 단정하고 잘생긴 남자아이가 나왔다. 동천(東泉)에 목욕시켰더니 몸에서 빛이 나고, 새와 짐승이 춤을 추었으며, 천지가 진동하고 해와 달이 빛났다. 이로 인해 세상을 밝힌다는 뜻에서 '혁거세 왕'이라 이름 했고, 박처럼 생긴 알에서 나왔다 하여 성을 박씨라 했다. 사람들이 모두 왕으로 받들며 배필을 구하려고 했는데, 그날 알영(閼英)이라는 우물가에 계룡(鷄龍)이 나타나 왼쪽 겨드랑이에서 여자아이를 낳았다. 아이는 아름다웠으나 입술이 닭 부리 같았다. 월성의 북천(北川)에서 목욕을 시켰더니 부리가 떨어졌다. 태어난 우물의 이름을 따서 '알영'이라 하고 남산 기슭에 세운 궁에서 혁거세와 함께 봉양되다가 13세 때 혁거세와 혼인해 왕후가 되었다. 혁거세는 61년 동안 나라를 다스리다가 죽었는데, 그 주검이 5체(五體)로 분리되어 땅에 떨어지더니 왕후도 따라 죽었다. 분리된 5체를 한데 묻으려 했으나 큰 뱀이 나타나 방해하므로 5체를 다섯 능에 묻고 '사릉(蛇陵)'이라고 불렀다."(출처《삼국유사》,《삼국사기》)

고구려의 시조 주몽은 어떤가. "천제(天帝)의 아들 해모수(解慕漱)와 정을 통하고 버림받은 하백(河伯)의 딸 유화(柳花)가 태백산(太白山) 우발수(優渤水)에서 북부여(北扶餘)의 왕 금와(金蛙)를 만나 그의 궁중에 유폐되어 있었다. 어느 날 해모수가 햇빛이 되어 나타나 유화에게 잉태시켜 알을 낳게 했는데, 여기서 태어난 것이 주몽(부여의 속어로 '활을 잘 쏜다'는 뜻)이라고 전해진다"라고《삼국사기》,《삼국유사》,《제왕운기》,《동국이상국집》, 광개토왕릉 비문 등에서 주몽의 탄생설화가 다루어지고 있다. 우연의 일치일까. 고주몽은 신라의 시조인 박혁거세와 동일하게 알에서 태어났다고 전해진다.

학자들은 이 세 가지의 설화를 일컬어 '건국설화' 또는 '건국신화'라고 한다. 한 나라를 세웠던 시조들의 탄생을 신화화한(정확하게 말하면 신격화한) 설화들이라 할 수 있다. 여기서 "어찌 곰이 사람이 될 수 있단 말인가. 마늘과 쑥이라는 음식물 하나 때문에 전혀 다른 종의 포유류간의 변이가 이루어질 수 있단 말인가"라든지, "엄연히 포유류인 사람이 어찌 파충류나 조류처럼 알에서 태어난단 말인가"라는 등의 딴죽을 건다는 것이 의미가 있을까.

그래서 학자들은 단군신화를 풀이하여, 곰을 신으로 섬기던 부족과 호랑이를 신으로 섬기던 부족 간의 전쟁에서 곰의 부족이 승리하여 고조선을 세웠다는 상당히 유력한 주장을 내놓기도 한다. 말하자면 동물을 신으로 섬기던 토테미즘을 근간으로 하는 부족 간의 전쟁의 결과라고 본 것이다. 마찬가지로 박혁거세가 다른 씨족 사회를 통합하여 신라를 건국한 것을 기념하는 신라 건국신화나 고주몽이 여러 부족을 통합하여 고구려를 건국한 고구려 건국신화 역시 역사의 승자들이 만들어내고 민간에 구전시킨 신화들이라고 보는 것이다.

그렇다면 우리 민족의 이러한 건국신화들과 앞에서 말한 3대 종교의 교조들의 탄생신화와 그 무게가 다르다고 할 수 있는가. 건국신화가 결국 역사의 승자들의 신격화라면, 종교의 교조들의 탄생신화도 결국 그런 맥락이 아니겠는가. 이 세상에 수많은 종교가 출몰했지만 아직까지도 세계의 종교라고 꼽히며 승리의 잔을 마시고 있는 몇몇 종교들의 '교조 신화'라고 말한다면 무리일까. 만일 종교적인 탄생신화를 액면 그대로 사실이라고 받아들여야 한다면 우리 민족의 건국신화들도 마찬가지이어야 할 것이다. 물론 탄생에 얽힌 것뿐만 아니라 종교 교조들의 삶에서 보여지는 신비한 현상이나 행위들도 그런 맥락에서 보아야 할 것이다. 이처럼 각 종교에서 전하는 메시지들의 진정성이나 진실성 등은 차치해 두고라도 종교의 근간을 이루고 있는, 각 종교의 경전에서 보여주는 교조들의 모습은 우리 민족의 건국신화가 형성된 배경과 동기, 과정과 비교했을 때 전혀 다른 별개의 세계라고 볼 만한 근거는 없다.

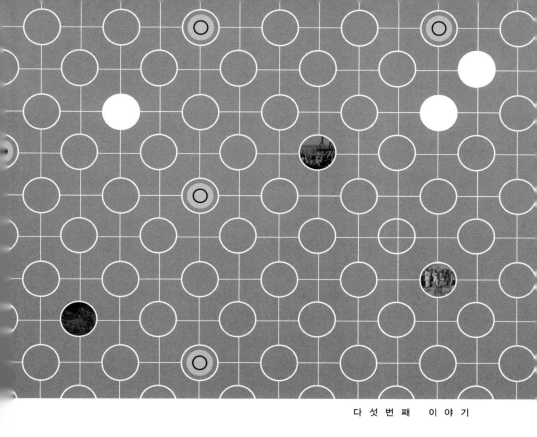

모든 종교는
영업에서 이겨야 살아남는다

"교회당 매매 1억, 신도 두당 200만 원…"

이런 광고가 신문지상에 나돈다는 것은 이제 새삼스러울 것도 없다. 마찬가지로 '사찰 매매 몇 억, 신도 두당 얼마'라는 식의 광고도 더 이상 충격적이지 않다. 이 때문에 "세상이 말세다"라고 외치는 사람부터 "종교는 역시 만악의 근원"이라고 외치는 종교 안티세력까지 생겨나고 있다는 것 역시 이제는 대수롭지 않은 일일 뿐이다.

이러한 일련의 사회현상들을 두고 '종교의 타락'이니 '종교계의 황금만능주의'니 하며 떠들지만 과연 그것이 종교의 타락일까. 이를테면 종교는 본래 그러한 부분이 없었는데 이제 와서 세상의 풍조에 물들어 세속주의로 전락하고 만 것일까. 그래서 자신이 속한 종교를 걱정하며 개혁하고자 하는 사람들이 외치는 것처럼 처음 정신으로 돌아가거나 첫사랑을 회복하면 극복할 수 있는 문제들인가. 원래는 종교가 아름다웠는데 타락해서 그런 것이 아니라, 오히려 원래부터 그러한 속성이 있었던 건 아닐까. 이 점에 의문부호를 안고 이야기해 볼 필요가 있다.

'먹사'와 '땡중'

'먹사'란 말을 들어 보았는가. '먹사'란 자기 배를 불리기 위해 신도들을 이용하거나 자신의 입신출세를 위해 종교를 이용하는 개신교회 목사들을 보며 네티즌들이 만들어낸 인터넷 신조어다. '종교적 본연의 의무를 다하지 않고 먹고사는 것에만 집중하여 사회를 속이는 사람'이라는 뜻으로 타락한 목사들을 일컫는 것이다. 이와 비슷한 개념으로 불교에서는 '땡중' 이라는 표현이 있다. 이는 염불에는 관심이 없고 젯밥에만 관심이 있는 승려를 일컫는 말이다. 어쨌든 둘 다 이 사회에서 나타나는 성직자(사회적 의사소통 차원에서 적당한 표현이 없어 이 표현을 앞으로 계속 쓴다)들의 비뚤어진 상일 게다. 하지만 뒤집어 생각해 보면 아직도 사회에서선 종교, 특히 종교에 몸담고 있는 성직자들에게 거는 기대가 남아 있다는 반증이기도 하다.

그러면 과연 성직자는 직업인일까 아닐까. 이 질문에 대답하기에 앞서 우선 직업의 사전적 정의를 살펴볼 필요가 있다. '직업이란 생계 유지를 위해 하는 일' 을 말한다. 얼마나 명쾌하고 간단한 정의인가. 자신의 생계 유지를 위해서 하는 일이라면 그것이 직업이 될 수 있다. 말하자면 '걸인' 이 구걸하는 것과 '직업여성' 이 몸을 파는 것도 모두 직업이다. 그렇다면 성직자가 직업인일까 아닐까를 따진다는 것은 무의미한 일이다. 이미 답은 나왔다. 성직자들 스스로도 직업란이라고 분류된 곳에 '목사, 신부, 승려' 라고 기록하니 두말할 것도 없다.

성직자를 각 종교에서 뭐라고 표현하든, 그 역할과 지위를 어디까지 올려놓았든지 간에 그들은 '전문종교인' 이라고 할 수 있다. 해당 종교에서 요구하는 일정 수준의 교육과 훈련, 경력을 겸비한 사람에게 주는 것으로서 일종의 '자격증 취득자' 인 것이다. 그것은 의사, 변호사, 미용사 등과 같은 맥락인 셈이다. 그렇다면 성직자들을 '전문직업인' 이라고 말한다고 해서 별로 특별할 것도 없다.

그렇다면 앞서 말한 '먹사' 와 '땡중' 이 종교 본연의 의무를 다하지 않고 종교를 이용해 부와 출세를 누리는 성직자들을 비꼬는 말이라는 것은 타당한 것일까. '먹사'와 목사, '땡중'과 승려의 차이는 과연 뭐란 말인가. '먹사'든 목사든, '땡중'이든 승려든 생계 유지로부터 자유로울 수 있는 사람은 없다. 그렇다면 이 둘을 구분할 수 있는 기준은 무엇이란 말인가. 시쳇말로 '해 먹은 양의 차이'로 양자를 구분하는 것일까. 그 둘을 구분하는 기준에 '최저생계비'가 마지노선일까. 이 둘을 굳이 구분해서 욕하고 비난하는 사람들 또한 이 문제로부터 자유로울 수 있을까.

여기에서 세계 종교인구 현황을 잠깐 살펴보자. '기독교 21억(33%), 이슬람교 13억(21%), 무신론자 11억(16%), 힌두교 9억(14%), 중국 전통종교 3억 9천만(6%), 불교 3억 7천만(6%)'이라고 기독교 선교기관인 'adherents'가 2005년에 발표했다. 세계 61억 인구 중 11억 명(16%)만이 무신론자(무종교인)라고 보고 있으며, 나머지 84%인 50억 명이 어떤 식으로든 종교에 속해 있다는 것이다. 가히 천문학적인 숫자다.

우리나라는 어떤가. 2005년 통계청은 우리나라 종교인구와 관련해 '불교 1,070만, 개신교 860만, 천주교 510만, 유교 등 기타 종교 30만'이라고 발표했다. 우리나라 총인구 4,900만 중 절반에 해당하는 2,497만 명이 종교인이라는 이야기다. 이런 통계들이 각 종교간 선교 자료로 쓰인다는 것은 생각해 볼 일이다. 자신이 속한 종교가 우리나라 인구 중 얼마나 차지하고 있는가를 확인하여 자존심의 근거로 삼을 뿐만 아니라 앞으로 달성해야 할 목표를 다짐하는 도구로 사용하고 있는 것이다. 일반 기업에서 말하는 '시장점유율 조사'와 별반 다를 것이 없는 조사인 셈이다.

사실 이것보다 더 직접적인 현실이 있다. 바로 종교헌금 현황이다. "우리 국민은 지난해 약 6조 2,100억 원을 종교계에 헌금한 것으로 나타났다. 특히 종교헌금액은 12년 전보다 116%나 늘어 같은 기간 도시가구의 경상소득 증가율 47.2%를 크게 앞질렀다"(《세계일보》 2007년 8월 16일자)는 기사가 보도된 적이 있다. 이 기사에 따르면 우리 국민 1가구당 약 38만 8,300원을 종교 관계비로 지출했다고 한다. 하지만 교회나 사찰 등은 현재 어떠한 회계 공개 의무도 없어 전체적인 자금 규모를 파악하는 건 불가능한 상황이며, 실제 종교계가 거둬들이는 헌금 규모는 통계청 자료보다 훨씬 더 많을 것이라는 게 대체적인 인식이다.

이러한 사실들은 무엇을 말해 주는가. 종교계와 관련한, 더 구체적으로 종교헌금과 관련한 자본의 규모는 우리나라 경제의 큰 축을 이루고 있다. 각 종교계가 싫어하든 좋아하든 상관없이 '신도 수가 곧 그 종교의 크기'를 결정하며, 나아가서 그 종교가 가지는 사회적 영향력의 크기를 말해 주는 것이 된다. 더군다나 자본주의 사회에서는 돈이 곧 권위이고 권력이며 위상이다.

항상 영업 경쟁은 있었다

이러한 현상은 사실 새삼스러운 것이 아니다. 서양의 식민지 정복 역사의 선두에는 항상 종교(기독교)가 있었다. 그런 면에서는 영국도 프랑스도 스페인도 독일도 한결같았다. 그 나라들이 휩쓸고

간 나라들은 거의 다 기독교 국가들이 되었다. 그렇다고 이슬람교는 다를까. '종교포용주의'를 표방하던 이슬람은 스페인 등의 유럽대륙을 점령하면서 종교의 자유를 주는 듯했다. 하지만 실상은 이슬람이 아닌 종교인들은 일정한 지역에 모여서 종교생활을 해야 했고, 그들에게는 종교세를 내야 하는 페널티가 부과되었다. 당하는 사람의 입장에서는 이는 결국 '힘들면 이슬람으로 넘어와라'는 것이나 다름없다.

인류역사상 생겨난 모든 종교들 중 자신의 종교가 아닌 타 종교를 만났을 때 서로를 포용하는 예는 극히 드물었다. 그들은 서로 항상 부딪치고 싸우고 무너뜨려야 했다. 분명히 그들의 경전에는 포용과 만인형제를 주장하고 있는데 말이다. 예컨대 이슬람교의 경전《코란》의 암소의 장 바까라 256절에는 "종교를 강요해서는 안 된다"(《코란》 나종근 엮음, 시공사 103쪽)라고 강조하고 있고, 기독교와 유대교의 경전인 구약성서에는 "태초에 하나님이 천지를 창조했다"(창세기 1장 1절)라고 선언함으로써 모든 인류가 한 근원에서 나온 한 형제임을 밝히고 있다. "불교가 무엇인지, 부처님이 무엇인지 모르는 사람까지도 이미 완전한 부처님이라는 사실입니다"(《사람이 부처님이다》 무비 스님, 불광출판사 76쪽)를 설파하는 불교의 근본원리 역시 마찬가지이다.

우리 민족의 역사에서도 이러한 경쟁의 역사는 있었다. 고려시대 말엽까지 융성한 불교는 왕실과 절친했다. 그래서 누린 불교계의 권력은 대단했다. 종교와 정치가 밀월관계에 있었던 것이다. 이러한 것들을 '망국의 원인'으로 규정한 신진사대부들이 쿠데타를 일으켜 세운 나라가 조선이었다. 그들이 세운 주요 정책 중 하나가 '숭유억불' 정책이었다. 유교를 숭상하고 불교를 억제한다는 그 정책으로 말미암아 수많은 절과 승려들이 권력의 중심에서 멀어져 갔다. 겉으로 보기엔 조선시대 500년 동안 유교가 지배해 온 듯 보일 정도였다. 그 유교가 융성해서 조선을 좌지우지하고 있을 때 기독교를 앞세운 서양 문물이 조선에 상륙했다. 김옥균 등의 소위 개화파라는 인물들이 기독교와 관련 있었다는 것은 놀랄 일이 아니다. 이어서 일제강점기와 6.25전쟁이라는 아픔을 겪은 대한민국 정부의 최초 주역이 이승만 대통령(개신교회 장로)이었다는 사실 또한 우연은 아닐 듯싶다.

조그만 한반도의 종교사에서만 보더라도, 한 종교가 융성하면 그 종교를 딛고 일어서는 또 다른 종교가 있어 왔던 것을 볼 수 있다. 이들 간의 싸움에서 양보란 있을 수 없었던 것이다. 왜 그럴까. 자신이 신앙하는 종교가 절대적 진리이며 타 종교는 거짓이라고 굳게 믿기 때문일까. 그래서 자신이 믿는 종교만이 세상을 구할 수 있는 진리이기에 목숨을 걸고 사수하며 타 종교를 밀어내야만 했을까. 그것은 종교의 안경이 아닌 일반 상식의 안경으로 역사를 살펴보면 금방 알아차릴 수 있는 대목이다. 그것은 바로 '세력 확보'의 문제였고 '영역 확대'의 문제였으며, 밥줄의 문제였고 생존경쟁의 문제였던 것이다. 이럴진대 '양보란 있을 수 없다'는 말이 치열한 현장의 당사자들에겐 어쩌면 당연한 것으로 받아들일 수밖에 없지 않았을까.

이단 논쟁도 결국 '영업 경쟁'의 역사

이런 면에서 보면 '독야청청'을 주장하는 고등종교일수록 이단의 문제에 엄격한 것도 이해할 수 있지 않을까. 사실 이단(異端)이란 끝이 다르다는 한자어이다. 비슷한 것 같으나 자세히 살펴보면 다르다는 뜻으로서 '사이비' 등과 비슷한 개념으로 쓰이는 것이다. 이런 이단 논쟁은 특히 사막의 종교(유대교, 기독교, 이슬람교)에서 강하게 일어났다.

2,000년 전 이스라엘의 한 청년이 "이 성전을 헐어라. 내가 사흘 만에 다시 일으키리라"라며 유대교를 향하여 강한 도발을 했다. 그가 바로 청년 예수다. 그는 유대교가 금기시하는 '안식일의 치료행위(병자를 낫게 해주는 기적의 행위)'를 노골적으로 행했고, 심지어는 유대교의 성역인 성전에서 장사하는 사람들의 상을 둘러엎고 채찍질을 했다. 그것은 바로 그 당시 성전 앞에서의 '제물 장사 영업권'을 쥐고 있던 종교지도자들에 대한 정면 도발임을 예수는 알고 있었다. 결국 예수는 당시 종교지도자들에 의해 십자가에 처형을 당하고 만다. 죄목은 '혹세무민'과 '내란선동'이었다. 이러한 예수의 삶을 모티브로 한 종교가 바로 기독교다. 기독교는 태생부터가 이단종교였다. 예수 당시 이스라엘 사회에 공인되었던 종교는 엄연히 '유대교' 하나뿐이었다.

313년 로마 황제 콘스탄티누스의 '국교화' 칙령에 힘입어 마침내 양지로 나온 기독교는 태생부터 그래서일까 수많은 이단 논쟁을 일으켰다. 우리가 알고 있는 '갈릴레이'의 "그래도 지구는 돈다"라고 말한 일화 역시 이단 논쟁, 종교재판의 일환이었다. 중세시대의 '종교재판'은 악명이 높았다. 그 재판에서 일단 이단이라는 의심만 받아도 잔인한 방법으로 온갖 고문을 당했으며 죽임을 당했다. 우리가 잘 알고 있는 마녀사냥도 이런 일의 연속이라고 할 수 있다. 교회의 권위에 도전하는 사람들에게 뭔가 본때를 보여주어야 할 필요성에 따라 선택된 희생양이 바로 사회적 약자인 여성(특히 고아, 과부, 노숙인 등)이었던 것이다. 그렇게 이단 논쟁으로 죽인 사람의 시체를 쌓아 놓으면 태산을 이룰 정도일 것이다.

아이러니하게도 이런 중세시대에 기독교의 독주를 뒤엎은 사건이 있었으니 바로 '종교개혁'이었다. 루터와 칼빈 등에 의해서 주도된 종교개혁은 마침내 기독교를 '천주교(가톨릭)'와 '개신교(프로테스탄트)'라는 세기의 두 종교로 양분하고야 말았다. 개신교의 영문 이름이 '프로테스탄트(저항하는 자, 반항하는 자)'라는 것도 재미있는 일이다. 이런 일로 인해 독일 보헤미아에서 생긴 '30년 전쟁(개신교 초창기, 신구교 간에 서로를 살육한 전쟁의 기간이 30년이어서 생긴 이름)'에선 400만의 보헤미아 인구가 70~80만 명으로 감소했다는 보고는 실로 충격적이다. 한 가지 더 재미있는 것은 개신교에서는 종교개혁을 'Reformation(개혁)'이라고 하지만, 천주교에서는 'Deformation(기형 또는 변형)'이라고 비꼰다는 사실이다. 《기독교 죄악사》의 저자 조찬선 박사에 의하면 "모든 개신교는 일종의 이단"인 것이다.

이러한 점을 명쾌하게 설명해준 이가 바로 에드워드 윌슨이다. 그는 자신이 쓴 《인간의 본성》(이한음 역, 사이언스북스)에서 "신자들을 규합하는 분파는 성장하고 그렇지 못한 분파는 사라진다. 따라서 종교도 성직자들의 복지를 강화하는 방향으로 진화한다는 점에서 인간의 다른 제도들과 다르지 않다"라고 역설했다.

하여튼 이렇게 역사에서 이루어진 이단 논쟁은 끝이 없었다. 그런데 과연 누가 정통이고 누가 이단일까. 해당 종교에 관련 없는 사람들의 눈(객관적인 눈)으로 보면 결국 '선점의 경쟁'이라고 보게 되지 않을까. 누가 먼저 선점해서 세력을 키울 것인가의 싸움인 것이다. 이걸 경제적 용어로 옮겨 온다면 '시장의 선점'이라는 것이다. 그 선점도 언제든지 역전되고 변동되는 것처럼 종교 영역도 그런 현상과 맥락을 같이하는 게 아닐까. 사실 어떤 종교든 자본으로부터 자유로울 수 없다. 아니, 오히려 이런 현실을 인정하는 것이 솔직한 모습일 것이다. 이런 면을 인정하고 난 후 사회가 합의하는 정당한 방법으로 자신의 종교 영역을 확대해 나가는 것이 좀 더 진솔한 면모인 것이다. 그런 면에서 영업의 기본 원칙인 '상품의 포장과 광고'(구라)는 종교에도 필수요소가 아닐까.

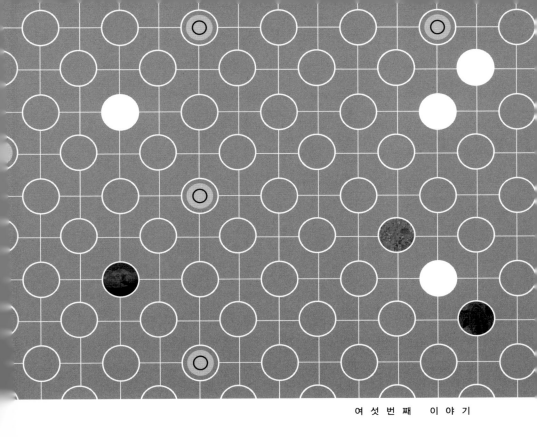

모든 종교는
조작되었다

만약 '타임머신'이라는 것이 진짜로 발명이 되어 각 종교의 교조라고 일컬어지는 이들이 현대에 온다면 자신과 관련된 종교를 보고 뭐라고 할까. "내가 원하는 종교는 이런 모습이 아니었는데 왜 이렇게 변질되었을까"라고 하지 않을까. 아니, 이런 식의 종교가 만들어져 있다는 것부터 의아해하지 않을까. 모세가 유대교를, 예수가 기독교를, 마호메트가 이슬람교를, 싯다르타가 불교를, 공자가 유교를 원했을까. 그들은 아마도 지금과 같은 특정 종교를 만들려고 부단히 노력하지 않았을 것이다. 이런 의문은 우리로 하여금 종교를 새롭게 보게 만든다.

붓다는 불교를 만들지 않았다

우선 가톨릭 신학자 앨벗 놀런을 만나 보자. 그는 《그리스도교 이전의 예수》(앨벗 놀런, 분도출판사)라는 제목의 책을 썼다. 이 책은 기독교와 기독교 이전의 예수의 간극을 전제로 한 것이다. 앨벗 놀런은 이 책의 서문에서 "이 책은 신앙 없이 읽을 수 있는 책이며 믿음과 상관없이 읽도록 쓴 책입니다. 아예 이 책에는 예수에 관하여 미리 전제하고 들어가는 것이 없습니다"라고 말하고 있다.

즉 기독교의 교조인 예수를 기독교 신앙체계가 아닌 자연인으로 얼마든지 만날 수 있다는 가능성을 열어 준 것이다. 교리와 신앙체계가 아닌 눈으로 예수를 만나 보자는 발상이다. 이런 사람들의 발상에 따르면 어떤 종교든지 그 종교의 교조들은 해당 종교를 만들려 했다고 보지 않는다.

신약성서에 보면 이런 장면이 나온다. 사탄이 "성전 꼭대기에서 뛰어내려 아무렇지도 않으면 사람들이 많이 따르지 않겠느냐"는 시험을 예수에게 해올 때 예수는 과감히 그를 물리쳤다. 한번은 예수가 물고기 두 마리와 떡 다섯 개로 5,000명을 먹이고도 남게 하는 '오병이어'의 기적을 일으키자 많은 사람들이 예수에게 몰려왔다. 모두가 예수의 제자가 되겠다고 찾아온 것이다. 그럴 때 예수가 "여우도 굴이 있고 하늘의 새도 보금자리가 있지만 나는 머리를 둘 곳조차 없다"(마태복음 8장 20절)라고 한 말은 의미심장했다. 그러면서 "재물을 가지고 나를 따르는 자는 합당하지 않으니 자신의 제물을 팔아 가난한 자에게 나누어 주고 나를 따르라"고 이야기했고, 이에 많은 사람들이 예수를 떠났다고 신약성서에 기록되어 있다. 이뿐만 아니라 예수가 사람을 살리고 병든 사람을 낫게 하는 기적을 일으킬 때마다 사람들이 그에게 몰려왔지만 오히려 예수는 그들을 피해 한적한 곳으로 나아가 기도를 했다고 말하고 있다. 죽음으로 예수를 따르겠다고 하는 제자 베드로에게는 "네가 나를 세 번 부인하게 될 것이다"라고 핀잔까지 주기도 했다.

이런 일련의 행위들을 보면 예수가 어떤 집단을 만들려고 한 흔적은 보이지 않는다. 오히려 그런 집단을 만들지 않으려고 노력한 흔적이 보인다. 즉 특정 종교를 만들려고 노력하지 않은 것이다.

불교의 교조 고오타마 싯다르타가 예수와 비슷한 시험을 받는 것도 흥미로운 대목이다. 예수는 사탄으로부터 세 번의 시험을 받지만, 고오타마는 수십 차례 시험을 받을 뿐만 아니라 그러한 내용들이 구체적으로

경에 기록되어 있다. 그 중에서 "사문 고오타마여, 깨달음을 얻기가 어렵거늘, 차라리 4천하를 다스리는 전륜성황이 되라. 그리하면 자유로운 주인이 되어 거룩한 덕이 더할 나위 없으며 일체를 거느리리라"(《인간 분다 그 위대한 삶과 사상》 최석호, 중앙불교교육원 출판부 273쪽)라고 싯다르타에게 마왕 파순이 유혹하는 장면은 어떤 단체의 수장이 되지 않겠다는 예수의 선언과 동일한 것이 아닐까. 이 장면을 설명하는 글에서도 "마왕이 이번에는 중생을 구원하기 위한 권력을 주겠다는 것입니다"(같은 책 273쪽)라고 말함으로써 싯다르타가 이겨낸 유혹의 내용을 알 수 있다. 말하자면 중생을 구원하는 좋은 목적이라도 집단의 수장이 되는 것은 마다하겠다는 것이다.

싯다르타가 몸이 아파 죽을 날이 다가오자 그의 제자들이 걱정하며 그에게 다가왔다. "세존이시여, 왜 지금 모든 제자들에게 부처님께서 가신 뒤의 승단의 일에 대한 가르침과 분부가 없습니까?"(같은 책 406쪽)라고 물었던 것이다. 말하자면 후계자가 누군지, 앞으로의 조직 체계는 어떠해야 하는지를 싯다르타에게 질문한 것이다. 그러자 싯다르타는 "나는 대중들을 이끌고 지도하고 있다. 승가는 나에게 속해 있다는 생각을 갖고 있지 않다. 그런데 어찌 대중들에게 이 교단의 후계 따위에 대한 가르침과 시킴이 있을 수 있겠느냐"(같은 책 406쪽)라고 자신의 입장을 밝히면서 "모든 승가의 대중들은 마땅히 자기 스스로가 등불이 되고 자기 스스로가 의지처로 될 것이며, 부디 다른 사람을 의지처로 삼지 말아야 한다. 또한 마땅히 진리의 법을 등불로 삼고 진리의 법을 의지처로 삼을 것이며, 부디 다른 것을 의지처로 삼지 말아야 한다"(같은 책 406쪽)고 못을 박는다. 말하자면 다른 어떤 것도 의지하지 말고 진리에 정진하라는 것이며, 제자들이 스승으로 알고 따르는 자신조차도 의지하거나 따르지 말라는 이야기를 유언으로 남긴 것이다.

또한 데바닷타라고 하는 사람이 그의 제자들을 인수하려고 싯다르타에게 부탁을 하자 "데바닷타여, 나는 이 교단을 내가 장악하고 있다든가 내 스스로 지도자라는 생각을 갖고 있지 않다"(같은 책 412쪽)라며 단호하게 거절한 대목은 싯다르타가 불교라는 종교를 만들려고 노력하지 않았다는 증거라 할 것이다. 오히려 앞서 말한 것처럼 그것에 의지하거나 기대지 말라고 신신당부를 했다는 것을 알 수 있다.

종교의 교조치고는 아주 특이한 행적을 보인 마호메트는 어떨까. 그는 자신이 직접 군대와 집단을 조직해서 적들과 싸워 나갔다. 물론 역사적 정황상 당시의 기득권 아랍인들과 유대인들로부터 자신에게 모인 사람들을 지켜내기 위한 불가피한 선택이었을 것이다. 이런 집단조차도 마호메트는 "이슬람 공동체는 알라의 뜻을 따르기 위해 모인 자들의 모임이지, 이 땅에서 무언가를 차지하기 위해 모인 집단이 아닙니다"(《무함마드》나종근 엮음, 시공사 207쪽)라고 설교했던 것이다. 그러니까 이슬람교라고 하는 종교를 창시해서 그 영역을 넓혀 가는 것이 목적이 아니라 당시의 기득권 세력에서 밀려난 이들을 보호하고 책임지기 위해 자생적으로 일구어낸 일종의 공동체였다는 것을 마호메트는 누구보다 잘 알고 있던 것이다.

마호메트가 63세를 일기로 생을 마감할 때 많은 무슬림들이 그의 죽음을 인정하려 들지 않았다. 그들은 자신들도 모르는 사이에 마호메트를 인간이 아닌 신으로 섬기고 있었던 것이라고 《무함마드》의 저자 나종근은 말한다. 그러면서 "무함마드는 지금까지 이 세상에 온 수많은 예언자 가운데 한 사람에 불과하다. 그들 모두 이 세상에 왔다가 조용히 떠나갔다"(같은 책 270쪽)라고 책을 끝맺고 있다.

이상의 증거들로 보건대 종교 교조들이라고 불리는 이들은 모두 하나같이 종교를 만들려 하지 않았다. 오히려 그것을 피하려고 했다는 점은 우리들에게 많은 것을 시사해 준다고 할 것이다.

종교는 사람들이 만든 필요악?

그럼에도 불구하고 엄연히 우리 곁에는 종교, 더 실제적으로 말하면 종교단체들이 많이 존재하고 있다는 것은 아이러니한 일이 아닐 수 없다. 그런데 이러한 현상을 명쾌하게 설명해 주는 글이 있다. "개인이 매일 겪는 혼란스럽고 방향을 잃게 만드는 경험들의 한가운데에서, 종교는 그를 분류해 주고 위대한 능력이 있음을 주장하는 집단의 확실한 구성원 자격을 그에게 부여하며, 그럼으로써 그의 개인적 이익에 부합되는 삶의 목표를 그에게 제공한다"(《인간의 본성에 대하여》 에드워드 윌슨, 사이언스북스 259쪽)라고 시원하게 설명해 주고 있다. 그래서 그 종교의 힘이 자신의 힘이고, 그 신성한 계약은 자신의 안내자가 된다는 것이다.

이것을 좀 더 구체적으로 말한 사람이 신학자이자 사회학자인 한스 몰이다. 그는 이러한 과정을 '정체성의 신성화'라고 불렀으며, 정신은 체계적인 종교 기관들을 발생시키는 몇몇 신성화 과정에 참여하려는 성향이 있다고 역설했다. 말하자면 교조의 원래 정신에 상관없이도 자신의 정체성 확보를 위해서 사람들은 종교를 탄생시키고, 종교에 입문하고, 종교를 발전시킨다는 것이다.

책에 따르면 종교 만들기는 세 단계를 거친다. 첫 번째 과정이 '대상화'다. 이는 이해가 쉽고 모순과 예외가 적은 이미지와 정의를 사용해 현실을 기술하는 것으로서 천당과 지옥, 선한 힘과 악한 힘의 투쟁이 벌어지는 장으로서의 인생과 자연력을 통제하는 신들과 당장 금기를 강요할 것 같은 영혼들이 그 예라는 것이다. 이 대상화는 상징과 신화를 위한 매력적인 뼈대를 창조하기도 한다.

두 번째 과정은 '의탁'이다. 신자들은 같은 일을 하는 사람들의 복지와 대상화해 온 관념들을 위해 자신들의 일생을 바친다는 것이다. 의탁은 감정적인 자기 복종을 통해 활성화한 순수한 동족의식이며, 의례를 통해 이루어지므로 그 의례 속에서 규칙들과 신성한 대상들은 사랑이나 배고픔처럼 인간 본성의 한 부분으로 여겨질 때까지 끊임없이 반복하게 된다는 것이다. 현대로 말하자면 가톨릭의 미사, 개신교의 예배, 불교의 법회 등과 각종 절기 모임 등을 통한 예전들을 말하는 것이다.

마지막으로 '신화'가 있다. 문자가 없던 수렵채집인들은 세계 창조에 관해 믿음이 가는 신성한 이야기들을 하곤 했는데, 초자연적 힘을 지니고 그 부족과 특수한 관계를 맺고 있는 인간이나 동물들은 그 부족과 함께 싸우고 먹고 자손을 낳았다는 것이다. 그들의 행동은 자연이 어떻게 작용하고, 왜 그 부족이 지구상의 특정 영역을 선호했는지 약간이나마 설명해 주며, 이 신화들은 인간 세계를 통제하려는 두 초자연적 힘의 투쟁이라는 주제를 끊임없이 되풀이하고 있다. 예컨대 구약성서에 나오는 '천지창조 신화, 아담과 이브 신화, 바벨탑 신화, 노아 홍수 신화' 등이 성서에만 나오는 것이 아니라 고대 중동지방의 여러 경전이나 문서들에서 발견되는 것과 같은 현상들을 말한다고 할 것이다.

이렇듯 종교는 '대상화—의탁—신화'라는 세 단계를 통해 형성된다. 사람들은 의문투성이고 알 수 없는 혼란스러운 세상에서 자신을 정립하고 안정성을 확보하기 위해서 앞의 세 단계를 거쳐 종교를 만들어냈다. 단지 현재 전해지고 있는 소위 고등종교(기독교, 불교, 이슬람교 등)에는 교조가 있고 체계적인 경전과 조직이 있다는 차이뿐이다. 종교는 결국 인간의 자기정체성 확립이 근간을 이룬다고 할 수 있다. 그래서 종교는 인간의 필요에 의해서 인간이 만든 것이라는 데에 우리는 이견을 달 수 없다.

이러한 진실을 잘 안 예수는 자신이 안식일에 병 고치는 행위를 한 것을 보고 딴죽을 걸며 도전해 오는 당시 유대 종교지도자들을 향해 "사람이 안식일을 위해 있는 게 아니라 안식일이 사람을 위해 있는 것이며, 사람이 안식일의 주인이다"라고 단호하게 못을 박지 않았던가. 즉 종교가 사람을 위해 있는 것이지, 사람이 종교를 위해 있는 것이 아니라는 것이다. 나아가서 종교는 사람의 필요에 의해서 만들어진 사람의 위대한 창작물이며, 주객은 분명하다는 것이다.

고등종교의 생성과 발전 과정

그렇다면 소위 고등종교라는 것의 생성과 발전과정의 흐름을 살펴보자. 처음 어떤 한 사람이 종교를 창시했다고 하자(물론 그 사람이 종교를 창시할 목적이 아니었다고 할지라도). 그가 죽은 뒤 그의 제자들이 세력을 규합해서 그의 정신을 잇는 모임을 만들었다는 것이 더 정확한 표현이겠다. 처음엔 그의 정신을 되살리기 위해 무던히 노력했을 것이다. 그러다 보니 사람들도 하나 둘씩 모여들게 되고 그 숫자가 늘어감에 따라 그들의 교조는 이미 사람의 차원이 아닌 신의 영역으로 격상되기 시작했다. 이미 그를 경험한 제자들 중에서도 그를 신의 차원으로 격상한 사람들도 상당수 있었을 것이다.

사람들은 자신과는 수준이 다른 어떤 존재, 자신과는 격이 다른 어떤 존재에게 의지하는 경향이 강하다. 자신이 섬기는 주인이 자신과 같이 하찮은 존재라고 믿는 것은 자신의 존재를 격하시키는 것과 동일한 것이다. 자신의 위상을 위해서라도 그는 반드시 격상된 어떤 존재여야만 했다. 이렇게 생각하는 사람들이 대를 거듭해 가면서 원 제자들의 체험담을 과장하고 신화화해서 글을 쓰고 전했던 것이다.

사람이 많아지니까 이런 일을 전담하고 지도해야 할 부류가 필요했는데, 그들을 소위 성직자라고 불렀다. 그리고 이 종교를 전하기 위해선

체계적인 지식과 교리가 필요했다. 이런 일을 전담해야 할 사람들을 양성해 내는 학교도 필요했다. 교리들을 체계화하고 전적으로 연구에 전념할 부류도 필요해졌다. 이러한 것들이 더욱더 필요했던 이유는 다른 종교의 침투와 이단의 발생이었다. 내부적으로 발생한 이단 세력을 척결하고 나아가 다른 종교와의 생존경쟁에서 이겨내기 위해선 어설픈 교리는 용납되지 않았다. 반드시 자신들의 위상과 정체성을 높여 주는 고급 교리가 필요했던 것이다. 그래야만 자신의 종교가 우월하다는 걸 입증할 뿐만 아니라 생존경쟁에서도 우위를 점할 수 있기 때문이다.

사람들은 때론 이런 신앙관과 교리를 위해서 죽음도 불사했다. 그도 그럴 것이 이런 사람들을 '순교자'라고 칭했고, 그들의 후손들마저도 영광의 자손으로 칭해 주었기 때문이다. 이러한 일들이 자꾸 반복되면서 한 국가뿐만 아니라 여러 국가를 잠식해 나가니 이젠 세계적인 종교로 발돋움하게 되었다. 이렇게 얻은 권력으로 왕을 세우거나 폐하기도 하고, 나라를 세우는 근간으로 작용했다. 사람들은 이제 그 어느 누구도 그것에 반기를 들지 못했다. 물론 깨어 있다고 하는 소수의 무리들이 반기를 들기는 했지만 그것은 사회 전체의 권위로 살짝만 눌러 줘도 기를 펴지 못했다.

처음에 종교만을 지배했던 그들은 이제 정치, 사회, 문화 등 모든 것을 지배하기에 이르렀다. 이렇게 형성된 종교는 그 누구도 건드릴 수 없는 성이 되었다. 구약성서의 바벨탑은 무너졌지만, 종교의 아성을 감히 누가 건드릴까. 물론 '개혁, 변혁, 개선'이라는 수리작업은 있어야 했다.

그래야 변화된 모습으로 변하는 시대에도 적응하여 살아남을 테니까 말이다.

지금까지 말한 하나의 스토리가 과장되었다고 생각하는가. 이에 대해 버트런드 러셀은 "어떤 사람의 말 속에 절대적인 진리가 담겨 있다고 생각되는 순간 그의 말을 해석하는 전문가 집단이 생겨나고, 이 전문가들은 어김없이 권력을 차지한다. 진리의 열쇠를 그들이 쥐고 있기 때문이다"(《나는 왜 기독교인이 아닌가》 버트런드 러셀, 사회평론 43~44쪽)라고 명쾌하게 설명을 해준다. 이 말은 앞서 말한 에드워드 윌슨의 "종교도 성직자들의 복지를 강화하는 방향으로 진화한다"라는 것과 상통한다 할 것이다.

이 장의 제목이 '모든 종교는 조작되었다' 라고 하니까 반감을 가질 수도 있을 것이다. 하지만 '조작한다' 는 것은 '어떤 일을 사실인 듯이 꾸며 만드는 것' 이다. 따라서 그렇게 반감을 가질 것도 아니다. 모든 종교 경전에 기록된 신화들을 액면 그대로 믿는 사람들(이런 사람들을 '근본주의자' 또는 '문자주의자' 라고 한다)이 아니라면 '조작되었다' 는 말에 그리 신경 쓸 일도 아니지 않는가. 경전에 기록된 사건들이 실제로 눈앞에서 벌어졌던 액면 그대로의 사건이라고 보기보다는 그 사건에서 보여주는 메시지와 신앙적 요소가 더 중요하다고 보는 사람들이라면 말이다.

예수의 육체가 실제로 구름을 타고 하늘로 승천했으며, 육체 그대로 땅으로 재림해 온다는 것을 문자 그대로 믿는 사람들은 드물다. 눈앞에 일어난 현상보다 마음과 정신으로 경험한 것이 더 확실하다고 믿는 사람들에게는 '조작' 이라는 것이 오히려 더 역동적일 수 있다. 적어도 거짓과 진실을 분명히 구분할 줄 아는 그들에게는 말이다. 그런 면에서 '종교가 조작되었다' 는 것은 그 종교의 모든 것이 거짓이라고 고발하는 것이 아니라 역동적인 나름의 진실이 담겨져 있다고 보는 것이 타당한 생각이다.

　그 종교에 속한 사람들의 정신적인 요구에 의해서 조작되고 각색되어진 것이 종교라고 본다면 지나친 과장일까.

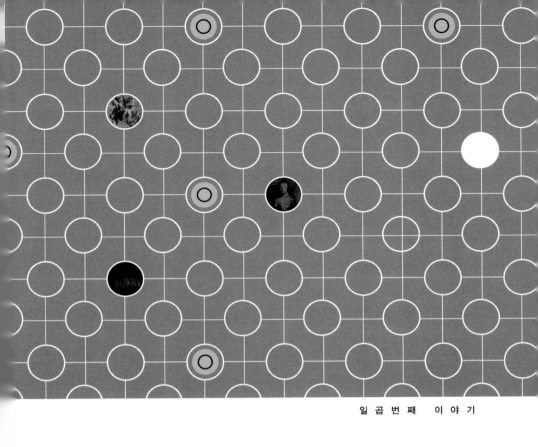

모든 종교는
권력현상이다

'종교와 권력'을 말하기에 앞서 권력에 대해 알아볼 필요가 있다. 우리 사회에는 권력에 대해 적잖은 오해가 있다. 사람들은 권력을 '압제하고 강제하는 어떤 힘'이라고 보는 것을 넘어 무자비한 힘이라고까지 보기도 한다. 그래서 권력을 일반 사람과는 상관없는 '높은 양반들의 세계'라고 보기가 쉽다. 이런 편견부터 걷어치우지 않으면 우리가 해야 될 논의에 상당한 간극이 생길 것이 자명하다.

생활 가까이에 '권력'은 항상 있다

"신호등을 보고 차를 멈추는 운전자와 건널목에 서서 기다리는 보행자를 생각해 보자. 여기서 누가 권력을 행사하는 것인가를 말하긴 쉽지 않다. 둘 다 모두 사회질서를 유지하려는 규범으로 권력행사를 받아들이는 상황이기 때문이다."《디지털 권력》장승권 · 최종인 · 홍길표(공저), 삼성경제연구소 19쪽)

위의 상황은 우리가 생활에서 많이 겪는 익숙한 상황이다. 그 짧막한 상황에서도 '권력'의 문제가 밑바탕이 되고 있다. 버스를 탈 때 차례대로 줄서는 것, 운전할 때 중앙선을 침범하지 않는 것, 음주운전을 하지 않는 것, 운전할 때에 휴대폰을 사용하지 않는 것 등 모든 교통문화에서 '권력'이 작용하지 않는 것은 없다. 이처럼 사회적 규범으로 대변되는 법은 우리의 생활을 통제하고 조절하는 일종의 권력이다.

이뿐 아니다. 학생들이 학교에서 시험을 치르는 것도 '권력'의 한 형태라고 푸코는 말한다. 푸코는 학교 시험을 '권력'이 검사하는 행위로 간주한다. 흡사 공장에서 우량 제품과 불량 제품을 구별하는 행위와 비슷한 것으로 보면서 학생들을 서열화하고 개별화한다는 것이다. "검사한 내용은 섬세하고 정밀한 기록으로 남는다. 그러므로 기록된 대상은 그 '기록 망'에 갇힌다. 푸코는 이런 작용을 '기록하는 권력'이라고 부른다"《미셸 푸코》양운덕, 살림 44쪽)라고 푸코는 역설한다. '기록하는 권력'이란 결국 앞서 말한 것처럼 학교, 병원, 군대 등에서 서류를 만들고 평가하고 분류하는 시스템을 개발하면서 이를 통해 개인을 규율하고 통제하는 권력의 현상인 것이다.

그렇다면 우리의 가정에선 어떤가. 아무리 화목한 가정일지라도 '부자지간'과 '부부지간', '형제지간'에 권력이 작용한다. 화목한 가정일수록 그 권력의 사용 방식이 자리를 제대로 잡고 있는 가정일지도 모른다. 그것이 가정을 지탱해 줄 테니 말이다. 이런 현상은 직장에서도 마찬가지다. 우리가 타인에게 나의 의견을 주장하면서 사람들이 좀 더 자기에게 주의를 기울이고 자기 이야기를 들어줬으면 하는 것조차도 일종의 '권력 행사'라고 할 수 있다. 그렇게 본다면 우리 생활에 '권력'과 연관되지 않은 일이 어디 있을까. 우리는 크고 작은 권력에 기대어 살기도 하고 때로는 자신이 그 '권력'을 사용하기도 한다. 그것이 우리의 일상사라고 할 수 있다.

권력을 단순히 '남을 복종시키거나 지배할 수 있는 공인된 강제력'으로 보지 않았던 두 사람이 있다. 버트런드 러셀은 "권력이란 의도한 효과를 만들어내는 힘이다"라고 말했고, 홉스는 "권력이란 선(善)이라고 생각되는 장래의 어떤 것을 획득하기 위하여 그가 현재 가지고 있는 방법이다"라고 말했다. 두 사람의 말을 종합해 보면 이렇다. 러셀이 말한 '의도한 효과' 란 홉스가 말한 '선이라고 생각되는 장래의 어떤 것' 을 만들어내기 위해 현재 가지고 있는 방법이나 힘을 권력이라고 말한다는 것이다. 말하자면 '선' 이나 '사회적 정의' 를 이루기 위해서라도 권력은 필요하다는 말이 된다.

세상에 권력이 존재하지 않을 수 있을까. 인류 역사상 권력이 존재하지 않은 때가 있었을까. 역사는 그것이 불가능하다는 것을 말해 주고 있다. '만약에 세상에 권력이 존재하지 않는다면' 이라는 가정은 어디까지나 가정에 불과한 것이다. 하지만 권력이 아예 부재한 역사는 없었다 할지라도 권력이 일시적으로 약화된 경우는 수없이 많았다.

우리나라의 역사를 예로 들면 고려의 권력이 약해지자 조선이 들어선 것, 조선의 권력이 약해지자 일본이 침략하여 권력을 잡은 것, 현대의 대한민국 공화국의 정치권력이 약해지자 군인들이 감행한 두 번의 군사 쿠데타 등이 그것이다. 그리고 보면 역사적으로 기존 권력이 약화되거나 침해받을 때는 어김없이 폭동이나 반란이 일어났던 것을 알 수 있다.

1998년 미국 시카고에서도 일시적인 권력 부재 사건이 일어났다. 소위 '시카고 흑인폭동' 이라고 불리는 이 사건의 발단은 도시 전체에 발생한 정전 사태였다. 이때 사람들은, 특히 흑인들은 떼를 지어 몰려다니며 약탈과 방화를 일삼았다. 물론 정전이 눈에 보이는 원인이긴 했지만, 실상은 '인종차별' 이었다. 며칠이 지나서야 겨우 치안이 바로잡혔다. 그때에 전기가 정전이 되는 순간 권력도 함께 정지되었다. 말하자면 법의 권력, 도덕의 권력, 공권력 등의 일시 정지 현상이었던 것이다.

이러한 현상을 잘 보여준 작품이 《파리대왕》(윌리엄 골딩, 유종호 역, 민음사)이다. 이 작품은 영화(해리 혹 감독의 1990년 작품)로도 제작된 바 있다.

핵전쟁으로부터 안전한 장소로 옮겨 가기 위해 25명의 어린 소년들을 태우고 가던 비행기가 추락사고로 바다에 떨어진다. 부상당한 조종사와 그를 구하려 위험을 무릅쓰는 소년 랄프, 피기, 로저 등은 무인도에 상륙한다. 무인도엔 갇힌 이들은 랄프와 피기의 지휘로 먹을 것과 지낼 곳을 마련하고, 조종사를 보살피고, 구조를 요청하는 신호 불을 피우는 등 질서 유지를 위해 규칙을 만들어 문명 상태를 유지하려는 활동을 시작한다. 그러나 잭과 로저가 따로 갱단을 만들어 스스로 사냥꾼이라 부르면서 일행으로부터 이탈한다. 그리고 아이들 사이에 섬에 괴물이 있다는 소문이 퍼지면서 아이들은 안전을 위해 잭의 갱단에 하나 둘씩 들어가고, 마침내 랄프와 피기만 남게 된다. 광기에 찬 잭과 로저는 더욱 포악해지고 피기마저 죽음을 당하자 랄프는 생명의 위협을 느끼게 된다. 주인공 랄프는 필사적으로 친구들의 죽음의 추적을 피해 달아나다 결국 그들은 구조선을 만나면서 장면이 반전된다.

대략의 줄거리를 통해서 본 바와 같이 평소 어른들의 '권력' 아래에 지내던 소년들은 일시적인 '권력의 부재' 상태가 발생하자 처음에는 좋은 듯했지만, 결국 서로를 죽이고 미워하는 지옥 같은 상태를 창출해 낸 것이다. 그들만의 또 다른 권력을 서로 잡으려는 암투가 벌어진 것이다.

이처럼 《파리대왕》은 '사회적 권력'이 무너지면 어떤 결과를 초래하는지를 보여준 작품이라 하겠다.

권력이 없는 세상은 인간 상호간에 완벽한 평등이 이루어진 사회라고 할 수 있다. 하지만 권력이 존재하는 세상은 엄연한 우리들의 현실이다. 권력이 전혀 존재하지 않은 세상은 아마도 불가능할 것이다. 다만 약화되는 세상은 있을 수 있겠지만 말이다.

지구상에서 권력이 사라지지 않는 이유

권력이 지구상에서 사라지지 않는 이유를 알려면 '권력의 속성'을 알아야 한다.

"권력에의 욕구는 두 가지 형태가 있어서, 지도자는 겉으로 드러내고 추종자는 내면에 간직한다."《권력》버트런드 러셀, 열린책들 17쪽)

러셀에 의하면 권력에 대한 욕구를 '지도자는 겉으로 드러내고 추종자는 내면에 간직한다'는 차이 외에 '사회 활동에 있어서 중요한 사건들을 유발시키는 원인이 권력에 대한 애착'이라는 사실에는 커다란 차이가 없다. 에너지가 물리학에서 기초적인 개념이나 마찬가지인 것처럼 권력은 사회과학에서 기본이 되는 개념인 것이다.

일반적으로 정치가들은 보통 사람들에 비해 권력욕이 높은 사람들로 여겨지고 있다. 이것은 부정적인 의미를 주로 내포하고 있어 권력을 추구하지 않는 보통 사람들은 그러한 정치가들에 비해 도덕적으로 고상하다고 자위하며 정치가들에 대한 매도는 이러한 기반에서 정당화된다. 하지만 러셀이 봤을 때 권력에 대한 욕구는 모든 인간에게 보편적인 것이다. "보다 소심한 사람들 사이에서는 권력에 대한 사랑이 지도자에 대한 순종의 충동으로 가장되어 있어서 대담한 사람들의 권력에 대한 충동의 범주를 더욱 넓혀 준다"는 것이다. 그래서 세상의 어떤 사람도 권력과 관계가 있다는 이야기다. 권력을 싫어한다고 주장하는 사람도 결국은 또 다른 권력을 행사하고 있다는 걸 알 수 있다.

'권력에의 의지'를 아예 인간본성 중의 하나라고 말한 이가 있었으니 그가 바로 철학자 니체다. 니체는 그의 책《권력에의 의지》에서 유럽 니힐리즘(허무주의)의 등장을 예고하고 서구 그리스도교의 정신세계를 비판하며, 그를 대신할 새로운 최고 가치로 권력에의 의지를 논했다. 니체는 '권력에의 의지'라는 입장에서 삶의 가치를 부정하고 권력을 쇠퇴시키는 그리스도교 도덕이나 불교 도덕을 수동적 니힐리즘이라고 하여 배척하고, 삶의 의의를 적극적으로 긍정하면서 기성 가치의 전도(顚倒)를 지향하는 능동적 니힐리즘을 제창했다.

니체는 이어서 "선이란 인간에게 있어서 권력의 감정을, 권력 그 자체를 드높여 주는 모든 것이다. 약함에서 생겨난 모든 것, 만족함이 아니라 보다 더 큰 권력, 평화가 아니라 전쟁, 덕이 아니라 유능한 것, 약한 자와 발육이 부진한 자는 멸망해야만 한다. 그것이 우리들의 인간애의 첫 번째 명제이다"라고 선언하기에 이른다. 권력을 드높여 주는 것이 선이라고 말함으로써 니체에게 있어서 선과 권력은 밀접한 관계가 있으며, 나아가 사람들은 모두 선(권력에의 의지)을 추구함을 시사해 주고 있다.

이렇듯 인간사회에 있어서 권력의 발생은 필연적이라고 할 수 있다. 인간의 본성은 '권력'을 부르고 있기 때문이다. 앞서 말한 것처럼 '권력'이 전혀 필요 없는 완벽한 평등사회는 없을 테니까 말이다. 또한 권력은 조직 내, 그리고 조직 간 자원 배분 문제와 연결되는 중요한 문제이기에 필요한 것이다. 한정된 자원을 배분하는 것에 대한 '교통정리'가 이루지지 않는다면 틀림없이 사회 전반적으로 큰 혼란을 맞이할 게 분명하기 때문이다.

홉스에 의하면 자연 상태를 만인이 만인에 대해서 싸우는 전쟁 상태로 본다. 이와 달리 로크와 루소는 평화로운 상태이지만 불편하고 불안정한 상태라고 본다. 이런 자연 상태를 벗어나기 위해서 모두가 자신의 자연권을 특정인이나 특정 세력에 양도하여 협약을 통하여 국가를 세운다는 것이다. 어쨌거나 그런 불안정한 자연 상태를 벗어나려고 인간은 계속해서 '문명의 진보'를 추구할 것이니 어찌 권력이 지구상에서 사라지겠는가.

종교와 권력은 쌍둥이

그렇다면 종교는 어떠한가. 굳이 중세시대의 교황과 교회의 권력, 그리고 그들의 종교재판과 마녀사냥 등을 들먹이지 않아도 위에서 살펴본 권력의 다양한 면모에다가 종교를 대입해 보면 아주 유사하지 않을까. 일찍이 에드워드 윌슨은 이렇게 말했다.

"신자들을 규합하는 분파는 성장하고 그렇지 못한 분파는 사라진다.

따라서 종교도 성직자들의 복지를 강화하는 방향으로 진화한다는 점에서 인간의 다른 제도들과 다르지 않다."(《인간본성에 대하여》 에드워드 윌슨, 사이언스 북스 243쪽)

에드워드 윌슨에 의하면 사람들이 진리이기 때문에 그 종교를 따르는 것이 아니라 단지 세력을 규합하는 데 성공했기 때문이라는 것이다. 크고 작은 종교들이 이 지구상을 스쳐 지나갔지만 지금까지 살아서 건재하는 종교들은 '신자 규합'에 성공한 세력들이라는 이야기다. 말하자면 권력의 속성을 아주 기가 막히게 활용한 종교인 셈이다.

모름지기 어떠한 종교라도 성직자 또는 종교지도자가 있다. 그들은 항상 해당 종교의 경전을 해석하는 권력을 가지거나 집행하는 권력을 가지고 있다. 종교가 최초 발생할 당시 교조들은 경전조차 없는 경우가 허다하니 당연히 종교 경전에 관한 권위나 권력이 없기 마련이었다. 하지만 세월이 지나면 흐름은 항상 비슷했다. 그들의 제자들이나 추종자들이 점차 경전을 만든다는 것이다. 그리고 그 경전을 절대화할 뿐만 아니라 그 경전의 '해석권'까지도 그들이 챙겼다. 신성시되고 절대시되는 그 경전을 해석하는 그들에겐 당연히 힘이 따를 수밖에. 그렇다고 그들은 권력이 생겼다고 노골적으로 이야기하지 않는다. 항상 표현은 "이 거룩한 진리를 거짓으로부터 사수하기 위함이다"라고 못을 박는다. 결국 역사에서 종교적으로 이단이라고 낙인 찍힌 사람들은 '경전 해석권'을 가지고 서로 싸우다가 권력에서 밀려난 부류들이라고 할 수 있을 것이다.

실제로 역사를 살펴봐도 종교는 항상 정치권력의 중심에 있거나 언저리에서 함께 공생해 왔다. 서양 중세시대의 기독교가 그랬고, 삼국시대와 고려시대 불교가 그랬고, 조선시대의 유교가 그랬고, 대한민국의 기독교가 그렇지 않은가. 오늘날 대한민국에서 벌어지고 있는 '종교탄압 논쟁'을 바라보는 일반 국민들의 눈에는 이것이 결국 '종교 간 권력다툼'으로 보여지고 있다는 것을 해당 종교지도자들은 알까. 시쳇말로 서로 '밥그릇' 싸움을 하고 있다고 생각하는 국민들이 많다는 것을 해당 종교계는 알기나 할까.

종교지도자들을 들먹이지 않아도 종교는 상당한 권력으로 우리 곁에 와 있다. 우리 중에 종교인이 한 명 있다고 하자. 그는 아침에 일어나서부터 사람들을 만나 일을 하고 잠자리에 들 때까지 해당 종교의 영향력 아래 놓이기 쉽다. 자본주의 사회에서 그렇게 중요하다고 여겨지는 돈마저도 아낌없이 종교기관에 바치는 이도 많다. 재산과 시간을 다 바쳐 충성하는 이도 있다. 심지어 죽음의 순간까지도 해당 종교에서 내리는 은총을 받아 보려고 애쓴다. 죽어서조차도 해당 종교가 설파한 세계에 가고 싶어 한다. 그는 태어나서 죽을 때까지 종교의 그늘(권력)에서 벗어나지 못하고 결국 한 줌의 이슬로 사라진다. 그러면서도 그는 그것이 결코 '권력의 작용'이라고 생각지 않는다. 다만 은총이라고 생각한다.

이런 현상에 대해 러셀은 "모든 복종은 두려움에서 기인한다"라고 잘 통찰해 주었다. 인류 초기에 발생한 종교의 발생 배경이 자연에 대한 두려움으로부터 인간의 안녕을 구하기 위해서였고, 그 후에 생겨난 종교들은 인간의 삶과 죽음에 대한 두려움으로부터 안정을 구하기 위해서이지 않았던가. 말하자면 사람들은 이 모든 두려움을 홀로 의연하게 대처할 수 없기 때문에 권력과 종교에 기대는 것이다. 이처럼 모든 권력의 시작은 인간의 두려움에 있다. 죽음에 대한 두려움이 종교를 튼튼하게 만들고, 불안정에 대한 두려움이 국가를 튼튼하게 만드는 것이다. 보편적인 인간에게서 '두려움'을 완전히 제거할 수 없는 문제라고 본다면 어떤 식으로든 권력은 계속 이어질 수밖에 없다. 어떤 식으로든 종교 또한 이어질 수밖에 없다. 이런 현상이 옳은지 그른지 판단하는 것은 보류하더라도, 엄연히 종교라면 다 가지고 있는 '권력현상'이라는 것은 솔직하게 인정해야 되지 않을까. 그러한 권력이 유지되기 위해선 어느 정도의 구라가 작용할 수밖에 없다.

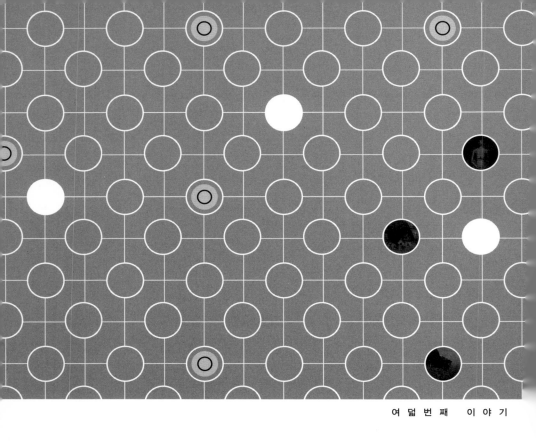

종교도 과학도
모두 알 수 없는 '구라의 세계'

인류 역사 중 이 둘만큼 서로 밀고 당기기를 하면서 애증의 관계를 유지한 것도 드물 것이다. 때론 종속관계로, 때론 라이벌 관계로, 때론 동반자 관계로 변화무쌍한 관계를 맺어 왔다. 바로 '종교와 과학' 또는 '과학과 종교' 이다. 단어 순서를 굳이 바꾸어 말하는 것은 그만큼 양 진영 간의 자존심 문제도 있을 거라 보기 때문이다. 실제로 중세시대엔 '종교와 과학' 이라고 쓰여졌다는 것이 그리 새로운 사실은 아니다. 말하자면 분단국가를 사는 한반도에서 남쪽에서 볼 땐 '남북정상회담' 이라고 부르지만, 북쪽에서 볼 땐 '북남정상회담' 이라고 부르는 이치와 같은 것이다. 이렇듯 양자 간의 시소게임은 아직도 진행되고 있다.

종교에 도전한 겁 없는 과학자

16세기 초반 천재 과학자 코페르니쿠스가 등장하기 전까지 태양과 달은 지구를 착실하게 돌고 있었다. 그 당시 전해 내려왔던 그 진리, 즉 천동설은 프톨레마이오스라는 과학자에 의해 확증되었다. '태양과 달이 지구를 중심으로 돈다' 는 주장은 당시 교황청이나 교회와 잘 맞아떨어졌다. 사실 교황청도 그것을 원했다. 구약성서 여호수아서에 기록된 '여호수아가 기도해서 하루 종일 해를 붙잡아 두었다' (여호수아 10장 13절)는 신의 기적을 굳이 예로 들지 않더라도 당장 육안으로 보기에도 지구는 가만히 있고 태양과 달이 착실하게 움직이지 않았던가. 한 가지 주목할 것은 프톨레마이오스 또한 과학자라는 것이고, 그 사실은 곧 '종교와 과학' 간에 이루어진 달콤한 '밀월관계' 였다는 것이다.

어쩌면 당시 교회의 권위를 추스르기 위해 '천동설'이 간택당했는지도 모를 일이었다.

어쨌든 태양과 달은 지구를 중심으로 돌아야만 했다. 이미 교황청과 교회가 사회와 합의한 진리(천동설)를 뒤엎을 수는 없었다. '지동설'을 인정하는 순간 교황청의 권위는 하늘과 땅이 바뀌는 설(천동설에서 지동설로)만큼이나 곤두박질칠 것이 자명했다. 또 지구를 중심으로 태양과 달이 돌아 줘야 온 세상의 중심은 지구이며, 나아가 그 지구에 붙박고 있는 교회와 교황청이라고 역설할 수 있기 때문이었다. 이런 상황에서 시쳇말로 '겁대가리'를 상실한 과학자 한 명이 세상을 뒤엎는 불온하고 과격한 이론으로 도전을 하게 된 것이다. 사실은 코페르니쿠스가 살아 있을 때보다 죽었을 때 그 파장은 더 컸다. 왜냐하면 코페르니쿠스가 1543년 사망하고 난 후 그의 주장이 담겨 있는 책 《천체의 회전에 관하여》가 출간되었기 때문이다.

진실은 쉬쉬하고 덮는다고 사라지지 않는 법. 출간 당시 엄청난 파장을 일으켰던 《천체의 회전에 관하여》라는 책이 이탈리아의 천문학자 갈릴레이의 손에 들려졌다. 갈릴레이는 그 책을 읽고 감탄을 연발했다. 아마도 갈릴레이는 코페르니쿠스의 책을 접하기 전부터 자신이 연구하고 살펴본 과학적 근거를 바탕으로 '천동설'에 대한 의문이 조금씩 싹트고 있었을 것이다. 어쨌든 세상이 잘못 알고 있는 진실을 손에 넣은 또 다른 한 명의 천재 과학자가 그냥 아무 일도 없었다는 듯이 넘어갈 수는 없었을 터. 그는 코페르니쿠스의 이론을 토대로 그가 평소 연구해 왔던 천문

지식을 접목시켜 《별의 전언》이라는 책을 출간했다. 세상을 뒤흔드는 두 번째 책이 세상에 나왔다. 교황청은 긴장할 수밖에 없었다. 하지만 싸움은 그다지 격렬하지 못했다. 한때 가톨릭 신부가 되고자 할 만큼 기독교 신앙이 두터웠던 갈릴레이가 코페르니쿠스의 이론을 누구보다 지지하면서도 교황청과의 마찰을 원하지 않았기 때문이다. 1615년 교황청에 이단이라고 고발되면서 갈릴레이와 교황청 양자 간에 본격적인 밀고 당기기가 시작됐고, 그 후로도 여러 차례 '이단 규정'과 '변호와 반박'을 오가며 실랑이가 벌어졌다.

갈릴레이는 자신의 걸음을 멈출 수가 없었다. 그러기엔 자신이 확신한 진실이 엄청났기 때문이었다. 그는 1630년 지동설을 주장하는 또 한 권의 책 《두 가지 주요 세계관에 관한 대화》를 내기 위해 교황청과 접촉을 시도하다 실패하고, 결국 1632년 피렌체에서 책을 출간했다. 이 책의 출간은 권력의 속성, 즉 "한 하늘에 두 개의 태양이 떠 있을 수 없다"는 심보가 발휘되게 만드는 결정적인 계기가 되었다. 세상의 중심, 권력의 중심을 이동시킬 수도 있는 이런 불온한 사상을 더 이상 둘 수 없었기에 교회는 갈릴레이를 종교재판소에 불렀다. 종교의 이름으로 과학을 재판하는 마당이 열린 것이다. 이런 역사적인 현장에서 노쇠한 과학자 갈릴레이는 꼬리를 내렸다. 육체가 쇠하면 정신력도 약해지는 걸까. 이 현장에서 빠져 나오면서 갈릴레이가 "그래도 지구는 돈다"라는 의미심장한 말을 남겼다. 1992년 로마교황 요한 바오로 2세가 갈릴레이의 재판이 잘못된 것이었음을 인정하고 갈릴레이에게 사죄하기까지 긴 세월 동안 표면적으로는 종교가 과학에게 보기 좋게 승리한 것처럼 보였다. 잘못된 판정을 공식적으로 바로잡기까지 무려 350년(갈릴레이 사후)이 걸렸다.

종교는 정신의 바이러스인가?

갈릴레이 이후 '종교와 과학' 양자 간에 있었던 크고 작은 '설왕설래'를 뒤로하고 시간을 훌쩍뛰어 넘어 현대의 대한민국으로 와 보자. 인터넷 언론매체인 《프레시안》이 2008년 4월 18일부터 9월 5일까지 총 17회에 걸쳐 '과학과 종교의 대화'라는 마당을 연재했다. 프레시안은 "이 시대의 두 가지 화두라고 할 만한 '과학'과 '종교'의 대화를 통해 꼬리에 꼬리를 무는 이런 의문을 해결하는 단초를 찾아볼 생각이다. 이 쉽지 않은 작업에 김윤성(종교학자, 한신대 종교문화학과 교수), 신재식(목사, 호남신학대 조직신학과 교수), 장대익(진화론을 연구하는 과학철학자, 동덕여대 교양교직학부 교수) 세 사람의 젊은 지식인이 나섰다"라고 집필 동기와 참여자를 밝혔다. 여기에는 이 세 사람이 각자의 처소에서 서신을 주고받는 형식으로 진행된 내용들과 독자들의 반응이 담겨져 있다. 그중 장대익 교수의 글에 재미있는 대목이 있어 소개하면 이렇다.

"심장 질환으로 수술을 받은 환자들을 위한 중보기도(기독교에서 중보기도란, 다른 사람을 위해 신의 도움을 간구하는 기도를 뜻한다)가 과연 효과가 있는지를 과학적으로 검증해 보는 실험이었는데요, 피험자 집단을 셋으로 나눴습니다. 그중 두 집단에 대해서는 중보기도를 하고, 한 집단에 대해서는 아무런 조치도 취하지 않았지요. 그리고 중보기도의 대상이 된

집단에서도 한 집단의 환자들에게는 자신들을 위한 중보기도가 진행 중이라는 사실을 알리지 않았고, 다른 집단의 환자들에게는 중보기도를 한다는 사실을 알렸습니다. 이때 중보기도는 한 곳에서 이뤄진 것이 아니라 미국 곳곳에 흩어져 사는 기독교인들에 의해 동시다발적으로 이뤄졌습니다. 과연 어떤 결과가 나왔을까요? 중보기도를 받은 집단들과 아닌 집단 사이에서 유의미한 차이가 발생했을까요?"(《프레시안》 2008년 5월 23일자)

결과는 어떻게 되었을까. 결과는 아주 싱거웠다. 양자 간에 아무런 차이가 없었던 것이다. 오히려 좀 황당한 결과도 있었다. 중보기도를 받는다는 사실을 안 집단이 몰랐던 집단에 비해 오히려 건강이 악화된 것이다. 자신을 위해 기도해 주고 있다는 사실에 부담감을 느낀 사람들 때문에 그런 결과가 나왔던 것이다. 물론 이런 실험 결과 하나만으로 기도가 아무런 효과가 없다고 단정 지을 수도 없으며, 나아가서 종교가 과학적으로 증명될 수 없는 황당무계한 것이라고 결론 내릴 수도 없다. 다만 종교가 과학적 실험의 대상이 되고 있다는 것이며, 나아가서 과학이 종교를 도마에 올려놓고 이모저모를 저울질하고 실험하고 재단하는 사회가 되었다는 것이다. 마치 그 옛날 갈릴레이가 종교재판소에서 받았던 수모를 되돌려주기라도 하듯 말이다.

종교에 반기를 든 것으로 말하자면 이 사람, 도킨스를 언급하지 않을 수 없다. 그는 영국의 종교학자로서 《만들어진 신》이라는 저서 등을 통해 종교의 근원을 뒤흔들어 놓은 사람이다. 사람들은 그를 가리켜 '악마의 사도'라고 말하기를 주저하지 않는다. 그도 그럴 것이 도킨스는 종교를 '집단 망상의 결과'라고 선언하면서 '일종의 정신 바이러스'라고 치부했기 때문이다.

프레시안(2008. 5. 23)에 장대익 교수가 소개한 도킨스에 의하면 종교는 정신 바이러스 같은 고약한 복제자의 일종이라는 것이다. 정신 바이러스도 생물 바이러스와 똑같은 작동원리로 작용하는 것으로서, 인간의 정신을 숙주로 삼아 자신의 정보를 복제하는 기생자라는 것이다. 인간의 정신은 세포와 컴퓨터만큼이나 바이러스에 쉽게 감염되는 특징을 갖고 있는데, 바이러스에 감염된 세포와 컴퓨터가 본래의 작동을 멈추고 그 바이러스의 명령에 따라 엉뚱한 행동을 하듯이 정신 바이러스에 감염된 인간은 그 바이러스를 더 많이 퍼뜨리는 행동을 하게 된다는 것이다. 또한 바이러스 속에 DNA 침투, 장악, 복제의 명령어가 내장되어 있는 것처럼 종교의 가르침 안에도 침투, 장악, 복제의 명령이 담겨져 있는데, 예를 들자면 "성령이 너희에게 임하시면 예루살렘과 온 유대와 사마리아와 땅 끝까지 이르러 내 증인이 되리라 하시니라"와 같은 성서의 선교 명령이나 "만일 어떤 사람이 이 경전을 받아 지니고 읽고 외우고, 여러 사람들에게 일러 주면, 한량없는 공덕을 이룰 것"이라는 《금강경》의 가르침 등이 바이러스의 DNA 명령과 다를 바 없다는 것이다.

이어서 도킨스는 종교적 믿음 체계가 주로 부모에서 자식으로 전달된다는 것에 주목했다고 한다. 어린이들은 어른들이 하는 말이면 대개 의심을 하지 않는다. 그래서 어른들로부터 일방적으로 언어와 사회적 관습 등을 배우고 익혀야 하는 아이들은 선택의 여지 없이 어른의 말에 순종적이게 된다는 것이다. 예컨대 어른들이 "뜨거운 데에 손을 얹지 마라, 뱀을 집어 들지 마라, 이상한 냄새가 나는 음식은 먹지 마라"와 같은 명령들은 아이들이 생존하기 위해 지켜야 할 필수 지침들이었고, 아이들은 이런 말들을 자신의 뇌 속에 장착했다는 것이다. 그러면서 아이들은 "어른들이 하는 말은 무엇이든 믿어라"는 명령어를 자연스레 학습 받는다고 도킨스는 주장했다. 이런 지침들이 정신 바이러스가 침투할 수 있는 길을 열었으며, 이는 마치 모든 입력을 올바른 것으로 받아들이는 컴퓨터 프로그램이 그만큼 바이러스에 치명적일 수밖에 없는 이치와 같아서 아이들의 뇌에는 "뜨거운 불이 이글거리는 지옥에 가지 않으려면 아무개를 믿어야 한다. 무릎을 꿇고 동쪽을 바라보며 하루에 다섯 번 절을 해야 한다" 등과 같은 코드들이 쉽게 기생할 수 있게 된다는 것이다. 그래서 이슬람교도 부모에게서 이슬람교도가, 불교도 부모에게서 불교도가 나온다고 말하면서 '종교는 현대과학으로 치료 받아야 할, 전염성이 강한 고등 미신일 뿐'이라고 역설한 것이다.

이런 도킨스의 주장에 힘을 실어 주듯 "과학은 종교를 파괴해야 한다"라고 말한 사람이 바로 스탠포드 대학에서 철학을 전공한 후 현재 신경과학 박사로 있는 샘 해리스다. 그는 "종교와 과학 사이의 충돌은 있을 수밖에 없고, 제로섬 게임이다. 과학의 성공은 종교의 교의를 희생해야 가능하고, 종교적 교의는 언제나 과학을 희생함으로써 유지할 수 있다"《위험한 생각들》존 브록만 엮음, 갤리온 277쪽)라고 말함으로써 종교와 과학의 라이벌 관계를 재확인해 주었을 뿐만 아니라 과학이 종교를 파괴해야 한다고까지 강력하게 말했다. 이어서 그는 "신념(신앙)은 종교적인 사람들이 합리적인 설(과학적 증명)에 실패할 때, 그러한 명제를 믿기 위하여 서로에게 주는 면허증에 지나지 않는다"라고 역설하기도 했다. 또한 프리스턴 대학교 물리학 교수인 필립 앤더슨은 "특정 신이 존재할 확률은 상당히 낮다"(같은 책 275쪽)며 과학의 주먹으로 종교에게 제대로 한방 날린 것도 주목할 만한 대목이다.

종교 있는 과학, 과학 있는 종교

'종교와 과학'이 앞서 열거한 사례들처럼 꼭 그랬던 것만은 아니다. 과학이 발달한 현대에 이를수록 양자 간에 화합의 기운이 많이 일고 있다. 그런 것을 미리 알았을까. 아인슈타인은 일찌감치 "종교 없는 과학은 무력하고, 과학 없는 종교는 눈먼 것이다"라고 역설하며 양자 간의 화해를 주문했다. 또한 진화생물학자는 스티븐 제이 굴드는 "종교와 과학은 별개의 교도권으로 생각해야 한다"며 양자 간의 마찰을 무마하려고 시도하기도 했다.

획기적인 사건도 있다. 2008년도 템플턴상을 수상한 폴란드의 수학자 마이클 헬러 교수는 "신의 존재를 수학적으로 증명하는 길을 열었다"는 명목으로 종교계의 노벨상이라 불리는 템플턴상을 수상함과 동시에 우리나라 돈으로 약 16억 원의 상금을 받았다. 연합뉴스 보도에 따르면 "헬러 교수는 인간을 둘러싼 물질세계를 회의케 하는 방식으로 신의 존재를 증명하지는 않는다. 헬러는 모든 것, 심지어는 우연조차도 수학공식으로 설명해 내는 복잡한 방법을 연구해 왔다"고 전하면서 "그가 과학신학이라는 의미 있는 개념을 도입했으며, 과학적 통찰력으로부터 벗어난 종교는 절름발이이고, 다른 인지방식을 인정하지 못하는 과학은 장님이라는 점을 그가 성공적으로 보여주었다"라는 무시올 교수의 논평을 함께 실었다.

또 창조오픈포럼(공동대표 조덕영)은 "기독교 창조설에 입각한 지구의 나이가 6,000년(창조과학회)이라는 주장보다 30~50억 년이란 일반과학의 주장이 더 타당하다"고 말하면서 창세기에 기록된 6일간의 창조 드라마는 육적인 천지 창조가 아니라 영적인 창조로 인식되어야 함을 역설했다. 실로 기독교계에서는 대단한 선언이다. 창조 장면이 실제로 눈에 보이는 창조라고 믿는 대다수의 기존 기독교인들의 신앙에 반하는 내용인 것이다. 성경의 사실들을 문자대로 고집하던 기독교계의 입장을 양보한 것이며, 나아가서 종교계에서 현대과학의 손을 들어주고 있는 꼴이 된 것이다.

이런 일련의 사건들은 '종교는 가치추구 영역, 과학은 사실추구 영역'이라는 잣대로 서로의 영역 표시를 해왔던 기존의 입장이 많이 약해지고 있음을 보여주는 것이다. 이제 '종교와 과학은 하나'라는 주장도 심심찮게 나오고 있다. 이래서 종교는 과학에 의해 정당성을 확보하는 듯 보이고, 과학은 종교에 의해 에너지를 확보하는 듯 보인다.

과학이 증명한다고 종교가 진실이 될까

그런데 이게 다일까. 나름 반전이 있다. 몇 가지 이유들 때문이다. 사실을 추구한다는 과학과 가치를 추구한다는 종교, 이둘이 서로 맞부딪쳐 싸웠던 지난 세월에서 '종교의 허구성'을 드러내 주는 증거가 과학적으로 입증되었다. 하지만 반대로 양자 간의 화해가 이루어져 서로 보완하고 확증해 주는 밀월관계가 되었다고 해서 과연 종교가 진실한 것이라고 증명할 수 있을까. 어떤 종교인들과 과학인들처럼 서로 노력하고 연구하면 충분히 하나로 만나서 상호 보완해 줄 수 있다고 해서 종교를 '구라가 없는 진실'이라고 확증할 수 있을까 말이다.

생뚱맞은 질문을 하나 던지겠다. 무신론과 유신론 중 어느 것이 더 증명하기 쉬울까. 이론상으로는 눈에 보이지 않는 어떤 것을 '존재한다'고 증명하는 것보다 '존재하지 않는다'고 증명하는 것이 쉽긴 하지만, 신의 문제만큼은 그리 간단하지 않다. 최첨단 과학을 누리고 있는 현대의 문명세계에서도 종교를 가진 사람은 상당수가 있고, 신에 대한 믿음과 '신적인 종교 체험'을 말하는 이들이 상당수 있기 때문이다. 결론적으로 무신론과 유신론의 문제는 단순히 이론상으로나 통계상으로 속단할 문제가 아니다. 어쩌면 '이 문제는 영원히 알 수 없다'가 답일지 모르겠다. 알 수 없는 것을 가지고 종교적인 입장에서 '진실'이라느니 '진리'라느니 하며 주장하기엔 그 논거가 빈약하지 않을까.

또한 사람들에게는 '확증편향'이라는 속성이 누구에게나 있다. 말하자면 인간은 자신이 먼저 믿고 확증한 것을 토대로 사례를 수집하고 연구한다는 이론이다. 그러니까 종교적 사고를 가진 사람은 자신의 종교에 맞는 사례들을 수집하고 확증하게 되며, 반대로 과학적 사고를 가진 사람은 자신의 과학적 신념에 맞는 사례들을 수집하고 연구하게 된다는 것이다. 자신이 가지고 있는 사고와 신념(이것을 선입견이라고 할 수 있다)에 반대되는 이론이나 사례들은 거부하거나 멀리하게 된다는 속성이다. 설령 종교적인 마인드를 가진 사람들이 과학을 바탕으로 연구해서 종교적인 세계가 사실임을 입증한다고 할지라도 결국 '확증편향'이라는 약점에 걸리게 될 것이 분명하다. 실제로 '창조과학회'는 성서에 기술된 내용들을 액면 그대로 믿는다는 신앙 아래 과학을 연구하고 사례를 모으다 보니 같은 기독교계에서도 거부반응을 일으킨다는 것을 앞서 '창조오픈포럼'의 주장에서 보았다.

　도킨스는 이런 현상을 명쾌하게 통찰했다. 도킨스에 의하면 "절대적인 진리는 없다. 당신이 수학과 논리학을 포함해 과학적 방법이 진리에 이르는 특권적인 길이라고 주장할 때, 당신은 개인의 신념에 따른 행위를 하고 있는 것이다. 다른 사회는 토끼의 내장이나 막대기를 치켜든 예언자의 헛소리에 진리가 있다고 믿을지도 모른다. 당신에게 자기 나름의 진리를 옹호하게끔 만드는 것은 바로 당신 자신의 개인적 신념일 뿐이다"(《악마의 사도》 리처드 도킨스, 바다출판사 34쪽)라는 것이다. 우리가 진리라고 믿는 어떤 것, 그것이 종교영역이든 과학영역이든, 그것은 어디까지나 우리 자신의 신념일 뿐이라는 것이다. 말하자면 종교가 '신이나 초자연적인 절대자 또는 힘에 대한 믿음을 통하여 인간 생활의 고뇌를 해결하고 삶의 궁극적인 의미를 추구하는 문화체계'라는 사전적 정의를 가지고 있듯이 과학도 결국은 하나의 신념체계이며 문화체계라는 것이다. 기존의 입장처럼 종교는 가치영역이고 과학은 사실영역이라서 전혀 별개라고 하는 것이 아니라는 말이다. 과학도 종교도 결국 우리가 믿고자 하는 신념체계일 뿐이라는 것이다.

실제로 과학의 사례를 들어 보자. 그 옛날 과학은 태양이 지구를 돈다는 사실적 진리를 내어놓았고, 당시 대다수의 사람들은 그것을 그대로 사실로 받아들였다. 하지만 그 과학적 진리는 앞에서 살펴본 대로 코페르니쿠스라는 과학자의 반론에 의해서 바뀌어 현재에는 지동설이 보편적인 진리가 되었다. 조금 더 과학이 발전하면 또 어떻게 지구와 태양의 관계가 설명되어질지 아무도 모르는 일이다. 지구의 나이가 30억 년이라느니, 이 우주에는 태양계와 같은 우주가 수도 없이 많다느니 하는 것들이 과연 사실적 진리일까. 지금은 다윈의 진화론도, 뉴턴의 만유인력도 의심받고 있다. 한때 과학적 진리라고 주장되었던 것들이 지금은 폐기되거나 역전된 것들이 얼마나 많은가. 이것을 보더라도 과학조차도 결국은 보편적인 사실이 아니라 사람들이 연구해서 발견해 내고는 그렇게 믿고 싶은 것을 취사선택해 믿는 일종의 신념체계라 할 수 있다. 종교와 마찬가지로 신앙체계라고 할 수 있는 것이다. 이렇게 본다면 설령 종교가 과학적으로 증명된다고 해도 그것이 보편적인 사실이라거나 진리라고 할 수 있을까. 사실은 종교도 과학도 모두 알 수 없고 증명할 수 없는 '구라의 세계'라고 한다면 억지일까.

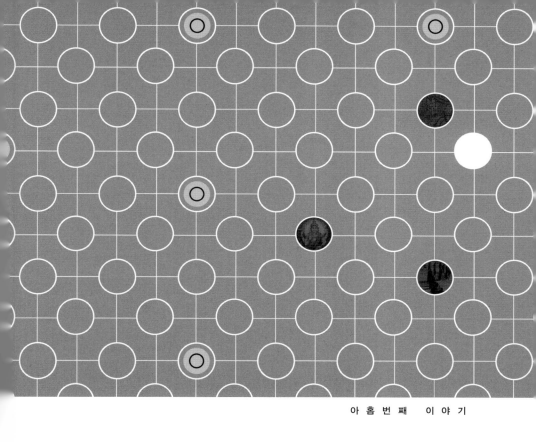

아 홉 번 째   이 야 기

모든 종교는
상상력의 산물이다

2000년도에 한 권의 책이 나왔다. 이 책 때문에 기독교계가 바짝 긴장을 했다. 기독교 신앙의 근간을 뒤흔드는 책이라며 기독교계에 비상이 걸렸다. 이어서 이 책은 2002년 대한민국에서 출간되었다. 출간되자마자 한국 기독교계가 술렁거렸다.

기독넷 김병철 기자의 보도에 따르면 한국기독교총연합회에서는 "점술과 미신 행위를 조장하는 각종 출판, 광고 등의 행위를 중단하라"고 촉구했다는 것이다. 이어서 "이와 같은 내용이 수정되지 않을 경우 소비자 운동을 펼쳐 적극 대처해 나갈 것"이라고 밝히면서 "누구든지 자기의 생각을 책으로 엮어 발표할 수 있는 표현의 자유를 제한해서는 안 된다는 데 동의하지만 정론을 표방하는 신문사에서 이러한 책을 출판해 보급하고 있다는 데 유감을 표명하지 않을 수 없다"라고 역설했다고 전하고 있다. 또한 한국복음주의협의회도 성명을 통해 "기독교의 진리를 왜곡하는 책을 종합일간지가 펴낸 데 대해 유감을 표하며 계속 책을 출간할 경우 여러 기독단체들과 연대해 응분의 조치를 취하겠다"면서 "그 조치는 상당히 구체적이고 치밀할 것"이라고 강조했다는 것이다. 이어서 "예수의 존재를 허구로 몰아가는 책을 출간한 것은 한국의 5만 교회와 1,200만 성도들을 무시하는 처사"라며 "기독대학생과 기독법조인을 중심으로 출판금지 운동을 펼치겠다."고 강조했다는 것이다. 그래서 그런지 각종 언론에서는 "무슨 이유에서인지 절판이 되었다"고 물음표를 던진 책이 있다. 그 책이 바로 《예수는 신화다》(티모시 프리크 외 지음, 승영조 옮김, 동아일보사)이다.

한국 기독교계에서 보면 설상가상인 경우가 또 생겼다. 《예수는 신화다》라는 책의 내용을 중심으로 기독교의 근간을 다룬 충격 영상이 SBS에서 특집 다큐멘터리 《신의 길 인간의 길》이라는 제목으로 방영된 것이다. 〈1부: 예수는 신의 아들인가?〉, 〈2부: 무함마드, 예수를 만나다.〉, 〈3부: 남태평양의 붉은 십자가〉, 〈4부: 길 위의 인간〉 등 총 4부로 기획된 이 다큐멘터리는 제목만 들어도 기독교계에선 등골이 오싹할지 모를 것들이다. 아니나 다를까. 다큐멘터리 방영 이후 한국 교회가 이에 대해 지속적으로 반발하고 있는 가운데 '한국교회 SBS대책위원회(위원장 김승동 목사)'가 SBS 시청 거부와 손해배상청구인단 모집 구성을 밝혔다. 기독교 일각에서는 다큐멘터리 1부가 방영된 후 방송 조기종영을 촉구하고 "방영 저지를 위해 폭력도 불사하겠다"는 등의 반응이 나오기도 했다. 어쨌든 이런 일련의 상황은 한 권의 책과 한 번의 방송으로도 흔들릴 수 있는 것이 종교라는 것을 기독교계 스스로 자인하는 꼴이 아닌가 싶다. "어떠한 내용을 만천하에 공개하더라도 당당하다"는 그런 자신감을 세상에 보여 주지 못한 것이 오늘의 기독교계인 셈이다.

예수는 실존 인물일까?

동아일보사에서 출간한 책 《예수는 신화다》에서 표현한 예수는 이랬다. 한마디로 예수는 실존인물이 아니라는 것이다. 이 책에서 저자는 예수가 실존인물이 아니라 그 이전에 살았던 성인들의 '거룩하고 고상한 행적' 들을 총동원해서 짜깁기해 만들어낸 이야기라고 하면서 그 증거를 일일이 들고 있다.

《예수는 신화다》라는 책에 의하면 당시 로마인들은 유럽세계의 지배자였고 자기들의 모든 활동에 대해서 꼼꼼하게 기록을 남겼는데도 인간 예수에 대한 기록은 로마 문헌 어디에도 없다는 것이다. 또 예수라는 이름은 당시에 지나치게 흔한 이름이었지만 유대인 역사가들의 저술 속에서도 역사적 예수에 대한 증거가 없다고 밝히고 있다. 말하자면 예수의 이야기는 한 사람의 이야기가 아니라 여러 사람들의 이야기를 토대로 만들어진 하나의 신화라는 이야기이다.

예를 들면 이집트의 오시리스와 그리스의 디오니소스도 성서의 예수처럼 12월 25일 동정녀에서 태어났으며, 결혼식 때 물을 포도주로 바꾸었고, 병든 자를 고치고 죽은 자를 살려내었으며, 영성체 의식으로써 자신의 몸과 피를 나누어 주었고, 십자가에 못 박혀 죽었으며 죽은 후 3일 만에 부활했다고 전해진다는 것이다. 말하자면 예수는 이교도들의 '미스테리아'가 유대인들에게 수용될 수 있도록 유대인 메시아로 변장한 오시리스-디오니소스와 같은 존재라는 것이다.

철학자인 켈수스(67?~130?)는 예수의 이야기가 실제로는 이교도 신화의 저급한 모방일 뿐이며 기독교도들이 그것을 새로운 계시인 양 유포시키고 있다고 말했다. 켈수스는 "그리스도교의 수많은 아이디어는 고대 그리스인들에 의해 더 잘, 그리고 더 오래 전부터 표현되어 왔다. 그러한 표현들의 이면에는 과거부터 이미 존재해 온 고대의 교리가 똬리를 틀고 있다"라고 말하기도 했다. 초기 기독교인들이 자신들의 신앙을 나타내기 위해 사용한 물고기의 상징은 피타고라스학파의 상징이었던 바로 그 물고기라는 것이며, 예수가 죽은 지 4일 된 나사로를 살려낸 것처럼 엠페도클레스는 죽은 지 30일이 된 여자를 살려냈다고 전하고 있다.

고대 그리스에서 이런 신인(神人)을 믿기 시작한 것은 BC 6세기(아이러니하게도 이즈음에 불교의 창시자 붓다가 출현했다)부터였다고 하는데 이런 종류의 신앙을 그리스어로 '미스테리아(Mysteria)'라고 불렀으며, 이런 이야기들은 헤로도토스나 플라톤의 저술 등 곳곳에 나타난다. '미스테리아'의 핵심에는 죽어서 부활한 신인(神人)이 있고, 이 신인은 고대 이집트 시대에는 오시리스, 고대 그리스에는 디오니소스, 소아시아에서는 아티스, 시리아에서는 아도니스, 이탈리아에서는 바쿠스, 페르시아에서는 미트라스로 등으로 불렸다는 것이다. 아티스의 죽음의 날인 3월 23일과 부활의 날인 3월 25일을 기독교에서도 그대로 따른 것은 이런 흐름 때문이라는 것이다. 예수가 부활하는 기간도 3일째, 오시리스가 부활하는 기간도 역시 그렇다는 것이다.

이런 내용들을 바탕으로 제작된 SBS《신의 길 인간의 길》이 방영된 후 시청자 게시판과 인터넷에서의 반응은 뜨거웠다. 수많은 찬반 양론의 글들이 있었지만, 그중에서 촌철살인과 같은 하나의 반응을 소개해 보겠다. "예수를 따르는 사람들에게는 예수가 신일지 모르지만, 예수를 따르지 않는 사람들에게 예수는 그저 평범한 동네 아저씨가 아닌가"라는 것이다. 말하자면 기독교도들에게는 예수가 반드시 역사적 인물일 뿐만 아니라 나아가서 신적인 존재로 격상되었겠지만, 기독교도가 아닌 사람들에게는 그저 역사에 흘러간 수많은 성인들 중의 한 사람이며, 나아가서 그가 실제로 존재하지 않은 사람이었다고 해서 크게 문제될 게 없다는 것이다. 존재했을 수도 있고 존재하지 않았을 수도 있는 동네 아저씨의 이야기가 예수의 이야기라는 것이다.

신화인가 실존 인물인가

'예수는 신화다' 라는 종류의 '붓다 이야기' 도 있다. 내용을 소개하면 이렇다.

"그리고 로마 가톨릭이 붓다를 중세시대의 성 여호사밧의 성격으로 성인의 반열에 올린 것은 동양적인 것이 어떻게 서양적인 것으로 변화해 갔는가를 보여 주는 또 하나의 보기다. 중세기독교에 미친 불교의 영향을 잘 말해 주는 이 유명한 사례는 가톨릭 성자인 발라암과 여호사밧(라틴명은 요아삽 또는 요사팟)의 이야기다. 그 줄거리는 이렇다. 한 왕자가 어느 인도 왕국의 승계자로 태어났다. 왕자가 탄생하자 나라 안의 예언자들이 왕위 계승자로서의 그의 위대한 미래를 예언했다. 그런데 문득 한 현자가 나타나서, 그 왕자는 위대해지긴 하지만 통치자로서가 아니라 기독교 개종자로서 위대해질 것이라고 말했다. 왕자를 보호하고, 또 왕자가 기독교로 개종하는 것을 막기 위해 그의 부친은 그를 왕궁 안에 가뒀다. 어느 날 잠시 왕궁 밖을 나갔다가 왕자는 절름발이와 장님을 목격하고는 인생의 어두운 면을 알았다. 그런데 그 나라에는 발라암이라는 이름의 수도자가 있었다. 어느 날 이 수도자가 변장을 한 채 왕자 여호사밧을 찾아와 그를 기독교로 개종시켰다. 부친은 귀신 쫓는 마술이나 미녀들을 이용해 왕자를 세속의 삶으로 되돌아오게 하려고 애썼지만 헛수고였다. 성장한 여호사밧은 왕궁을 떠나 수도자 발라암과 함께 광야에서 수행을 했으며, 마침내 성인의 경지에 이르렀다. 이 여호사밧의 이야기가 고타마 붓다의 생애를 각색한 것임은 두말할 필요도 없는 일이다. 이 이야기를 지은 사람은 붓다의 탄생, 유년지, 그리고 출가에 맞춰 이야기의 뼈대를 맞추었다. 또 네 장면의 목격, 여러 가지 유혹들, 광야에서의 고행 기간 등 모두가 붓다의 이야기의 한 토막이다."《티베트 死者의 書》파드마삼바바, 류시화 편역, 정신세계사 52쪽)

이런 식의 책이 또 있다. 불일출판사에서 1986년에 내놓은 《법화경과 신약성서》(민희식 저)이다. 이 책은 《인도로 간 예수》(송기원, 창작과 비평사)와 그 맥락을 같이한다. 《법화경과 신약성서》에 의하면 "예수는 이러한 통로를 통하여 인도의 서북쪽에서 동쪽으로 가 현재의 오릿사주의 코나라크 주변의 힌두교 사원에서 오랫동안 연구를 하고 그 교리를 완전히 통달한 후 이를 비판하고 박해를 받아 불교로 전환하여 불교 연구를 한 후 다시 티베트에 가서 자기의 연구를 심화한 것이 거의 확실하므로…"(같은 책 12쪽)라고 예수가 인도 여행을 했음을 밝히고 있다. 이어서 프랑스 학자 필립 드 슈아레가 《토마스에 의한 복음서》를 통해서 전 유럽을 종교적인 충격으로 몰아넣었다는 보도를 전하고 있다. 《토마스에 의한 복음서》에는 "기독교의 복음서도 불교의 경전과 마찬가지로 창시자가 민중을 구제하는 과정에서 그때의 상황에 따라 가르친 것을 제자들이 편

집한 것이다. 다만 기독교의 복음서에서는 요한, 마태, 누가 등 책임편집자의 이름이 기록되어 있는 점이 불전과 다르다"(같은 책 13쪽)라는 내용이 실려 있다고 민희식은 전하고 있다. 민희식은 이 책에서 신약성서에 기록된 예수의 말과 행적과 사상 등이 법화경과 일치하는 사례들을 일일이 들추어내면서, "기독교란 대승불교와 유대교의 혼합물로 불교에서 빌려온 자비가 기독교를 세계적인 종교로 발전시킨 것이다"(같은 책 37쪽)라는 것과 "기독교가 인도의 대승불교의 한 분파라는 것은 예수 자신이 인도나 티베트에 가서 불교를 공부한 사실이나, 토마스 복음서가 담은 불교적 냄새를 풍기는 예수의 말씀이 이것을 보여 주고 있는 것이다"(같은 책 50쪽)라고 주장하고 있다.

그러면 정말 예수는 기독교도들이 주장하는 바대로 이스라엘에서 태어나서 이스라엘에서 자라나고 죽었던 역사적 인물일까. 아니면 여러 문서들과 자료들이 전하는 것처럼 한때는 인도로 가서 불교를 접한 후 그 불교와 유대교를 융합시킨 종교천재일까. 그것도 아니면 예수는 여러 성인들의 사상과 행적을 접목시켜 2,000년 전 지구상에 태어난 가공의 인물일까. 참으로 알 수 없는 노릇이다.

예수의 실존을 의심해 볼 수 있는 것과 같이 붓다는 어떨까. 마호메트는? 모세는? 사실 2,000년 전에 태어난 사람 '예수' 조차도 여러 근거들을 통해 '실존 여부'부터 '행적 여부'까지 오리무중인데 예수보다 무려 1,300년 전에 살았다고 전해지는 모세와 예수보다 600년 전에 살았다고 전해지는 붓다는 오죽할까. 학자들 간에 이견이 있지만, 모세가 이

끄는 이스라엘 백성들이 겪었다는 '이집트 대재앙', '이집트 탈출기', '홍해 도하' 등의 큼지막한 사건들도 역사서에서 찾아 볼 수 없는 성서만의 이야기라고 근거를 대기도 한다.

걸핏하면 종교는 과학적으로 증명되는 것이 아니며 종교는 신비한 신의 영역이며 정신과 가치의 영역이라고 강변하는 종교인들이 왜 그토록 종교 교조의 실존 여부(과학적인 사료에 의한 검증)에 목을 맬까. 그렇다면 역사가와 사학자들의 대다수가 '모세, 마호메트, 붓다, 예수' 등의 인물들이 '실존하지 않았던 인물'이라는 연구결과를 내놓는다면 해당종교는 어떻게 반응할까 사뭇 궁금해진다. 사실 과학의 발전을 주도해 왔던 서양사회가 신봉했던 예수의 존재가 그들의 과학에 의해 존재 여부가 흔들리고 있다면 타 종교의 교조들 또한 그 가능성이 없다고는 말할 수 없는 것이다.

민중은 영웅을 원한다

이쯤 하고 숨을 잠시 돌려 각 종교의 경전에서 보여 주는 교조들의 행적을 살펴보자.

유대교의 교조 모세는 "태어나자마자 파라오의 박해를 피해 갈대 상자에 넣어 나일강에 띄워진다. 파라오의 공주에 의해 키워진 모세는 청년의 때에 사막으로 출가한다. 거기서 각종 시험을 거쳐 신의 부름을 받고 파라오에게로 돌아와 이스라엘 백성을 구출한다. 시나이 산에서 이스라엘의 율법을 받아 든다. 사막에서 죽는다"고 구약성서가 전하고 있다.

"인도의 카필라 성의 성주 정반왕의 아들로 태어났으며 태어나자마자 '천상천하유아독존'을 외치며 하늘을 향해 손을 치켜든다. 성 외곽에서 '생로병사'의 고통을 체험하고는 29세의 나이에 출가를 한다. 수많은 참선과 고행을 통해 부처가 된다. 마왕 파순이 붓다를 수차례 유혹하나 그 시험을 통과하여 진정한 붓다가 된다. 그 깨달음을 세상에 설파하기 위해 각지를 돌아다닌다. 제자들이 모여들고 종단이 만들어진다. 그리고 죽는다"는 것이 각종 붓다의 전기에 나오는 붓다의 삶에 관한 내용들이다.

예수의 일대기는 "태어나기도 전에 천사가 성령으로 잉태하여 '동정녀 탄생'이 이루어질 것을 예언한다. 예언한 대로 태어난 예수는 헤롯의 박해를 피해 이집트로 갔다가 이스라엘로 되돌아온다. 평범한 목수의 아들로 자라던 예수가 세례 요한으로부터 세례를 받으며 하늘로부터 '신의 아들'이라는 음성을 듣는다. 40일간 사탄의 세 가지 유혹을 통과한 후 세상을 구원하기 위해 30세의 나이에 세상에 출사표를 던진다. 각종 기적과 행적을 통해 따르는 무리가 많아지자 종교지도자들의 시기를 받아 십자가에 못 박힌다. 죽은 지 사흘 만에 부활한다"라고 신약성서 복음서들이 보도하고 있다.

마호메트의 경우는 "태어나기 전 '세상 사람들을 모든 악으로부터 구해 내 전능하신 알라의 보호 아래에 두리라'는 천사의 계시가 그의 어머니에게 환청으로 들린다. 성실하고 정의로운 청년이라는 평을 받고 자라난다. 결혼 생활을 하다가 현실에 만족을 하지 못하고 결국 히라의 동굴에서 천사를 만나 하늘의 계시를 받는다. 마호메트는 이후에도 천사를 만나 계시와 인도함을 받으며 당시 민중들의 지지를 받는다. 억압받던 사람들을 이끌고 광야로 나간다. '움마'라는 공동체를 건설하여 삶을 살다가 죽는다"라고 마호메트의 전기 《무함마드》(나종근 엮음, 시공사)에서 전해 주고 있다.

그런데 이 4가지 이야기들을 보면서 신기한 것이 있다. 지역과 연대가 전혀 다른데도 그들의 생애를 다룬 이야기의 전체적인 구성이 비슷하다는 것이다. 세세한 부분이야 다소 다르지만 하나같이 '신화적인 탄생, 평범한 성장, 현실의 고뇌, 출가, 사탄의 시험과 승리, 하늘로부터의 계시, 민중 구원의 출세, 도의 전파 그리고 죽음' 등의 구조로 되어 있다. 그들이 탄생하고 자라 출사표를 던진 세상들은 하나같이 '민중의 고통과 절망'이 팽배해 있지 않은가 말이다.

이러한 구조에 대해 연구 발표한 사람이 '비교신화학의 거성' 조셉 캠벨이다. 그에 의하면 "석가는 그리스도와 아주 흡사한 길을 따릅니다. 차이가 있다면 석가가 그리스도보다 5백 년쯤 전에 살았다는 것밖에 없어요"(《신화의 힘》 조셉 캠벨, 고려원 259쪽)라는 것이다. 그는 첫 저서 《천의 얼굴을 가진 영웅》이라는 책을 토대로 이 세계 모든 문화권, 많은 시대 이야기에서 하나의 전형적인 영웅의 행동 체계를 도출할 수 있었다는 것을 밝히고 있다. 그는 이어서 "원형적인 영웅상은 하나밖에 없다"고 말하면서 "하나의 원형적인 영웅상이 많고 많은 사람들에 의해 모든 지역에서 베껴졌다는 것"(같은 책 259쪽)이라고 주장한다. 그러면서 "모든 종교의 교조들도 그런 것을 찾으러 살던 곳을 떠났지요"(같은 책 259쪽)라면서 각 종교 교조들의 출가기를 예로 든다. 그에 의하면 이런 '영웅의 일대기'는 종교 교조뿐만 아니라 인류 보편의 역사에서도 얼마든지 찾아볼 수 있다는 것이다.

현대의 성자로 불리는 3인을 조사해 봐도 그렇다. 영국의 침략을 받아 고통에 신음하는 조국 인도와 힌두교, 이슬람교의 종교 갈등이 극에 달했던 상황을 구원하려 했던 인도의 위대한 영혼 간디, 중국의 침략으로 황폐화된 조국 티베트를 떠나 인도에 새로운 티베트를 세워서 티베트의 민중을 구원하려 했던 달라이라마, 이념 갈등으로 전쟁에 휩싸인 조국 베트남에서 견디다 못한 사람들이 '보트 피플'이라는 오명을 뒤집어쓰고 탈출하여 세계 각지에 흩어지는 역사의 소용돌이 속에서 그들의 영혼을 어루만지며 공동체를 건설한 틱낫한 등이 그들이다.

이렇게 놓고 보면 세상이 힘들고 어려울 때 사람들은 더 나은 세상을 꿈꾸면서 '구원자'를 상상하게 되는 것이다. 조셉 캠벨의 말에 의하면 '영웅의 출현'을 꿈꾸는 것이다. 성서에선 '메시아'로, 불경에선 '미륵불'로, 코란에선 '알라의 사자' 등으로 말이다. 어쩌면 우리들의 생이 평탄하지 않고 늘 목마른 상태라고 본다면 우리는 모두 '영웅'을 꿈꾸는 사람들인지도 모른다. 그래서 조셉 캠벨은 "꿈은 우리 의식적인 삶을 지탱시키는 개인적인, 심층의 어두운 체험입니다. 그러나 신화는 사회가 꾸는 집단적인 꿈입니다. 그러니까 신화는 공적인 꿈이요, 꿈은 사적인 신화라고 할 수 있겠지요. 어떤 개인이 꾸는 사적인 꿈이 그 사회의 꿈인 신화와 일치한다면 그 사람은 그 사회와 무난하게 조화를 이루고 있다고 보아야겠지요"(같은 책 95쪽)라고 강변하는 것이다. "신화는 가시적인 세계의 배후를 설명하는 메타포이다"(같은 책 23쪽)라는 불후의 명제와 함께 말이다.

상상력 그 위대한 힘

《1492 콜럼버스》라는 영화가 있다. 리들리 스콧이 감독하고 제라르 드파르디유가 주연을 했으며 신대륙 발견 500주년을 기념하여 영국과 미국이 합작해 1992년에 제작된 대작이다. 이 영화에서 콜럼버스는 '지구가 네모다'라는 그 당시의 상식을 깨고 배를 타고 모험을 감행하여 신대륙을 발견한다. 하지만 신대륙에서의 정착생활은 현지의 사정과 콜럼버스의 조국에 있는 정적의 방해로 인해 실패로 끝나고 만다. 실패로 끝난 콜럼버스는 본국으로 송환된다. 영화 마지막 부분에서 콜럼버스가 건물 현관에서 정적과 마주치면서 들려주는 명대사가 있다. "이리로 와 보시오. 저기 보이는 저 종탑도, 건물도, 도시도 처음엔 누군가의 머리에서 상상한 것들이오. 처음부터 저기에 있었던 것이 아니오. 나의 도전이 비록 실패한 듯 보이지만, 그것은 시작에 불과하오"라고 말이다. 이 영화에서 말해 주듯이 그 이후부터 이어진 신대륙 발견 역사는 현대의 미국과 남미를 건설했다.

물속으로 다니는 배인 잠수함도 마찬가지이다. 배야 당연히 물 위를 떠다니는 것이라는 생각에 '잠수함'이라는 단어조차 없었던 시절, 프랑스 소설가 쥘 베른이 《해저 2만리》라는 공상과학소설에서 바다 속으로 다니는 배를 등장시켰다. 그 책에 그려진 삽화가 지금의 잠수함과 모양이 놀라울 정도로 비슷하다. 100년이 지난 지금도 소설 속 주인공의 탐험 이야기는 놀라우리 만큼 논리적이고 실제적인 것에 대해 현대 과학자들도 혀를 내두르고 있다. 비행기는 또 어떤가. 레오나르도 다빈치가 자신의 어깨에 날개를 달고 날아보려고 시도하다가 부상을 당했다는 일화가 어찌 다빈치만의 일이었을까. 하지만 인간은 결국 날았다. 그것도 혼자가 아니라 수백 명을 한꺼번에 태우고 말이다. 이렇게 가다간 1895년에 나온 H. 웰즈의 《타임머신》이라는 소설처럼 정말로 '타임머신'도 만들어내는 건 아닐까 싶기도 하다.

이렇듯 인간의 상상력은 너무나도 실제적인 것이다. 종교라는 것도 그렇다. 인류의 삶이 고난 가운데 처해 있어서 그 답답한 현실로부터 구원받기 위해 많은 사람들이 꿈을 꾸고 상상한 결과 나온 결과물이 각 종교의 교조들이 아닐까 말이다. 한 시대를 풍미한 사람들의 개인적인 상상력들과 그 사회의 민중이 간절히 바랐던 사회적인 상상력이 마주쳐서 스파크가 일어났을 때 나타난 것이 각 종교의 교조이며 종교의 출현이라 할 수 있다. 당대의 많은 사람들의 상상력이 모이고 모여 스파크가 일어날 때 한 개인 또는 한 집단에게 '신의 계시, 신의 음성, 신의 출현' 등의 형식으로 역사가 일어났다고 볼 수 있는 것이다. 불교의 용어로 말하면 열반의 불꽃, 깨달음의 불꽃이 번쩍거리는 것이다. 그렇다면 우리 인간의 역사는 우리의 상상력과 떼려야 뗄 수 없는 것이지 않을까. 그래서 나는 상상력 없는 세상을 상상할 수가 없다.

상상력이라는 키워드로 종교를 푼다면 종교란 '민중의 상상력이 결집되어 피어 오른 또 하나의 위대한 상상력'이다. 이럴진대 한 교조의 실존 여부를 따지는 일은 괜한 일이 아닐까 싶다. 《예수는 신화다》라는 책이 나왔다고 기독교가 흔들리는 위험에 처한 것처럼 반응하기보다는 지금의 세계를 새롭게 해줄 또 다른 새로운 상상력이 필요한 것은 아닐까. 눈에 보이는 세상을 중요시하고, 자본의 힘과 최첨단과학을 자랑하는 현대사회일수록 좀 더 많은 상상력, 좀 더 많은 구라가 필요하지 않을까.

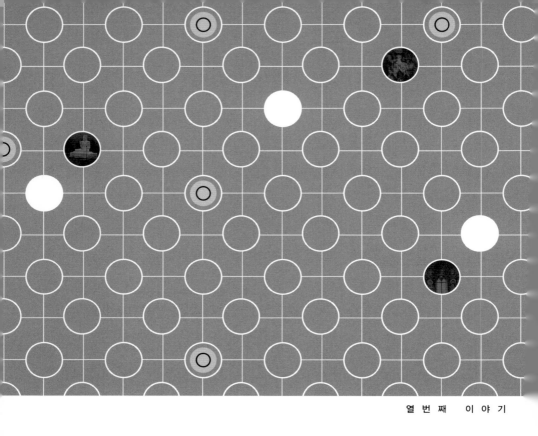

종교는 문화적 산물이며,
세뇌의 결과이다

《시튼 동물기》의 저자로 유명한 E. T. 시튼이 평생 동안 인디언에 관한 자료를 수집해 편찬한 《인디언의 복음》(도서출판 두레)에 다음과 같은 내용이 수록돼 있다.

"허드슨 베이 선교 기지에 있는 백인 선교사가 인디언들을 찾아오자 인디언들이 얼굴에 화장을 하고 가장 좋은 주술복을 입고 그를 맞이했다. 선교사는 '천국에는 오직 한 신만이 계시기에 나는 여기에 그 신을 소개하려고 왔다'고 말을 했다. 인디언들은 누가 말을 하면 중간에 끊는 법이 없기에 하루 종일 그의 설교를 경청했고, 선교사는 말을 마치면서 '당신들은 그 신을 섬겨야 한다'고 강조했다. 이에 인디언 추장은 '우리도 당신이 섬기는 신과 똑같은 신을 섬기고 있다. 다만 섬기는 방식이 다를 뿐이다. 인디언과 백인은 각자의 방식대로 신을 섬기며, 서로 대항할 것이 아니라 신을 위해 협력해야 한다. 우리는 당신들이 이해하는 당신들 방식대로 신을 예배하는 것에 간섭하지 않는다'라고 말을 했지만, 선교사는 '당신들이 말하는 위대한 영은 우리가 예배하는 신과 같지 않다'라고 반박했다. 그러자 추장은 '그렇다면 세상에 두 신이 있는 것이 분명하다. 당신의 신은 저 큰물 건너 먼 곳에 당신들을 위해 땅을 만들었는데, 당신들은 그 땅을 좋아하지 않고 급기야 우리 인디언의 땅을 차지하려고 여기 온 것이지 않은가. 당신들이 이렇게 강요하는 것을 보니 우리가 당신들의 신을 받아들이면 우리가 죽어 당신들의 사냥터로 가게 될 때 그 신이 우리들에게서 모든 것을 빼앗아 가지 않으리라고 어찌 알 수 있겠는가'라고 대답을 했다."《인디언의 복음》 35~38쪽 내용 요약)

'위대한 신비'를 섬기는 인디언의 종교

우리들은 흔히 인디언에게는 '고등종교'가 없다고 단정 짓기
마련이다. 그런 단정을 짓는 데 한몫한 것이 서양의 '신대륙
발견 역사'와 미국의 '서부개척의 역사'일 것이다. 더군다나 그런 역사
들을 소재로 다룬 책과 영화에 나오는 인디언들의 모습은 하나같이 미개
한 우상을 섬기는 종족이라고 비쳐지고 있다. 이것은 힘으로 아메리카를
정복한 서구인(오리엔탈리즘, 서양의 시각에서 보는 동양의 모습과 상통한다)들
의 일방적인 시각이라는 것을 차치해 두고라도 인디언의 세계를 조금도
이해하지 않으려는 서구의 자만의 산물이다. 특히 인디언의 세계에도 우
리가 말하는 소위 고등종교와 같은 종교세계가 자손대대로 전해져 오고
있음을 아는 사람들은 그리 많지 않을 터. 그래서 지금부터 인디언들의
종교세계를 살펴보려고 한다.

우선 인디언들에게도 기독교나 불교, 이슬람교 등에서 말하는 계명
이 있다. "1계명 : 한 위대한 영만이 존재한다. 2계명 : 위대한 영의 형상
을 만들거나 그를 눈에 보이는 존재로 그리지 말아라. 3계명 : 너의 명예
를 걸고 한 약속을 성스럽게 지켜라. 4계명 : 축제일을 지키고 춤을 배우
며 금기를 존중하고 네 부족의 관습을 준수하라. 5계명 : 네 부모를 공경
하고 순종하라. 6계명 : 살인하지 말라. 7계명 : 너희 부족의 최고의 기
준에 따라 생각과 행동을 청결하게 하라. 8계명 : 도적질하지 말라. 9계
명 : 큰 부를 얻으려고 탐욕을 부리지 말라. 10계명 : 독한 술을 입에 대
지 말라. 11계명 : 정결하라. 12계명 : 네 인생을 사랑하고 완성하라"《인

디언의 복음》 46쪽 요약) 등이 그것이다. 비록 서양 백인(E. T. 시튼)의 시각에서 정리한 것이기에 다분히 기독교의 10계명 냄새가 나기는 하지만, 엄연히 인디언들에게도 성문화되지 않은 종교적 계명이 존재하고 있다는 것을 잘 알 수 있는 대목이다.

시튼은 이어서 인디언들이 가졌던 신앙관의 핵심을 같은 책에서 다음과 같이 네 가지로 정리하고 있다.

'첫째, 만물의 창조자이며 지배자인 한 위대한 영이 있고, 우리는 그에 대해 책임이 있다. 그분은 영원하며, 눈에 보이지 않고, 전지하고, 전능하며 형상화할 수 없다. 그분 안에서, 그분을 통하여 모든 존재는 살며 움직인다. 그분은 모든 경배와 헌신을 받으실 분이다. 모든 선한 것은 모두 그분에게서 비롯된다. 둘째, 이 지구상에 태어난 인간의 가장 중요한 의무는 완전한 인간이 되는 것이다. 셋째, 고상한 인간이 된 후에 그는 자신의 종족을 위해 봉사하는 데 스스로를 헌신해야 한다. 넷째, 인간의 영혼은 불멸하다. 영혼이 어디에서 이 세상으로 왔으며 이 세상을 떠날 때 어디로 가는지를 알지 못한다. 그러나 죽을 때가 되면 다음 세상으로 간다는 것을 기억해야 한다. 그는 자기의 재능과 한계 내에서 최선을 다했으며 이 세상에서 자기가 한 행위와 기록에 의해 저 세상에서의 삶이 결정될 것이라는 것을 확신하고 안심해야 한다. 그러므로 그로 하여금 죽음의 노래를 부르게 하라. 그리고 집으로 돌아가는 영웅처럼 나아가게 하라.'

위 내용을 전하면서 시튼은 "어떤 선지자를 통해서인지는 모르지만 백인들이 오기 전에 인디언들이 우주의 창조자에 관한 지식을 지니고서 그를 영성과 친절, 그리고 진리의 종교로 예배하고 있었다는 것은 분명하다"라고 강변하고 있다.

인디언들, 특히 퀴체 족에게는 '창세기'가 있었다는 보고도 있다. 지머내즈의 《퀴체 인디언의 신화》라는 책에는 "이것이 최초의 말이며 최초의 이야기이다. 사람도 짐승도 새도 고기나 게도, 막대기나 돌도, 계곡이나 산도, 덤불이나 숲도 없었다. 단지 하늘만이 있었다. 단지 조용한 물과 잔잔한 바다만이 고요하게 있었다. 정적과 안식, 그리고 흑암과 밤을 제외하고는 아무것도 없었다. 조물주와 조형자, 내던지는 사람, 새뱀 말고는 없었다. 물속에, 맑은 황혼 속에 초록 깃털에 쌓여 엄마와 아빠들이 잠자고 있었다. 그 모든 것 위로 밤바람인 후란칸, 곧 검은 까마귀가 휙 지나가며 '까악 까악' 낮은 목소리로 '지구, 지구'라고 울었고, 그러자 곧바로 딱딱한 땅이 나타났다"라는 내용이 나온다. 그러면서 "태초에 만물은 다 와콘다의 마음에 있었다. 사람을 포함한 모든 피조물은 다 영이었다. 만물은 지구와 별(천국) 사이의 공간을 돌아다녔다. 그들은 몸을 지닌 존재로 태어날 수 있는 장소를 찾고 있었다. 태양까지 올라갔으나 태양은 그들이 살기에 적합하지 않았다. 달로 옮겨 갔지만 달도 그들의 집으로서는 좋지 않다는 것을 알게 되었다. 그러자 그들은 지구로 내려 왔다. 지구가 물로 덮여 있는 것을 보았다. 그들은 공기를 뚫고 동서남북으로 떠다녔지만 마른땅을 찾을 수 없었다. 그들은 대단히 슬펐다. 그런데 갑자기 물 한가운데서 큰 바위가 솟구쳐 올라 큰 불꽃으로 터져 나오면서 떠올라 구름 가운데 공기 속에 떠다니게 되었다. 마른땅이 나타나고 초목이 자라기 시작했다. 영의 무리들이 땅에 내려와 살과 피를 갖게 되었다. 그들은 풀의 씨앗과 나무들의 열매를 먹었다. 대지는 그들이 기뻐하는 소리와 모든 것을 만든 창조자인 와콘다에 대한 감사로 진동했다"(같은 책 163쪽)라며 인디언의 '오마하 조약돌 모임의 의례'를 '창세기'라고 소개하기도 했다.

실제로 인디언의 후손인 오히예사는 "인디언의 삶 속에는 단 하나의 의무만이 있었다. 그것은 기도의 의무였다. 기도는 눈에 보이지 않는 영원한 존재를 날마다 새롭게 인식하기 위한 방법이었다. 우리에게는 하루를 기도로 시작하는 것이 밥을 먹는 것보다 더 중요했다"(《인디언의 영혼》오히예사 저, 류시화 역, 오래된미래)라고 증언하고 있다. 그러면서 오히예사는 "세상에는 많은 비밀이 있지만, '위대한 신비'께서는 자격을 갖춘 사람에게만 그 비밀을 열어 보이신다"(같은 책 27쪽)라는 말을 자신이 어렸을 적 인디언 할머니로부터 들었던 것을 생생하게 증언하고 있다. 인디언들이 섬겼던 신의 이름은 '위대한 신비'였던 것이다. 기독교에서 '하나님 또는 하느님', 유대교에서 '야훼', 이슬람교에서 '알라', 불교에서 '부처님' 등이라고 하는 것처럼 말이다.

'사막의 종교'는 유일신이 필연적이다

인디언 이야기는 이쯤 하고 대양을 건너 중동 지역의 사막으로 건너가 보자. 문명비평가 권삼윤은 그의 저서 《자존심의 문명 이슬람의 힘》(동아일보사)에서 아주 의미 있는 이야기를 털어놓았다. 그 책에 의하면 "사막에 사는 사람들이 알라나 야훼처럼 유일신을 믿는 데는 그만한 이유가 있다. 그것은 그 땅의 성질에서 연유한다. 사막과 같은 메마른 땅에선 농사를 지을 수 없다. 그래서 사람들은 농사 대신 간간이 자라는 풀을 먹이로 삼아 양떼를 기른다. 그렇다고 그들이 양떼에게 먹일 풀을 직접 키우는 것도 아니다. 씨를 뿌리거나 비료를 주는 일은 더더욱 하지 않는다. 풀이 자라는 곳에다 가만히 양떼를 인도할 뿐이다. 그러면 양들이 스스로 배를 불리게 된다. 그러다 더 이상 먹일 풀이 없어지면 새로운 풀밭을 찾아 떠나면 되는 것이다. 이게 유목적 삶의 기본구조다. 누군가가 풀밭을 일구어 놓았기에 자신이 양떼를 기를 수 있고, 그리하여 자신이 살아갈 수 있다면, 풀밭을 미리 일구어 놓은 어떤 존재를 인정하지 않을 수 없을 것이다. 그가 자신의 삶을 지탱시켜 주고 있기 때문이다. 유대교나 기독교, 이슬람은 바로 그 '어떤 존재'를 창조자라 부르며 따른 것이다. 농경문화에서는 찾아볼 수 없는 현상이고 문화다"(같은 책 72~73쪽)라고 말하고 있다. 그에 의하면 이런 종교를 사막에서 태어난 '사막의 종교'라고 부른다는 것이다.

그러면서 권삼윤은 "사막은 물이 없고, 그래서 모래 알맹이들이 흙처럼 서로 쉽게 뭉치지 못하는 곳이다. 이런 이유로 그곳에 사는 사람들도 모두가 개성이 강하며 남의 말을 잘 들으려 하지 않는다. 인간의 제도에 지배받느니 차라리 초월자인 신 앞에 종이 되기를 원한다. 신 앞에 선 단독자라는 것이 사막에 사는 이들의 정신자세다. 인간끼리는 절대 평등을 누리되, 신 앞에서는 절대 복종하므로 유일신 종교는 모래알 같은 그곳 사람들을 단단한 콘크리트 구조체로 만들 수 있다. 종교는 그들 사이에 화학적 반응을 일으켜 시멘트 같은 접착제 역할을 하는 것이다"(같은 책 76쪽)라며 사막과 유일신 종교는 떼려야 뗄 수 없는 관계에 있다고 역설한다.

생물학자 에드워드 윌슨도 《인간 본성에 대하여》(사이언스 북스)에서 "세계를 창조한 능동적이고 도덕적인 신의 개념을 지닌 사회는 그보다 더 적다. 게다가 이 개념은 대체로 유목 생활양식에서 유래한다. 유목에의 의존도가 높아질수록 유대-기독교 유형의 목자의 신이 나타나기 쉽다. 유목에의 의존도가 낮고 종교가 있는 사회 중 그런 유형의 신앙을 가진 사회는 10퍼센트에 불과하다"라며 객관적인 자료를 통해 이를 입증해 주고 있다. "유대인은 원래 유목민이었으므로, 성경은 신을 목자로, 그의 선택된 민족을 양으로 기술하고 있다. 모든 유일신교 중 가장 엄격한 종교의 하나인 이슬람교가 처음 교세를 키운 것도 아라비아반도의 유목민족 속에서였다"(같은 책 262쪽)라는 부연 설명과 함께.

이슬람교는 종교가 아니라 일상생활이다

이들 사막의 종교(이슬람교, 기독교, 유대교 등) 중에서 현대까지
도 종교를 일상생활로 잘 체화시키는 훌륭한 종교가 있다면
역시 이슬람교이다. 사실 서구인들의 활약(?)에 힘입어 '자살 테러, 무자
비한 지하드, 여성 차별, 간통에 의한 여성 명예살해' 등의 이미지로 소
개된 이슬람교에 대한 재평가는 이 지구상에서 해결해야 할 큰 과제일
것이다. 이런 이슬람 사회를 직접 여행하고 돌아온 문화방송의 윤영관
프로듀서가 쓴 책《나를 사로잡은 이슬람》(김영사)은 이슬람 사회를 서구
사회의 눈이 아닌, 있는 그대로를 잘 조명해 주고 있다. 프로듀서 윤영관
이 실제로 만난 중학교 1학년생인 부락(11세)의 '할례 이야기'(같은 책
30~42쪽)는 무척 인상적이다. 부락이 할례(이슬람의 종교의식 중 하나로 '포
경수술'을 말한다)를 받는 날은 당사자뿐만 아니라 가족과 주변 사람들이
모두 함께 참가하고 즐기며 할례의 의미를 되새긴다. 부락이라는 소년도
자기 사진이 박힌 초대장을 100장 만들어 친척들과 친구들에게 돌린다.
물론 부락만이 아니라 할례를 하는 아이들은 전부 초대장을 만드는 등
최고의 준비를 한다. 부락의 아버지는 부락의 할례를 축하해 주기 위해
'카퍼레이드'를 준비하고, 그의 어머니와 동생들은 미용실에 가서 머리
를 하고 제일 멋진 드레스로 갈아입는다. 차를 타고 20분 정도 걸리는
행사장까지 부락은 선 채로 카퍼레이드를 한다. 부락의 친척들도 20여
명 참석하고, 이날 수술을 함께 받아야 하는 친구들도 10명 참여한다. 할
례의식은 흥겨운 댄스파티로 시작된다. 코란을 읽으며 종교적 의례를 한

다. 특이한 것은 아이들의 누이동생이나 누나들이 가까이에서 시술 장면을 직접 보도록 하는 것이다. 그렇게 시술은 가족과 친지들이 보는 앞에서 이루어진다. 할례는 거의 축제 분위기로 이루어진다. 할례를 함으로써 이제 열한 살 부락은 성인을 향해 발돋움하는 것이다.

할례뿐만 아니다. 무슬림(이슬람교의 신자들을 일컫는 말)들은 결혼식과 장례식도 한 집안 행사로만 해치우는 법이 없다(같은 책 43~64쪽). 결혼식 행사는 3일 전부터 시작돼 3일 이상 계속된다. 결혼식 당일에는 먼저 법정에서 공식적인 결혼 등록 절차를 마치고 결혼 파티를 열어 손님들에게 식사를 대접하면 손님들이 신부를 데리러 간다. 신부의 친척들이 신부를 차에 태워 신랑 집으로 출발하면 사람들이 거리에서 노래를 부르며 축하해 준다는 것이다. 마치 우리나라의 옛 풍습과 흡사한 구조로, 다른 점이라고는 꽃가마 대신 차를 탄다는 차이일 듯싶다. 이슬람은 장례식에서 화장을 금한다. 영생과 부활을 믿기 때문에 육신은 영혼의 안식처라 생각하고 매장하는 것이다. 어떤 치장이나 비석도 없는 소박한 이슬람 묘는 죽음을 죽음 자체로만 받아들인다는 것을 말해 준다. 장례 행렬은 이슬람 성전인 모스크에 들러 장례 예배를 한 다음 시체를 매장한다. 묻기 전에 시신을 세 차례 들었다 내린 다음 기도와 코란을 낭송한다.

이렇듯 무슬림들에게는 태어나면서부터 결혼하고 죽어서 무덤에 묻히기까지 이슬람 문화가 생활이 되는 것이다. 문명비평가 권삼윤이 "이슬람 사회는 성과 속이 일치한 사회다"라고 그의 책《자존심의 문명 이슬람의 힘》(동아일보사)에서 밝힌 것은 다 이런 이유다. 이슬람 사회는 거대한 하나의 '종교 공동체'라고 보는 것이 타당할 것이다. 그래서 이런 무슬림들을 지켜본 프로듀서 윤영관은 자신의 책에서 "이슬람은 종교가 아니라 생활이다"라고 말하는 것을 주저하지 않게 된 것이다. 그의 말에 의하면 적어도 무슬림들에게는 "종교는 종교가 아니라 일상생활 그 자체"(같은 책 38쪽)였다.

이렇게 무슬림들이 '종교는 문화의 산물이다'라는 명제를 충실히 이행하고 있는 나름의 이유가 있다. 문명비평가 권삼윤에 따르면 "이슬람은 메시아의 강림을 바라는 유대교나 기독교와는 달리 움마의 재건을 꿈꾸었다"고 한다. '움마'란 무함마드가 메카를 떠나 메디나에 도착하자마자 원래의 추종자들과 메디나에서 새로이 입교한 이들, 그리고 이교도들과 서로 힘을 합쳐 만들어낸 최초의 이슬람 공동체를 말한다. 무슬림들이 이 '움마'를 재건하려는 현실적인 이유도 있다. 서구 문명을 인간의 탐욕을 부추기고 부패를 만연시키는 것으로 보고, 이 문명(기독교 문명이라고 대변되는)이 자신들의 삶 속에 침투하지 못하도록 애를 쓰는 일환으로 삼는 것이다. 무슬림은 서구 문명의 결과인 현대 문명의 편리한 이기들이 결국 자신들을 망치게 하는 주범임을 알고, 힘이 들고 불편하지만 스스로 삶의 주인이 되고자 이슬람의 전통을 고수하려 하는 것이다. 이런 측면에서 새뮤얼 헌팅턴 교수가 《문명의 충돌》에서 밝혔듯이, 서구 문명에 맞설 수 있는 상대로 이슬람과 중국을 꼽은 것은 우연이 아닐 것이다. 중국 문명이 지금 서구 문명의 잠식으로 인해 걷잡을 수 없이 무너지는 것을 볼 때 어쩌면 21세기 이후 지구에서 서구 문명이 활개를 칠 때 그 앞에 당당히 마주 대할 수 있는 문명은 이슬람 문명뿐이지 않을까. 그들의 '이슬람교'가 최후의 보루일 수도 있는 것이다.

종교는 유전자의 전이이며 학습의 산물

이슬람 사회를 살펴보았지만, 우리에게 종교가 있다면 거의 모두가 자신의 의지와 상관없이 이루어진 것들이다. 자신이 태어나기를 이슬람 가정에 태어나다 보니 무슬림이 된 사람이 태반일 것이며, 그리스도교 가정에 태어나다 보니 크리스천이 된 경우가 십중팔구일 것이다. 입장을 바꿔서 자신이 타 종교의 가정에 태어났다면 어떠했을까. 지금 자신이 태어날 때부터 만났던 자신의 종교가 자신의 운명이며, 신의 뜻이라고 받아들이는 것만으로는 이 세상의 현상을 객관적으로 설명하기에 역부족일 것이다. 종교의 전달이 주로 부모가 자녀에게 전달하는 경우가 허다하다고 밝혔던 도킨스의 연구 결과는 어떻게 설명할 수 있을까.

도킨스는 '종교는 문화적 산물'이라는 것을 그의 책 《이기적 유전자》(을유문화사)에서 '밈' 이론으로 잘 설명해 주고 있다. '밈'이란 지성과 지성 사이에서 전달되는 문화적 정보의 복제자를 칭하며, 1976년에 리처드 도킨스가 문화의 진화를 설명하기 위해서 만들어낸 용어이다. 이 책에 따르면 "밈은 모방을 통해 한 사람의 뇌에서 다른 사람의 뇌로 복제된다. 결과적으로 밈은 유전적인 전달이 아니라 모방이라는 매개물로 전해지는 문화 요소라고 볼 수 있다. 생명체가 유전자의 자기복제를 통해 자신의 형질을 후세에 전달하는 것처럼, 밈도 자기복제를 하여 널리 전파하고 진화한다. 그리하여 밈은 좁게는 한 사회의 유행이나 문화 전승을 가능하게 하고, 넓게는 인류의 다양하면서도 매우 다른 문화를 만들어 나가는 원동력이 되는 것이다. 이것을 새로운 복제자의 출현으로 볼 수도 있을 것이다. 유전자가 유전자 풀 내에서 정자와 난자를 운반체로 하여 몸에서 몸으로 날아다니며 번식하는 것과 같이, 밈도 밈 풀 내에서 모방과 같은 과정을 매개로 하여 뇌에서 뇌로 건너다니며 번식한다. 바이러스가 숙주 세포의 유전기구에 기생하는 것과 유사한 방법으로 밈은 인간의 뇌를 번식용 운반체로 사용한다. 예컨대 '사후에 생명이 있다는 믿음'이라는 밈은 신경계의 하나의 구조로서 존재하며, '신'이라는 것도 높은 감염력을 가진 밈이라는 형태로 실재한다"는 것이다.

대중에게 가장 영향력 있는 고고학자 중 한 사람으로 손꼽히는 영국 브래드포드 대학교 교수 티모시 테일러는 도킨스의 그러한 주장을 바탕으로 아예 '뇌는 문화의 산물'《위험한 생각들》존 브록만 엮음, 갤리온 출판)이라고 선언하기에 이르렀다. 그에 따르면 "문화는 유전자를 뒤집기도 하고 유전자에 의해서 문화가 가능해지기도 한다는 생각을 받아들여야 할 것이다. 미성숙한 뇌가 성장하는 과정에는 유전자에 새겨진 설계도도 영향을 미치지만, 뇌가 성장하는 당시의 환경과 수많은 문화적 요소들이 힘을 미치기도 하는 것이다. 현대 인간의 뇌가 유전자로 암호화되어 있다고 해서, 뇌들의 공동체에서 중요한 인간의 자기 인식이 문화와는 아무런 관련이 없다고 말하는 것은 , 마치 날카로운 화살촉이 부싯돌로 만들어졌기 때문에 문화적인 것이 아니라고 말하는 것과 같다"(같은 책 80쪽)는 것이다. 그의 말을 빗대어서 본다면 '종교가 신의 계시로 출발했으니 문화적 산물이라고 볼 수 없다'고 우기는 것과 같지 않을까.

도킨스와 티모시 테일러의 이론을 종합해 본다면 우리가 평소 '남자가 여자를, 여자가 남자를 좋아하고 서로에게 이끌리어 사랑을 하고 결혼을 하는 것은 자연스러운 일이며 누구도 어길 수 없는 근본적인 이치'라고 따르는 것조차 문화적 산물이라 볼 수 있지 않을까. 말하자면 인간들이 오랜 세월 거치면서 자손대대로 학습하고 전이한 결과 유전자가 그렇게 바뀌어 버린 결과라는 것이다. 생물학자 에드워드 윌슨이 저서《인간 본성에 대하여》(사이언스북스)에서 주장한 내용을 보면 이렇다. 고대 원시시대에는 험난한 자연 속에서 인류 종족이 살아남으려니 육체적으로 힘이 센 남성이 밖에 나가서 사냥하고, 육체적으로 힘이 약한 여성이 집 안에서 집을 돌보는 것이 효율적이었기에 남녀의 결합은 생존하기에 적합한 그림이었다. 이런 전통이 일상이 되었고, 일상이 되면서 인간은 점차 남녀 간에 서로를 원하는 뇌와 유전자로 변했다는 것이다. 그게 아니라면 고대부터 계속 있어 왔고 지금도 존속하고 있는 동성연애 현상을 어떻게 설명해 낼 수 있을까. 일부 종교단체에서 이야기하듯 동성연애가 창조질서에 반하는 죄라고 해야 할까. 아니면 자신의 본성을 거스르는 '유전자 돌연변이 행위'라고 해야 할까. 이에 대해 에드워드 윌슨은 "나는 동성애가 생물학적 의미에서 정상일 뿐 아니라 초기 인류사회 조직의 중요한 요소로서 진화해 온 독특한 자선행위일 가능성이 높다고 주장하고 싶다. 동성애자들은 인류의 진귀한 이타적 충동 중 일부를 운반하는 유전자가 담체일지도 모른다"(같은 책 201쪽)라고 정면으로 반박한다. 그에 의하면 "동성애 행동은 곤충에서 포유동물에 이르기까지 다른 동물에게도 나타나는 보편적인 현상이지만, 그것이 이성애의 대안으로 완전히 발현되는 것은 붉은털원숭이, 비비, 침팬지 등 가장 지적인 영장류에서"(같은 책 202쪽)라는 것이다. 그러면서 그는 "미숙한 생물학적 가설(주: 남성과 여성이 좋아하고 결합하는 것은 당연하다는 가설)이 신성화함으로써 가장 극심한 고통을 겪는 사람들은 동성애자들이다"(같은 책 200쪽)라고 동성애자들을 발 벗고 변호하고 나선다.

하여튼 도킨스와 티모시 테일러의 이론을 종교적으로 설명해 본다면 "유전자 자체의 빈도는 몇 가지—성직자적, 생태학적, 유전적—선택을 통해 오랜 세대를 거치면서 상호 변경된다. 성직자들의 생존과 번식을 일관되게 강화하는 종교 행위들은 평생 그 행동들의 습득을 선호하는 생리적 통제 기구들을 증식시킬 것이다. 그 통제 기구들은 규정하는 유전자들도 선호될 것이다. 개인의 성장기에 종교 행위는 유전자와 관계가 적기 때문에 문화적 진화를 거치는 동안 크게 달라질 수 있다"(《인간본성에 대하여》 246쪽)는 에드워드 윌슨의 이론으로 설명될 수 있다. 윌슨에 따르면 "그런 속박이 존재하고, 그것들이 생리적 근거를 갖고 있으며, 그 생리적 근거는 유전적 기원을 가진다는 것이다. 그것은 성직자 선택이 유전자로부터 생리현상을 거쳐 속박된 학습에 이르기까지 평생 지속되는 연쇄적인 사건들에 영향을 받는 것을 의미한다"(같은 책 246쪽)라고 유전자와 문화, 그리고 종교와의 역학관계를 잘 설명해 주고 있다. 종교를 '민중의 아편'이라고 말했던 마르크스와 종교를 '일종의 세뇌의 결과'라고 밝혔던 도킨스의 연구 결과 등이 다소 반종교적인 표현이라고 할지라도 상당한 설득력이 있다. 말하자면 '종교는 많은 사람들이 가지고 있는 종교적 고정관념의 산물이며, 대대적인 학습의 결과로 형성된 유전자의 전이'라고 말할 수 있을 것이다.

끝으로 우리의 이번 논의가 인디언의 이야기로 시작했으니, 인디언의 이야기 하나로 마무리하려고 한다.

"인디언의 어느 부족에 기독교가 전해졌다. 교회가 세워지고 일주일에 한 번씩 예배를 드렸다. 많은 인디언들이 일요일이면 교회에 가서 예배를 했다. 하지만 그 부족의 추장은 개인적으로 교회에 가서 예배를 하고 싶었음에도 하지 못했다. 그 추장이 인디언의 풍속인 일부다처제를 바탕으로 여러 명의 부인을 거느리고 있었기 때문이다. 교회에서는 '일인일처제'가 성서적이라는 이유로 추장에게 교회 출입을 못하도록 했다. 그런데 추장이 교회에 다닌다는 백인들을 가만히 보니 화가 났다. 그리고는 한마디 했다. '당신네들은 이혼을 밥 먹듯이 하는구먼. 한 남자나 한 여자가 여러 명의 이성과 수시로 같이 살고 헤어지는 것이잖아. 하지만 나는 적어도 여러 명의 여인을 평생 끝까지 책임지고 거두지 않느냐'라고." (체로키족 《인디언 이야기》 중에서)

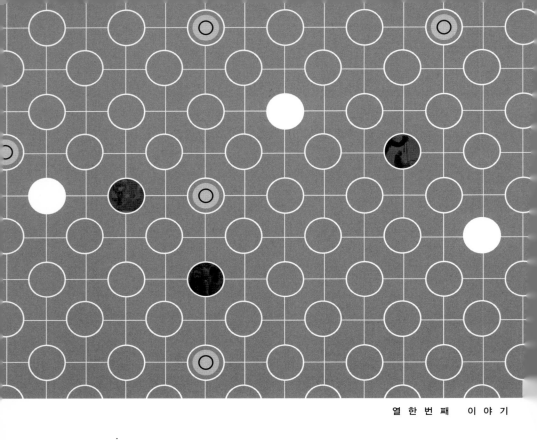

종교는 진실을 품은 구라,
구라를 품은 진실

이 책의 제목이 '모든 종교는 구라다'이고 보니 내심 불편한 사람들도 꽤나 있을 것이다. 이들은 종교가 구라임을 증명하기 위해 계속 떠들고 있는 내게 이렇게 묻고 싶을 게다. "그럼 당신은 종교가 없어져야 한다고 보는가?" 여기에 나는 자신 있게 대답할 수 있다. "결코 그렇지 않다. 종교는 있어야 하고, 없앨 수도 없다"라고. 종교를 '민중의 아편'이라고 말했던 마르크스와 종교를 '집단적 망상'이라고 말했던 도킨스의 견해를 수용하면서도 나는 그들의 견해에 전적으로 동의하지 않는다. 특히 종교를 없애야 한다는 '종교무용론'엔 승복할 수가 없다. 왜 그런가.

산타 할아버지는 '구라꾼'

고차원적인 종교 이야기는 좀 있다가 하고 우선 '구라'에 대해서부터 이야기를 풀어 보자.

구라란 거짓말을 속되게 이르는 말이다. 원래는 도박판에서 하던 속임수를 일러 구라라고 했다. 시쳇말로 '뻥'이라는 것이다. 그래서 항상 구라는 진실과 쌍극으로 자리매김해 왔다. 진실이 아닌 것, 사기 치는 것, 거짓인 것을 바로 구라라고 하는 것이다. 하지만 이 책에서 말하는 구라는 그런 용례만으로 사용된 것은 아니다. 말하자면 '모든 종교가 구라'라고 한다고 해서 모든 종교가 '거짓이요, 위선이요, 무용지물의 사기'라고 말하는 것은 아니라는 뜻이다. 그렇다면 이 책에서 말하는 구라는 어떤 의미인가.

어렸을 적 아이들에게는 겨울이면 갖는 추억이 있었다. 12월 25일 크리스마스 때까지 울지 않고 착한 일을 많이 하면 크리스마스 전날 밤에 산타 할아버지가 와서 선물을 준다는 것에 가슴 설레던 추억이 그것이다. 1년 내내 저 하늘 어딘가에서 아이들에게 줄 선물을 만들어 크리스마스가 되면 루돌프 사슴이 끄는 썰매를 타고 하얀 눈을 맞으며 하늘에서 내려와 굴뚝으로 들어온다는 산타클로스 할아버지를 기다리며 아이들은 잠이 들었다. 아이들 머리맡 어딘가에는 산타클로스 할아버지가 선물을 넣어둘 양말이 놓여 있었다. 아마도 아이들은 꿈속에서 산타 할아버지를 몇 번씩이나 만났을 게다. 다음날 아침 '산타 할아버지가 선물을 두고 가는 것을 잊지 않았을까' 하는 걱정에 눈을 뜨자마자 달려가 양말 속을 확인해 보면 산타 할아버지는 틀림없이 선물을 놓고 갔다. 어떻게 알았는지 아이들이 좋아하는 선물만을 골라 턱 하니 넣어 두고 간 것이다.

아이들은 그래서 예수의 탄생일인 크리스마스에 예수보다도 산타 할아버지가 더 기다려졌던 것이다. 아이들이 커서 '아하, 산타 할아버지란 이 세상에 없구나' 라고 알게 될 때까지 크리스마스가 되면 산타 할아버지 이벤트는 계속되어 왔다. 밤에 몰래 다녀간 산타 할아버지가 사실은 엄마 아빠였다는 것을, 그래서 자신이 원하는 선물을 산타 할아버지가 기가 막히게 알아맞힌다는 것을 알게 될 때쯤이면 아이들도 그만큼 훌쩍 자란 셈이다.

그렇다면 산타 할아버지가 직접 루돌프 사슴의 썰매를 끌고 오는 게 아니라는 이유로 크리스마스의 전통을 거짓이라며 부정해야 할까. 산타 할아버지는 이 세상에 존재하지도 않는데 어른들이 아이들에게 사기를 친 것이라 말할 수 있을까. 아니면 어른들이 아이들에게 선물을 주기 위해 마땅한 방법을 찾다가 만들어낸 거짓말이라고 할 수 있을까.

산타클로스 할아버지가 등장하는 크리스마스 전통은 언제 어떻게 시작됐을까.

산타클로스라는 말은 270년 소아시아 지방 리키아의 파타라시에서 출생한 세인트(성) 니콜라스의 이름에서 유래되었다고 한다. 그는 자선심이 지극히 많았던 사람으로 후에 미라의 대주교가 되어 남몰래 많은 선행을 베풀었다. 산타클로스 이야기는 니콜라스 대주교의 자선행위에서 유래된 것이다. 훗날 가톨릭의 성인으로 숭배받았던 그의 이름은 라틴어로 상투스 니콜라우스였다. 이를 네덜란드 사람들은 산 니콜라우스라고 불렀고, 특히 아메리카 신대륙에 이주한 네덜란드인들이 산테 클라스라고 부르던 것이 산타클로스가 된 것이다.

이처럼 크리스마스 전날 밤마다 찾아왔던 산타 할아버지는 없지만 산타클로스의 유래는 분명 있다. 크리스마스마다 자신의 아이들에게 선물을 해주고 싶었던 부모들의 아름다운 마음이 성 니콜라스의 자선 속에 되새겨진 것이다. 산타가 직접 왔다 가지 않았다는 점에서 본다면 구라라 할 수 있겠지만, 아이들에게 더 중요한 것은 산타의 실재가 아니라 산타로 상징되는 사랑과 선물을 받았다는 점이다. 비록 산타의 존재가 '사실'은 아닐지언정 산타를 통해 사랑을 나누는 크리스마스를 만들었다는 점에서 산타는 아이들은 물론 우리 모두에게 '진실'인 것이다.

종교적 구라의 결정체 '신화'

여기서 각 종교마다 근본 바탕이 되고 있는 신화(심리학자 융은 신화를 종교와 같은 용어로 사용했다)로 구라를 풀어 볼 수 있다. 우선 클리프트가 《융의 심리학과 기독교》라는 책에서 언급한 내용을 살펴보자.

"사람들은 어떤 이야기들의 '진실성' 여부를 따질 때, 문자 그대로 그 일이 역사 속에서 일어났는가를 따지지만 사실 정말로 좋은 이야기라면 그 이야기가 어디서나, 어느 누구에게나 언제나 일어날 수 있는 일이다. 우리가 어떤 이야기가 위대한 이야기인가 아닌가를 판단할 때는 그이야기 속에서 그려지고 있는 삶의 진실성에 의해 판정한다. 어떤 '신화'들이 그리고 있는 삶의 모습들은 다른 사람들의 인생관일 따름이다. 우리 자신이 그려내고 있는 삶의 모습이야말로 우리에게 '진실한' 것이다."(《융의 심리학과 기독교》 윌리스 B 클리프트, 대한기독교출판사)

클리프트는 이어서 "신화란 어떤 '그릇된 것' 또는 '비실재적인 것'을 의미한다. 그런데 '신화'라는 단어의 용례에는 두 가지가 있다. 첫 번째 용례는 지금 말했듯이, 신화가 '비사실적인 것'을 표현하는 경우이다. 두 번째 용례는 신화가 무한한 진실을 나타내는 이야기를 지칭할 때쓰이는 단어라는 것이다. 두 번째의 의미로서의 신화는 우리에게 우리의삶이란 어떤 것인가 하는 점과 우리가 그 삶에 어떻게 응전하여야 하겠는가 하는 점들을 말해 주는 특별한 종류의 이야기이다. 이 책에서 사용되고 있는 신화라는 단어의 의미는 두 번째의 것이다"(같은 책 90쪽)라며 진실로서의 신화에 대해 역설하고 있다.

그래서 클리프트는 "신화는 더 이상 '지어낸 이야기'이거나 '꾸며낸 이야기'가 아니며, '허구'는 더더욱 아니다. 오히려 신화는 요즘 그 신화들이 석기사회에서 받아들여졌던 것과 같이 받아들여지고 있다. 그리하여 신화는 '삶의 진실을 알려주는 이야기'로서뿐만 아니라 그 진실성을 뛰어넘어서 신화 자체가 거룩한 것이며, 예증적인 것이고, 중요한 것이기 때문에 이 세상에서 가장 소중한 것들을 담고 있는 것으로 받아들여지고 있다"(같은 책 92쪽)라고 신화에 대해 확증하고 있다. 그러면서 클리프트는 융의 말을 빌려 "어느 종족의 신화는 그 종족의 살아 있는 종교이다. 그 신화가 사라져 버리게 되면 어느 곳에서나 항상, 심지어 현대 사회에서도 도덕적 혼란이 야기된다"면서 "신화 없이는 과거와의 아무런 접속도 있을 수 없으며, 미래에 지향의 발판도 있을 수 없다. 사람들은 정말 모든 것을 '상실하게' 된다(같은 책 91쪽)"라고 강조하기에 이른다.

이처럼 신화의 거의 대부분은 실제로 일어난 사건이 아니라는 점에서 분명 구라이다. 하지만 신화의 거장 조셉 캠벨이 말했듯이 "신화는 가시적인 세계의 배후를 설명하는 메타포이자 사회가 꾸는 집단적인 꿈"이라는 점에서는 진실이다. 구라이면서 동시에 진실이 되는 것, 그것이 바로 신화인 것이다.

나비도 꿈꾸고, 장자도 꿈꾸고

우리가 사실이라고 말하는 것, 즉 구라가 아니라고 하는 것 이야말로 얼마나 애매모호한가. 예컨대 우리 중에서 같은 날, 같은 시간, 같은 장소에서 오토바이 운전자와 여성 자동차 운전자가 서로 부딪치는 교통사고가 일어났다고 하자. 그런데 서로 '사실이다'라고 주장하는 것은 천지차이다. 오토바이 운전자는 출동한 경찰 앞에서 "나는 멀쩡히 내 길 잘 가고 있었는데 저 여자가 중앙선을 침범했다. 나는 속도도 지켰고 헬멧도 썼다. 내가 억울한 피해자다"라고 말하고, 여성 운전자는 "무슨 말이냐. 저 남자가 여기서 불법 유턴을 하려고 했다. 그래서 내가 놀라서 핸들을 꺾는 바람에 중앙선을 넘은 것처럼 보이는 것이다. 저 사람이 먼저 원인을 제공했다"라고 반박을 한다. 하지만 지나가던 목격자는 "실은 그 오토바이 옆 차선으로 앞서가던 차가 갑자가 차선을 바꾸는 바람에 오토바이가 놀라 핸들을 꺾으면서 중앙선을 침범하려 했고, 결국 마주 오는 여성 운전자의 차량과 부딪쳤다"라고 진술한다.

과연 어느 것이 사실일까. 이처럼 어떤 사건도 보는 사람의 입장에 따라 천지차이일 수밖에 없다. 또한 자신의 입장과 이익에 따라서 보고 싶은 것만 보게 되는 법이다. 어떤 사람이 '이것은 틀림없는 사실이야'라고 말할 때 지혜로운 사람이라면 이 말을 100퍼센트 신뢰하지 않는 게 당연하지 않을까.

앞서 꿈 이야기가 나왔으니 《장자》의 한 대목을 떠올려 보자.

"어느 날 장주가 나비가 된 꿈을 꾸었다. 훨훨 날아다니는 나비가 되어 유유자적 재미있게 지내면서도 자신이 장주임을 알지 못했다. 문득 깨어 보니 다시 장주가 되었다. 장주가 나비가 되는 꿈을 꾸었는지, 나비가 장주가 되는 꿈을 꾸었는지 알 수가 없다. 장주와 나비 사이에 무슨 구별이 있기는 있을 것이다. 이런 것을 일러 '사물의 변화'라 한다."(《장자》, 오강남 풀이, 현암사 134쪽)

《장자》의 '호접몽' 이야기는 우리에게 '사실과 실제'라고 믿는 것이 얼마나 애매모호한 것인가를 일러 준다. 장주에게는 사실이라고 보인 것이 나비 쪽에서 보면 꿈일지도 모르는 일이다. 이런 것처럼 구라와 진실도 구별할 수 없다고 말한다면 터무니없는 주장일까.

'구라와 진실', 상상력에서 만나다

불교에서는 '제행무상, 제법무아'를 말한다. '세상 모든 것들이 늘 움직이며 돌고 도는 것이기에 일정한 모양이 있을 수 없다'는 것이 제행무상이며, '이 세상에 존재하는 모든 사물은 인연으로 생겼으며 변하지 않는 참다운 자아의 실체는 존재하지 않는다'는 것이 제법무아의 도이다. 그래서 불교는 이 세상을 두고 '있는 것도 아니고 없는 것도 아니다'라고 말하면서 '무(無)'와 '공(空)'이라는 불교의 핵심, 개념을 설명하고 있다. 이 원리는 다시 세상의 일체가 사람의 마음이 지어낸 것이라는 '일체유심조'의 사상과 연결되어 있다. 결국 우리가 사실이라고 힘주어 말하는 것도 불교의 입장에서 본다면 없는 것이 되고, 구라라고 악을 써가며 비판하는 것이 때론 있는 것이 되기도 한다.

　이처럼 '사실과 구라'는 서로 반대 개념이 될 수도 있다. 하지만 '진실과 구라'는 이와 다른 것이다. 즉, 구라라는 것이 비록 사실은 아니더라도 진실일 수가 있다는 것이다. 아니, 어쩌면 그 구라가 진실일 가능성이 더 클 수도 있다. 구라가 진실을 만날 수 있는 연결고리는 바로 '상상력'이다. 이는 앞서 '종교는 상상력'이라고 말한 것과 같은 의미이다. '종교는 구라다'라고 말했을 때 그 종교는 사실이 아닐 수 있다는 측면에서 본다면 '비실재적'이지만, '진실'을 내포하고 있다는 측면에서는 '실재적'인 것이다. 이런 점에서 '모든 종교는 구라다'라는 명제는 종교의 이중성을 명쾌하게 드러내 주고 있다. 종교의 역기능과 허구성을 고발한다는 점에서도 '구라'이며, 종교의 '상상력과 진실'을 내포한다는 점에서도 '구라'이다. '진실을 품은 구라, 구라를 품은 진실' 바로 여기에 종교의 실체가 있다.

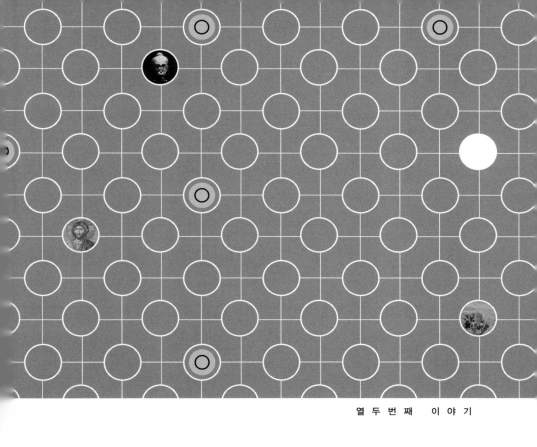

끈질긴 종교의 생명력은
어디에서 나오나

아침에 오디오가 알아서 음악소리를 내보내며 잠을 깨운다. 침대에서 일어나 버튼 하나로 커튼을 걷으면 싱그러운 아침 햇살이 비친다. 세면실에서 세면을 하고 부엌으로 들어서는 순간, 전기밥통에서 밥이 다 되었다고 김을 내뿜는다. 아침을 다 먹어 갈 즈음 버튼 하나를 누르면 자동차가 알아서 시동을 켠다. 나가기 전 세면실에 있는 드럼세탁기에 빨랫감을 넣고 버튼 하나를 누르면 빨래는 알아서 척척이다. 자동차를 타고 출근하면 하루 종일 컴퓨터와 씨름한다. 조그만 컴퓨터 하나로 전 세계를 돌아다니며 업무를 본다. 가끔 컴퓨터 하나로 쇼핑과 은행 결제를 모두 한다. 퇴근하고 집에 들어설 때 겨울이면 히터가, 여름이면 에어컨이 이미 실내의 온도를 기분 좋게 만들어 놓는다. 거실에 앉아서 버튼 하나로 음악도 듣고 텔레비전도 보고 영화도 감상한다. 물론 잠자리에 들기 전에 침실에는 이미 잠잘 만한 분위기의 조명과 잔잔한 음악까지 알아서 준비된다.

이것이 한 평범한 가정의 독신 여성이 살아가는 삶의 모습이다. 앞에서의 이러한 삶의 형태를 옛날 사람들은 감히 상상이나 할 수 있었을까. 하지만 지금은 전혀 놀랄 일이 아닐 뿐더러 보편화된 모습이다. 지금 시대는 이렇듯 최첨단 문명이 일상이 되어 버린 사회이다. 인터넷 검색창에 궁금한 걸 누르기만 하면 웬만한 것은 다 알 수 있는 세상이 되어 버린 것이다.

우주선을 따라 종교도 지구를 떠났어야 했다

거기에다가 2050년이면 달나라 위성도시로 휴가를 갈 수 있는 세상이 온다고 한다. 김형자 과학 칼럼니스트는 '2050년엔 달나라 위성도시로 휴가 떠난다' 라는 그의 글에서 미국 정부의 거대한 계획을 밝혀 놓았다. '우주를 장악하는 나라가 세계를 지배한다' 는 이슈 아래 미 항공우주국인 NASA가 단계별로 달나라 위성도시를 추진하고 있다는 것이다. 2008년에 달나라 지형을 탐사할 로봇을 보내는 것을 시작으로 2015년~2020년에는 우주비행사들이 장기체류하는 3단계 계획을 가동할 예정이라고 한다. 우리나라의 한 코미디언이 핀잔을 주기 위해 말했던 유행어 "지구를 떠나거라~"가 그야말로 지구를 떠나 달에 가서 사는 현실로 되고 있다. 계수나무 아래에서 두 마리 토끼가 떡방아를 찧던 달은 이제 없어지는 것이다.

이런 정도면 종교도 없어질 만하지 않을까. 필자는 무릇 종교라 하면 '죽음이란 두려움을 상품으로 하여 경전을 만들고, 상상력으로 신화를 만들고, 사람들을 규합해서 권력을 형성하고, 교리를 조작하고, 때론 과학을 무시하고, 영업을 위해선 침략을 불사하기도 하고, 영업에 방해되는 이단은 과감히 처단하기도 하고, 끝까지 증명할 수도 없는 신이란 존재를 붙들고 구라를 치는 것' 이라고 앞에서 말해 왔다. 원시시대는 물론이고 코페르니쿠스가 등장하기 전 '지구는 네모다' 라고 굳게 믿어 왔던 중세시대까지야 종교의 구라가 통했다고 해서 이상할 게 없지만, 명색이 21세기 최첨단 정보화 사회에서도 종교는 건재하지 않은가. 사람들이 하늘에 뭔가가 있을 거라고 믿었던 거라면 1957년 10월 4일 옛 소련이 인류 최초의 인공위성인 스푸트니크를 발사해 달 착륙에 성공했을 때, 그리고 이어 1961년 4월 21일 소련이 세계 최초의 유인 우주비행을 성공시켰을 때 종교에 대한 믿음도 거둬들여야 하지 않았을까. 우주선이 떠서 지구 밖으로 날아갔을 때 종교도 함께 지구 밖으로 날아갔어야 했다.

하지만 지금 어떠한가. "오히려 지금 지식은 종교가 부과한 임무에 열광적으로 봉사하고 있다. 역사상 가장 발달한 기술과 과학을 소유한 국가인 미국은 인도 다음으로 가장 종교적인 국가이기도 하다. 1977년에 행해진 갤럽 여론조사에 따르면 94%의 미국인이 하느님이나 다른 고등한 존재를 믿고 있으며, 31%는 신의 내재를 보고 갑자기 종교적 통찰력이나 깨달음을 얻었다고 한다. 1975년에 가장 잘나간 책은 빌리 그레이함의 《천사들 ; 하느님의 비밀 사자들》이었다. 이 책은 양장본만 81만 권이 팔렸다"(《인간본성에 대하여》에드워드 윌슨, 사이언스북스)라고 에드워드 윌슨이 보고해 주고 있다. 소련이 1957년 우주탐사를 최초로 시도한 후 미국에서도 NASA를 통해 수차례 우주탐사가 시도되던 그 즈음에 오히려 종교가 더 흥행했다는 것은 참으로 미스터리한 일이라 하겠다.

종교를 없애고 싶어 하는 사람들

이쯤에서 '종교를 없애고 싶어 하는 사람들'에 관해서 이야기해 보려고 한다. 사실 사람들이 종교를 없어져야 한다고 보는 이유는 크게 3가지 정도일 것이다.

첫째는, 도킨스와 마르크스 같은 사람들의 견해다. 이는 종교가 '민중의 아편'이고 '집단적 망상의 결과'이기에 사람을 병들게 한다는 주장으로서 종교 자체에 벌써 독소적 조항이 들었다는 주장이다. 도킨스에 의하면 '바이러스'와 같은 종교의 '그 무엇'이 사람들을 대대로 전염시켜 헤어 나오지 못하게 한다는 것이다. 지금 우리가 논의하는 단어로 말한다면 '구라의 세계'에 빠져들게 하여 헤매게 한다는 것이다. 즉, 알코올 중독자처럼 종교 중독자가 된다는 이야기이다. 이 견해는 종교의 본질에 대한 의문을 바탕으로 학문적인 연구 결과와 이론을 가지고 종교에 도전하는 '종교 무용론'의 경우라 하겠다. 이들은 언제나 '무신론자'들이라는 특징을 가지고 있으며, 대부분 과학적인 이론으로 종교에 대항한다.

둘째는, 종교의 역기능을 문제 삼는 경우다. 말하자면 종교가 역사와 사회에 일으키는 폐해의 사례를 일일이 열거하면서 종교에 반기를 드는 것이다. 이들은 역사적으로 종교가 일으킨 악행들을 예로 든다. 종교재판, 마녀사냥, 이단 처형, 식민지 침략전쟁, 각종 종교전쟁 등의 역사적 사례를 일일이 열거하기를 좋아한다. 우리가 지금 이야기하는 논리대로 하면 종교의 '구라적 요소'로 인해 수많은 비행을 저지르는 것이 종교의 세계인 것이다. 평화를 누구보다 외치는 종교가 전쟁을 누구보다 많이 일으키는 주범이 되는 것과 사랑을 누구보다 외치는 종교가 살인을 누구보다 많이 자행하는 주역이 되는 것을 꼬집는다. 이 견해는 종교의 본질적인 요소를 문제 삼기도 하지만 대체로 종교의 행위를 문제 삼는 것이다. 앞의 경우가 과학적인 접근 방법으로 종교에 대항했다면, 이 경우는 역사적인 접근 방법으로 종교에 반기를 드는 경우라 할 것이다. 이들 중에는 무신론자도 있고, 유신론자도 있을 수 있다. 이들을 '종교 무용론자' 라고 부르기보다는 '반종교론자' 라고 해야 할 것이다.

셋째는, 종교의 역사나 이론보다는 종교인에 대한 실망 때문에 종교를 싫어하는 경우다. 이 경우는 실제 생활에서 빈번하게 일어날 수 있다. 종교인에 실망한 사람들의 경우는 한때 자신들도 해당 종교에 몸담은 사람들이 대부분으로, 종교에 대한 기대가 상당했던 사람들일 수 있다. 물론 어렸을 적부터 습관적으로 해당 종교를 접한 경우일 수도 있다. 이들에게 해당 종교를 싫어하고 미워하게 하는 제일 큰 요소 중 하나가 소위 '성직자들의 비리와 도덕적 결함' 때문일 것이다. 또는 영향력 있는 종교인(주변 사람일 수도 있고, 사회 저명인사일 수도 있다)의 실망스러운 언행 때문일 수도 있다. 어떤 이유에서든 이들은 종교 자체보다는 종교인에게 실망한 경우라 하겠다. 이들에게는 사실 종교 자체의 매력보다는 해당 종교의 신도들과 그 분위기가 좋았을 수 있다. '종교' 하면 '종교를 신앙하는 사람들' 을 떠올리는 것이다. 이들이 해당 종교에서 돌아서면 증오와 상처가 심각해서 소위 '안티 세력' 으로 남는 경우가 허다하다. 또 종교에 대한 의문을 가지는 최초 원인을 제공받는 시발점이 되는 경우가 많다. 이것이 원인이 되어 나중에는 '반종교론자' 로, 나아가서 '종교 무용론자' 로 발전되는 경우도 상당하다.

물론 종교에 반대하는 사람들을 칼로 무 자르듯 앞의 세 가지의 경우에 집어넣을 수는 없을 것이다. 한 사람에게서 두 가지 또는 세 가지 모두가 중복될 수도 있기 때문이다. 하여튼 이 세 가지가 앞에서 우리가 논의한 '종교적 구라'와 연결되어 있는 것은 분명하다.

그런데도 왜 종교는 없어지지 않을까

무수히 쏟아지는 최첨단 과학이론, 조직적이고 체계적인 종교 무용론, 세상에서 무엇보다 종교를 증오하는 안티 종교인 등이 이렇게 판을 치는데도 어떻게 해서 종교는 밟으면 밟을수록 살아나는 잔디처럼 건재함을 과시하고 있는가. 종교를 구라라고 아무리 짓밟아도 오뚝이처럼 일어나는 이유는 무엇일까. 종교에게는 뭔가 특별한 것이 있단 말인가. 아니 종교가 존재할 수밖에 없는 특별한 '그 무엇'이 있단 말인가. 그렇다. 종교에는 분명히 특별한 '그 무엇'이 있다. 그렇지 않고서야 어떻게 그 장대하고 힘센 공룡도 지구상에서 멸망하고 사라져 버렸는데 종교는 끄떡없을 수 있겠는가.

이 문제를 놓고 진지하게 '종교 그 자체가 문제인가'라는 주제로 하나의 마당을 펼친 사람이 있다. 그는 웨이크포리스트 대학의 종교학 교수 찰스 킴볼이다. 그는 한때 침례교 목사로 서품을 받았던 사람으로서 그의 책《종교가 사악해질 때》(에코리브르 출판)의 저자이다. 이 책의 첫째 마당에서 그는 종교가 왜 그 자체로 문제인지를 다방면으로 거론한다. 말하자면 우리가 앞서 보았던 내용들과 대동소이하다.

킴볼은 이 책에서 "종교 그 자체가 정말로 문제인가? 아니기도 하고,

그렇기도 하다. 오랜 세월에 걸쳐 갖가지 시험을 이기고 살아남은 종교 안에서 우리는 수세기 동안 수백만 명의 삶을 지탱해 주고 의미를 부여해 준, 생명을 긍정하는 신앙을 발견할 수 있다. 그러나 이와 동시에 사람들을 타락시켜 악행과 폭력으로 이끄는 힘 역시 모든 종교에서 발견된다"(같은 책 17쪽)라고 '종교 그 자체가 문제인가?'에 대한 나름의 답을 내놓는다. 이어서 그는 "인간이 만든 제도라는 측면에서 모든 종교는 타락할 위험을 안고 있다. 오랜 세월의 시련을 견뎌 온 주요 종교들도 지속적으로 성장과 개혁을 거듭하는 과정에서 타락한 적이 있었다. 그러나 이 과정을 통해 신자들(유대교도, 힌두교도, 무슬림, 불교도, 기독교도 등)은 삶을 지탱해 주는 종교의 핵심적인 진리와 만나게 된다. 물론 모든 종교는 서로 많은 차이점을 갖고 있다. 그러나 하나님, 혹은 뭔가 초월적인 존재를 바라보라는 가르침, 세상의 다른 사람들에게 측은지심을 느끼고 그들과 건설적인 관계를 맺으라는 가르침은 모든 종교가 다 똑같다"(같은 책 62쪽)라며 종교 자체가 문제라고 하는 의문에 대해 쐐기를 박는다. 그는 "종교가 사악해지면 이런 형태의 타락이 항상 나타난다. 반대로, 진실함을 유지하는 종교는 이런 형태의 타락에 적극적으로 맞선다"(같은 책 63쪽)라는 것으로 종교의 자정 능력을 기대해 보기도 한다.

'종교적'이지 않은 사람은 없다

그래서 일찍이 프랑스 철학자 앙리 베르그송은 그의 저서《도덕과 종교의 두 원천》에서 이렇게 말했다. "과학이나 예술, 철학이 없는 사회는 얼마든지 있다. 그러나 종교가 없는 사회는 일찍이 존재한 적이 없다." 이 지구상에 다녀간 크고 작은 문명 속을 살펴보아도 종교가 없었던 적이 없다는 것이다. 실로 그렇다. 과학, 예술, 철학 같은 문명이 발달하지 않은 원시시대조차도 토테미즘과 같은 부족신앙이 있었다.

에드워드 윌슨은 "그것(종교)의 흔적은 최소한 네안데르탈인의 유골 제단과 장례의식까지 거슬러 올라간다. 6만 년 전 이라크의 샤니다 지역에 살던 네안데르탈인들은 무당을 기리기 위해서였는지, 의약적 및 경제적 가치가 있는 일곱 종류의 꽃으로 무덤을 장식했다"(《인간본성에 대하여》 235쪽)라는 연구 결과를 내놓으면서 "그로부터 인류는 십만 종류나 되는 종교를 만들어냈다"라고 발표한 인류학자 앤서니 월리스의 말을 인용한다. 월리스의 말에 의하면 이 지구상에서 만들어진 크고 작은 종교의 수가 무려 십만 개나 된다니 참으로 많기도 하다.

"불가지론자인 에밀 뒤르켐은 종교 행위가 그 집단의 정화이자 사회의 핵심이라고 규정했다. 그것은 수렵 채집인 무리에서 사회주의 공화국에 이르기까지 모든 사회에 뚜렷이 나타나는 보편적인 행동이다"(《인간본성에 대하여》 235쪽)라는 말로 각 문명에서의 종교행위가 보편적으로 나타난 행위임을 에드워드 윌슨은 역설하고 있다. 이어서 그는 "종교는 부인할 수 없는 인간 종 고유의 주요 행동 범주에 속한다"라고 말하면서 종교는 다른 동물과 비교할 수 없는 인간의 고유 특권이라고까지 말하고 있는 것이다. 이런 형국이니 "사람들은 알려고 하기보다는 차라리 믿으려 하는 것 같다"고 윌슨이 역설하는 것도 무리는 아닌 듯싶다.

인간이 그렇게 되는 이유를 "종교가 인간의 삶이나 생명의 한 특별한 영역이거나 특수한 기능이 아니고 바로 모든 인간 삶의 기능에 있어서 깊이의 차원 그것 자체라는 것이다"(《폴 틸리히의 생애와 사상》 김경재, 대한기독교출판사)라고 한신대학교 교수 김경재는 폴 틸리히를 통해 말했다. 그는 이어서 폴 틸리히의 저 유명한 명제 "종교는 문화의 실체이고, 문화는 종교의 형식이다"(같은 책 44쪽)를 역설했다. 문화를 우리의 일상생활의 기본 양식이라고 본다면 우리 인간의 일상생활의 실체가 종교라는 이야기인 것이다. 종교가 원인이 되고 종교가 바탕이 되고 종교가 동기가 된다는 이야기이다. 그런 종교적 고민의 결과로 나타난 현상과 형식이 우리의 삶과 문명이라는 이야기이다. 말하자면 우리의 일상이 따지고 보면 종교적 이유가 아닌 것이 없다고 해도 과언이 아닐 것이다. 이 세상에 종교를 가지지 않은 사람은 있어도 '종교적'이지 않은 사람은 없다는 이야기인 것이다.

그래서 김경재 교수는 '종교는 과연 필요한가'라는 그의 강의에서 "본래적 종교란 필요한 것인가 필요치 않는 것인가라는 질문의 대상이 아니다. 종교는 인간이 필요해서 만들어내거나 창설한 제작물이 아니라, 사람이 영물적 존재로 진화하면서 직립보행하고 두뇌구조가 형성되듯이, '인간다움의 존재론적 구성조건'으로서 인간이 존재하는 한 항상 거기에 함께 있는 인간생명의 현상이기 때문이다. 사람들은 기존 종교를 부인하거나 버릴 수는 있다. 그러나 무신론자일지라도 그가 인간인 한 '종교적 존재임'을 벗어 버릴 수 없는 것이다"('종교는 과연 필요한가?' 전남대, 한국종교간대화학회)라는 결론으로 종교의 필연성을 강조했다.

종교, 근본을 생각하게 하는 힘

문명비평가 권삼윤은 그런 이유에서 "근본을 생각케 하는 힘. 그게 바로 종교의 힘이다"(《자존심의 문명 이슬람의 힘》권삼윤 저, 동아일보사)라고 역설했을 것이다. 그에 의하면 "우리가 알고 있는 세계적 종교, 다시 말해서 기독교, 유대교, 불교, 이슬람 등은 하나같이 우주적 통찰을 기초로 하고 있다. 그에 따라 이 우주의 탄생과 인간의 존재 의의를 설명해 준다. 이런 종료들의 으뜸 되는 경전에는 반드시 세상을 만든 창조자의 뜻과 인간이 어떻게 살아야 하는지가 제시되어 있게 마련이다"(같은 책 138쪽)라고 앞서 말한 주장의 근거를 댄다. 그러면서 "종교마다 조금씩 다르긴 하지만 대략 예배와 안식일, 금식, 성지순례, 자선 등이 거기(종교 행위)에 포함된다. 이런 구체적인 행위들을 실천함으로써 신도들은 신과의 만남을 이루고 그와 동시에 근본적인 것, 본질적인 것들을 생각하게 되는 것이다"(같은 책 139쪽)라고 강변한다. 말하자면 종교인들이 가지는 종교적 행위와 예전의 의미를 '근본적인 것들을 생각하게 하는 행위'라고 역설하고 있는 것이다.

예컨대, 유대교 신도들은 안식일을 통해 근본과 만난다. 유대인들은 이날 신이 창조하고 하루를 쉰 날로 믿기에 자신들의 모든 생업과 일을 멈추고 하루를 기꺼이 할애하여 창조주를 생각하고 기억하는 것이다. 그래서 심지어 "유대인을 없애려거든 먼저 안식일을 없애라"는 속담 아닌 속담도 있다. 기독교인들에게 있어서 '십자가'는 단순한 상징 그 이상이다. 십자가를 대하면서 인간의 죄성, 예수의 대속, 그리고 하늘과 인간의 화해 등 기독교의 핵심 교리를 떠올리게 된다. 무슬림들은 그 무엇보다도 '성지순례'를 최고로 꼽는다. 왜냐하면 이슬람의 창시자 마호메트가 꿈꾸었고 실제로 일구었던 종교 공동체인 '움마의 재건'이 그들의 신앙 핵심 중 하나이기 때문이다. 이슬람 국가들을 '국가라기보다는 하나의 거대한 종교 공동체'라고 말하는 이유가 거기에 있다. 불교는 인간의 고통의 원인과 해탈의 길을 밝혀 놓은 사성제(불교의 핵심교리인 고집멸도苦集滅道)를 근간으로 해 종교적 수행을 중요시한다. 그래서 불교엔 참선, 108배, 각종 기도수행 등이 발달하게 된 것이다. 불교도들 또한 그런 일련의 행위를 통해 다른 종교에서 말하는 '신체험'과 같은 종류의 체험들을 해나간다고 볼 수 있다.

형식이 어떠하든 대상이 어떠하든 모든 고등종교들은 하나같이 근본을 지향하는 행위를 하고 있다. 권삼윤은 이런 행위들을 "복고나 보수 또는 퇴영이라고 생각하면 오산이다. 결코 과거를 답습하고자 하는 것이 아니기 때문이다. 새로운 출발 선상에서 무엇이 진정한 가치인가를 다시 한번 깊이 생각해 보고자 하는 것이다"(같은 책 141쪽)라고 변호하고 나섰다.

이럴진대 앞서 말한 종교가 없어지지 않는 '그 무엇' 이란 바로 '종교가 인간과 세상의 근본을 생각하게 하기 때문이다' 일 것이다. 아무리 첨단과학이 발전하더라도 그런 것들로는 풀 수도 없고 설명할 수도 없는 '신비함' 이 우리 인생과 우주에는 무한하다. 이런 인생의 근본, 우주의 근본을 생각하는 일련의 행위가 종교일진대 어찌 사람이 종교적이지 않을 수 있을까. '어디로부터 왔고, 어디로 가는 건지, 왜 사는 건지, 무엇을 위해 살아야 하는 건지' 를 고민하지 않을 수 없는 인간으로서는 종교는 필연적일 게 분명하다. 이러한데도 종교의 역기능 때문에 종교를 없어져야 할 것으로 본다면 단견이 아닐까 싶다.

사실 종교 무용론과 폐쇄론을 주장하는 사람들의 기저에는 종교의 역기능에 대한 반발심(이것을 심리학에서는 콤플렉스라고 한다)이 깔려 있다고 볼 수 있다. 그렇기에 종교에는 마치 '목욕물이 더럽다고 아기를 내어버릴 수 없다' 는 서양의 격언이 적용되기도 한다. 예컨대 우리가 앞서 말한 '모든 종교는 두려움에 기초하고 있다' 는 '구라적 요소' 가 사람들 위에 군림하는 종교로 전락하는 '종교적 역기능' 을 발휘할 수도 있지만, 역으로 '인간은 생각하는 갈대' 라고 말한 파스칼의 말처럼 연약할 수밖에 없는 인간, 두려움에 떨 수밖에 없는 인간에게 근본적 해답과 안전을 제시해 왔던 것도 종교이다. '두려움' 이라는 요소가 '종교적 역기능' 을 발휘하게도 하고 '종교적 순기능' 을 발휘하게도 하는 아이러니함이 있다는 것을 우리는 눈치 채야 할 것이다.

어쨌든 이때까지 이야기한 것들을 토대로 우리는 다음과 같은 결론에 도달할 수 있지 않을까. "이 세상에 반종교인과 무종교인은 있어도 비종교인은 없다."

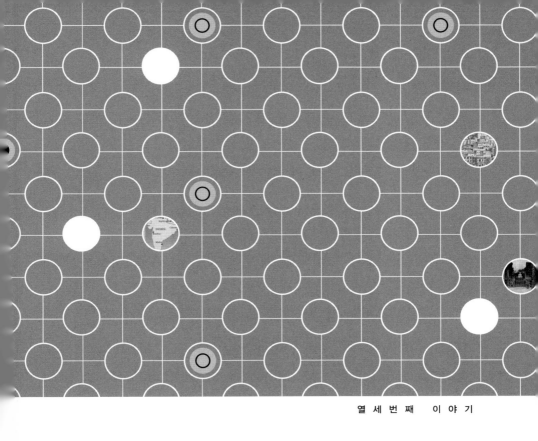

누가 '사람만이 희망이다'를 외치고 있나

대학교회 목사이면서 감리교신학대학 교수인 조찬선이 지은 《기독교 죄악사》(평단문화사)는 발행될 때부터 기독교로부터 뭇매를 흠씬 두들겨 맞았다. 더군다나 이 책을 쓴 저자가 다름 아닌 개신교회 목사이자 교수이니 흡사 예수를 배반하고 돌아섰던 가룟 유다처럼 '배신자'라는 오명을 뒤집어쓴 꼴이 되었다. 이 책의 부제인 '사건 위주로 기술한, 성직자들이 저지른 2,000년 죄악의 발자취'는 이 책의 전체 내용을 한마디로 요약해 준 것일 뿐만 아니라 그 성질을 잘 드러내 준 것이다. 말하자면 기독교를 죄악의 구렁텅이로 타락시킨 것이 다름 아닌 기독교 지도자들이라는 보고인 것이다.

하지만 우리가 좀 더 넓게 생각해 보면 어찌 '기독교 죄악사'만이겠는가. 이를테면 '이슬람 죄악사', '불교 죄악사', '유대교 죄악사', '힌두교 죄악사', '유교 죄악사' 등을 책으로 낸다고 해도 아주 많은 내용들이 실릴 게 분명하다. 이 세상에서 종교가 한 선행이 많을까, 아니면 악행이 많을까를 따져보는 것은 사실 어렵지 않다. 그동안 역사에서 종교의 이름으로 저질러진 악행들을 다 모으면 태산을 이룰 것이다. 그래서 '종교 죄악사'라는 책이 나오게 된다면 그 분량은 아마도 방대하지 않을까 싶다.

이런 종교적 죄악들을 변명하고 변증하기 위해 내어 놓은 것이 바로 '종교 자체가 문제가 아니라 종교를 따르는 사람들이 문제'라는 것이다. 종교 자체엔 근본적으로 선한 요소들이 존재하지만, 그 종교를 따르는 사람들이 잘못 적용하고 운용해 그런 결과가 나왔다는 변명 아닌 변명을 하게 되는 것이다. 그래서 성직자의 비리와 도덕적 결함 때문에 실망한 종교인에게 "사람만 바라보고 종교를 믿지 마라. 사람은 사람일 뿐이다. 보이지 않은 신을 바라보고 신앙해야 그게 참신앙이다"라는 말로 위로 하게 되는 것이다.

그래서 종교가 아무리 악행을 많이 저질러 왔어도 종교도 나름 좋은 구석이 있고, 종교인 중에서도 훌륭한 사람들이 있기 때문에 종교는 건 재할 수 있다고 말한다면 아주 빈약한 변명일까. 사실 이런 이야기 속에 는 양면이 있다. 그럴 수도 있고, 아닐 수도 있는 것이다. 이제부터 그럴 수도 있고 아닐 수도 있는 종교의 세계를 살펴보자.

사람이 과연 신인가

"사람의 아들이 영광을 떨치며 모든 천사들을 거느리고 와서 영광스러운 왕좌에 앉게 되면 모든 민족들을 앞에 불러 놓고 마치 목자가 양과 염소를 갈라놓듯이 그들을 갈라 양은 오른편에, 염소 는 왼편에 자리 잡게 할 것이다. 그때에 그 임금은 자기 오른편에 있는 사람들에게 이렇게 말할 것이다. '너희는 내 아버지의 복을 받은 사람들 이니 와서 세상 창조 때부터 너희를 위하여 준비한 이 나라를 차지하여 라. 너희는 내가 굶주렸을 때에 먹을 것을 주었고 목말랐을 때에 마실 것 을 주었으며 나그네 되었을 때에 따뜻하게 맞이하였다. 또 헐벗었을 때 에 입을 것을 주었으며 병들었을 때에 돌보아 주었고 감옥에 갇혔을 때 에 찾아주었다.' 이 말을 듣고 의인들은 이렇게 말할 것이다. '주님, 저희가 언제 주님께서 주리신 것을 보고 잡수실 것을 드렸으며 목마르신 것을 보고 마실 것을 드렸습니까? 또 언제 주님께서 나그네 되신 것을 보고 따뜻이 맞아들였으며 헐벗으신 것을 보고 입을 것을 드렸으며, 언제 주님께서 병드셨거나 감옥에 갇히신 것을 보고 저희가 찾아가 뵈었습니까?' 그러면 임금은 '분명히 말한다. 너희가 여기 있는 형제 중에 가장 보잘것없는 사람 하나에게 해준 것이 바로 나에게 해준 것이다' 하고 말할 것이다."(신약성서 마태복음 25장 31절~41절)

이 이야기의 후반부는 물론 왼편에 있는 염소들에게 재림 주 예수가 심판하는 장면이 나온다. 왼편의 염소들에게도 똑같은 형식으로 예수가 묻자 그들은 "우리가 언제 당신을 돌아보지 않았느냐"라고 대답했고, 이에 예수는 "지극히 작은 한 사람에 하지 않은 것이 곧 나에게 하지 않은 것이다"라는 말로 그들을 비판하면서 "영원한 형벌을 받으라"는 판결을 내리게 된다.

예수가 들려준 이 이야기는 아주 중요한 메시지를 담고 있다. 사람들이 예수 생존 당시까지 이스라엘에서 신봉했던 구약성서의 종교는 신을 아주 높은 곳에 올려놓았다. 십계명 중에서도 '여호와의 이름을 망령되이 일컫지 말라'고 해서 아주 엄격하게 적용을 했다. 심지어 경전을 낭송할 때에 '여호와(또는 야훼로서 이스라엘이 신앙하는 신의 이름)'라는 이름을 불가피하게 읽어야 할 때는 한 번 숨을 쉬고 경건하게 그 이름을 입에 올렸으며, 책과 문서 등에도 함부로 신의 이름을 사용하지 못하도록 엄격하게 규제하기도 했다. 말하자면 신은 항상 인간이 감히 범접하지 못할 타자적인 존재로서 숭배의 대상이었던 것이다. 우리가 지금 하는 논의인 '종교적인 구라' 면에서 본다면 이런 절대적이고 전지전능한 신의 존재가 종교의 권력을 보장해 주었다는 역사적 진실을 놓치지 말아야 한다.

이런 시대에 갈릴리에서 온 시골청년 예수가 들려준 이야기는 파격적일 수밖에 없었다. 하늘에 존재했던 절대자 신을 사람들 가운데로 끌어내려 왔을 뿐만 아니라 우리 곁에서 걸어 다니는 사람들 하나하나가 신이라는 획기적인 선언이었기 때문이다. 그 당시 종교 상황으로 본다면 이것은 있을 수도 없고 있었어도 안 되는 '신성모독'이며, 사회 전체를 뒤흔드는 심각한 도발행위라고 할 수 있다. 그런 연유들로 인해 예수가 그 당시 사람들로부터 버림받고 십자가에 처형된 죄목이 바로 '신성모독과 민중선동'이었다.

하루는 예수가 안식일에 설교를 하고 있는데 병자가 그에게 다가왔다. 그 병자는 예수에게 낫게 해달라고 요구했다. 그 대중 속에는 당시의 종교지도자들이 간간이 섞여 있었다. 그들은 예수가 안식일에 일을 하는지 유심히 째려보고 있었다. 아니나 다를까. 예수는 그 병자를 고쳤다. 율법에서 엄격하게 금하는 '안식일에 일하지 말라'는 계명을 정면으로 어긴 셈이었다. 그런 상황을 다 알고 있었던 예수는 "안식일에 선을 행하는 것이 옳으냐 옳지 않으냐. 사람의 아들은 안식일의 주인이다"라는 말 한마디로 당시의 상황을 평정하게 되었다. 예수의 평소 사상이 빛나는 장면이라 할 것이다. 말하자면 종교가 사람을 위해 있는 것이지 사람이 종교를 위해 있는 것이 아니라는 것 말이다. 앞서 말한 '양과 염소의 이야기' 속에서 보여준 '사람이 곧 신이다'라는 메시지와 일맥상통한다 할 것이다. 종교의 이름으로 민중 위에 군림하던, 그래서 율법을 준수하는 것만이 최고의 종교행위라고 하여 그렇지 못한 평범한 민중들을 죄인 취급했던 그 당시 상황에서 소외된 사람들을 향해 병을 낫게 했을 뿐만 아니라 그들에게 "당신들이 종교의 주인이요, 당신들이 세상의 주인이요, 당신들이 곧 신의 아들들이다"라는 메시지를 전달했던 예수, 그리고 그의 후손들은 세상에서 이런 일들을 했어야 했고, 또 그래 왔던 게 사실이다.

사람이 곧 하늘인가

우리 민족에도 그러한 걸출한 종교적 영웅이 있었다. 그가 바로 동학의 교조 최제우였다. 조선 500년 동안 유교라는 종교가 번성해 사회의 기득권을 형성하고 사회를 독점하며 횡포를 부리고 있었을 때 혜성처럼 등장한 인물이 바로 최제우였다. 일반 백성들은, 특히나 소위 '상놈'들은 사람 축에도 끼지 못하고 '백성의 의무'라는 짐만을 감당하며 자존감이 땅바닥에 떨어져 있을 때 그가 내놓은 사상은 한 줄기 희망이 되었다.

"당시 사회적으로 신분이 천한 사람이나 존귀한 사람이나 양반이나 천민이나를 막론하고, 모두 본원적으로 그 안에 한울님이라는 무궁한 존재를 모시고 있으므로 세상의 모든 사람은 평등하다는 것이다. 즉

'시천주'라는 수운 선생의 가르침에는 본원적인 평등사상이 깃들어 있는 것이다"(《동학교조 수운 최제우》윤석산, 도서출판 모시는 사람들 221쪽)라는 윤석산의 보고가 이를 말해 주고 있다. 그러면서 "수운 선생은 그의 가르침을 통하여, 당시 억압된 민중에게 '모든 인간은 무궁한 존재로서 평등하며, 또 평등해야 한다'는 새로운 자각을 불어넣어 주는 동시에, 당시 겪고 있는 시대적 위기를 극복할 수 있는 힘이 다른 어느 곳에 있는 것이 아니라 민중 자신에게 있음을 일깨워 주고 있는 것이다"(같은 책 224쪽)라고 최제우가 펼쳤던 '시천주' 사상의 시대적 역할을 역설해 주고 있다.

사실 이러한 최제우의 사상은 동학의 2대와 3대 교조를 지나면서 아주 위대한 하나의 사상으로 집약되었다. 그것은 "나중에 동학을 천도교로 개명하면서 한국의 독립운동, 신문화 운동 등을 주도했던 의암 손병희를 포함한 동학의 세 지도자의 가르침을 잘 묶으면 천도교의 핵심사상이 정리되는데, 곧 남녀노소 빈부귀천을 막론하고 사람은 누구나 하늘을 모시고 있으니(시천주侍天主-수운), 그 하늘의 성품을 잘 길러(양천주養天主-해월), 사람이 곧 하늘과 같다(인내천人乃天-의암)는 놀라울 사실을 구체화시켜야 한다는 것이다"(《종교로 세계 읽기》이찬수, 이화여자대학교출판부 137쪽)라고 강남대학교 종교학 교수 이찬수가 천도교의 핵심을 찔러 주었다. 인내천, 즉 '사람이 곧 하늘이다'라는 사상은 얼마나 가슴 떨리는 사상인가. 이 사상이 힘이 되어 소위 동학혁명(1894년 전라도 고부군에서 시작된 동학계의 혁명운동)이 일어나지 않았던가.

사람이 곧 부처인가

이념 갈등으로 내전에 휩싸였던 베트남에서 탈출하여 '보트 피플'이라는 오명을 뒤집어썼던 베트남 사람들을 일일이 위로하며, 그들을 이끌었던 승려 틱낫한은 이렇게 말했다. "그대가 없이는 붓다는 실제가 아닌, 하나의 추상적인 개념에 지나지 않는다."(《틱낫한의 평화로움》틱낫한 저, 류시화 역, 열림원 64쪽) 말하자면 사람들 하나하나가 없다면 부처는 곧 허상에 불과하다는 것이다. 사람이 있기에 부처도 있다는 역설적인 표현이다. 사람이 아니면 부처를 볼 수도 만날 수도 없다는 내용이다. 마치 예수가 예화로 들은 '양과 염소의 이야기' 속에서 "지극히 작은 자에게 한 것이 곧 나에게 한 것이다"라는 사상이나, 동학의 교조들이 말했던 '인내천 사상'과 놀랍도록 상통하고 있다. 사실 불교만큼 '사람이 곧 신이다'라고 말해 주는 종교도 드물 것이다.

"집집마다 부처님이 계시니 부모님입니다. 내 집안에 계시는 부모님을 잘 모시는 것이 불공입니다. 거리마다 부처님이 계시니 가난하고 약한 사람들입니다. 이들을 잘 받드는 것이 참된 불공입니다. 발밑에 기는 벌레가 부처님입니다. 보잘것없어 보이는 벌레들을 잘 보살피는 것이 불공입니다. 머리 위에 나는 새가 부처님입니다. 날아다니는 생명들을 잘 보호하는 것이 참 불공입니다. 수없이 많은 이 부처님께 정성을 다하여 섬기는 것이 참 불공입니다."(《종교로 세계 읽기》이찬수, 이화여자대학교출판부 98~99쪽)

위의 말은 한국 불교의 '큰 별'이라고 불리는 성철 스님이 했다. 이런 불교의 모습들은 법화경에서도 나타나고 있다. "나는 감히 그대들을 가벼이 보지 않습니다. 그대들은 다 부처님이 될 것이기 때문입니다"(《법화경 해설서 사람이 부처다》 무비스님, 불광출판부 231쪽)라고 말했다. 이어서 "부처님이 깨달으신 지혜란 무엇인가? 사람이 영원한 생명과 무한한 능력을 가진 부처님이라는 사실을 철저히 하는 것입니다. 부처님이 이 세상에 출현하신 뜻이 무엇인가? 그것 역시 사람이 부처님이라는 사실을 알리기 위해서입니다"(같은 책 68쪽)라고 역설함으로써 사람이 곧 부처라는 사상을 확고히 말해 주었다.

이런 불교의 사상이 티베트에서 꽃피운 아주 아름다운 일화가 있다. 티베트 망명정부의 정신적 지도자 달라이라마인 텐진 갸초가 티베트에서 만난 승려의 이야기다. 하루는 어느 티베트 불교 승려가 두 눈을 감은 채 길을 헤매고 있었다. 그 모습을 본 달라이라마가 "왜 그렇게 눈을 감고 길을 헤매느냐?"라고 물었는데, 그 승려의 대답이 이랬다. "내가 아는 사람이 두 눈을 잃고 실명을 했다. 그래서 내 두 눈을 뽑아서 그에게 주었다. 나는 진심으로 그를 사랑한다. 그가 눈 수술을 받은 후 행복하게 살기를 바란다"라고. 달라이라마의 증언에 의하면 티베트 승려들의 이 같은 행위들은 그렇게 놀랄 일이 아니라 보편적이라는 것이다. 진실로 종교의 신앙이 아니면 이러한 일들이 가능했을까 싶다. '사람이 곧 부처다' 라는 바로 그 신앙 말이다.

타인을 대신해서 죽을 수 있는가

세계 2차 대전 당시 프랑스에 살았던 피에르 신부는 전쟁으로 인한 인종 살상과 인간 파괴의 실상들을 보면서 인간 사랑의 길에 접어들었다. 그는 실제로 2차 대전 당시 독일에 항거하는 일을 했다. 그는 독일군에게 쫓기는 유대인을 구하기 위해 스위스의 험준한 산을 넘기도 했으며, 이런 일들을 감행하다가 독일 경찰 게슈타포에게 붙잡혀 죽을 고비를 수차례 넘기기도 했다.

"어느 날 밤 유대인 두 사람이 문을 두드리더니 울면서 '저희를 좀 숨겨 주세요. 체포당할 뻔했어요. 저희는 유대인이거든요'라고 했을 때에야 유대인들이 쫓긴다는 사실을 알게 되었다. 나는 어찌해야 할지 잠시도 망설이지 않았다. 한 사람은 매트리스에서, 다른 한 사람은 매트리스 받침대 위에서 자게 하고, 나는 의자에서 잤다"(《단순한 기쁨》 피에르 신부, 마음산책 24쪽)라고 피에르 신부는 그의 지나간 날을 회상했다. 피에르 신부의 말 "어찌해야 할지 잠시도 망설이지 않았다"는 고백의 힘은 과연 어디에서 나왔을까. 유대인들을 숨겨 준다는 것은 곧 독일군 치하에 들어간 프랑스 상황에서 독일군에게 잡혀 죽을 수도 있는 중죄에 해당하는 것이었는데도 말이다.

이런 일을 행한 피에르 신부는 "우리들 각자는 매일같이 다른 사람들의 고통을 덜어 주고자 애씀으로써 그 어떤 연설보다도 잘 광신에 맞설 수 있다. 하지만 좀 더 용기를 내어, 폭력 속에서 길을 잃은 그리스도인 형제들에게, 유대교인들에게, 회교도들에게, 그리고 또 다른 모든 사람들에게 참된 유일한 종교는, 그 이름이야 어떠하건, 이웃에 대한 사랑을 존중하는 종교라는 사실을 상기시키자. 사랑에 대한 모독은 그 무엇보다 중대한 모독이다"(같은 책 132쪽~133쪽)"라고 종교의 참된 역할을 상기시켰다. 그는 전쟁 후에도 '엠마우스'라는 공동체를 설립해서 상처받은 사람들을 '상처 입은 독수리'라는 표현을 써가며 그들을 위로하고 돕는 데 일생을 바쳤다. 그래서 사람들은 그를 '금세기 최고의 휴머니스트'라고 부르는지도 모른다. 마치 몸을 숨겨 달라고 애원했던 유대인에게 조금도 주저하지 않고 그들을 숨겨 준 그의 행동처럼 말이다.

이왕 신부 이야기가 나왔으니 또 한 명의 신부를 소개할까 한다. 유대인 수용소에 유대인들이 강제로 수용되었다. 그들 틈에 가톨릭 신부도 있었다. 수용소에서 탈출자가 많이 생기자 간수들이 "누구든지 어떤 한 방에서 한 사람이 탈출하면 그 사람 대신 다른 한 사람을 총살시키겠다"라고 법을 정했다. 며칠 뒤 한 유대인이 탈출했다. 그 유대인이 속한 방이 바로 그 신부가 있던 방이었다. 누구를 대신 총살시킬 것인가를 정하는 것에서 탈출자와 한 방에 있었던 한 유대인이 정해졌다. 그 유대인이 죽음 앞에서 벌벌 떨고 있을 때, 그 신부가 말을 했다. "이 사람 대신 나를 잡아가시오. 나는 결혼도 하지 않은 몸이고 자유롭지만, 저 사람은 아내와 자식이 있소. 나를 죽이시오"라고. 간수 입장에서는 어차피 누구든 죽이면 되었고, 본보기를 보여 주면 되었기에 그 신부를 사람들이 보는 앞에서 바로 총살시켰다. 이 일화는 이런 장면을 지켜본 생존 유대인이 들려준 것이다. 사람이 자신의 목숨을 그렇게 쉽게 포기할 수 있을까. 신부라고 죽음이 전혀 두렵지 않았을까. 하지만 그는 그렇게 누군가를 대신해서 기꺼이 죽어 갔다.

6.25 한국전쟁 당시 손양원 목사의 일화도 이에 버금간다. 1948년 10월 21일 여수순천사건으로 인해 손 목사의 두 아들 동인, 동신 형제가 처참하게 죽임을 당했다. 하지만 손 목사는 수많은 고뇌의 기도 끝에 자신의 두 아들을 죽인 그 사람을 양자로 삼았다. 그리고 그를 훌륭히 키워 냈다. 이 내용을 담아서 영화와 책으로 나왔는데 그 제목이 《사랑의 원자탄》이었다. 일반인의 시각으로는 이해할 수 없는 그런 길을 손양원 목사는 갔던 것이다. 아마도 그는 자신의 길이 인류를 위해 피 흘려 죽었다는 예수의 '십자가의 길'이라고 여기며 영광스럽게 생각했으리라.

▌종교는 사람에게 희망적인 존재인가

사실 유교에서도 이러한 사상이 핵심이라는 것을 아는 사람은 드물 것이다. "번지가 인(仁)에 대하여 묻자 공자께서 말씀하시기를 '사람을 사랑하는 것이니라.' 지(知)에 대해서 묻자 공자께서 말씀하시기를 '사람을 알아보는 것이니라'라고 대답했다."(《논어》 제12편 안연 22장) 공자의 도를 이었던 맹자도 "인(仁)은 사람의 마음이요, 의(義)는 사람의 길이다. 그 길을 버리고 가지 않으며, 그 마음을 놔 버리고도 구할 줄 모르니 슬프도다. 사람이 닭이나 개를 잃어버리면 구할 줄 알면서도 마음을 잃어버리면 구할 줄 모른다. 학문의 길은 다른 것이 없다. 그 잃어버린 마음을 구할 따름이다"(《맹자》 고자 장구 상편 제11장)라고 하면서 그의 스승의 길을 따랐다.

흔히 유교의 핵심을 '인(仁)'이라고 하는데, 그 사상의 핵심에는 역시 사람에 대한 사랑이 있었던 것이다. 그러고 보면 무릇 고등종교에게서 나타나는 공통점은 '사람에 대한 끊임없는 관심과 사랑'을 표현하고 있다는 것이다. 사람들이 사람을 싫어하고 죽이고 몰아낼 때 종교는 끊임없이 사람의 소중함을 상기시켰던 것이다. 사람 위에 종교가 군림해 사람을 몰아낼 때조차도 뜻있는 종교인들은 "사람이 주인이다. 사람이 하늘이다"를 외쳤던 것이다.

그런 면에서 볼 때 사람들이 어떤 종교를 선택하고, 선호하고, 찾게 되는 것은 무슨 심오한 '종교적 교리'나 '신학'이 좋아서가 아니다. 바로 사람 때문이다. 실제로 '이 종교 저 종교'를 연구하고 생각하고 고민해서 '그래도 이 종교가 좋더라'며 선택하는 사람이 과연 몇이나 될까. 평범한 모든 사람들은 사람 때문에 종교에 실망하기도 하지만, 사람 때문에 종교에 입문하기도 한다. 종교가 보여 주는, 또는 종교인이 보여 주는 '사람에 대한 끝없는 사랑과 관심'에 마음을 열게 되는 것이다.

기독교를 싫어하고 증오하는 안티 기독교인들이 제일 싫어하는 부류의 사람이 기독교를 욕되게 하는 목사들이 아니라 기독교를 빛내는 선한 목사들이라고 한다. 왜냐하면 안티 기독교인들이 바라는 '기독교의 폐망'이 뒤로 미루어지는 것은 바로 그런 선한 기독교인들 때문이라는 것이다.

어쨌든 현대문명은 '사람을 경시하는 풍조, 인간소외'라는 말로 비판받고 있다. 그래서 사람을 동물과 똑같은 존재로 말하는 다윈의 진화론이 나오기도 했다. 또 사람들을 실험도구의 하나로 전락시켜 처참하게 가스로 죽인 나치의 '가스실 만행'도 나왔다. 사람을 의학 실험의 도구로 사용했던 일본제국의 마루타가 등장하기도 했다. 이런 현상들은 현대 문명에 충실했던 우리들의 자화상일지도 모른다. 지금은 사람들을 돈으로 보는 시대를 넘어서서 사람을 숫자로 보는 시대가 되었다. 그래서 사람보다는 주민등록번호가 훨씬 중요한 시대가 되었다. 어떤 사람들은 어떡하든지 그 번호를 훔치려 하고, 어떤 사람들은 사력을 다해서 그 번호를 지키려 하고 있다. 사람이 숫자와 같이 취급되는 시대, 아니 숫자보다 더 못한 존재가 되었다.

이럴 때 그 누가 "아니다. 사람은 그 무엇보다 존귀하다. 사람이 곧 하늘이고, 사람이 곧 신이고, 사람이 곧 부처이다. 이 세상의 모든 것의 중심에는 사람이 있다"라고 사람들의 위상을 세워 줄 수 있을까. 아무리 우리가 지난 역사를 뒤져 봐도 그런 역할을 해낸 것은 그나마 종교였다. 종교가 무수한 악행을 저지르고도 사람들에게 잊혀지지 않았던 것은 바로 사람 자신을 존귀하게 올려 주었던 종교를 멀리할 수 없었기 때문이다. '미워도 다시 한 번'이라는 말처럼 말이다. 사실 사람들이 "이제 희망이 없다. 사람도 싫고 세상도 싫다. 이젠 끝이다"라고 할 때 희망과 사랑의 불꽃을 전해 준 대표적인 매개체는 종교였다. 티베트의 승려들, 나치 치하의 신부들, 구한말 천도교의 사람들은 모두 종교인들이지 않았던가.

폐허 속에서 사람들이 스스로 희망을 찾은 하나의 이야기가 있어 소개한다. 이 이야기는 2005년에 발생한 인도네시아 쓰나미 피해 때 KBS 방송에서 그해 1월 12일 인도네시아 해변에서 있었던 장면과 함께 뉴스에 보도된 내용이다.

"집도 무너졌다. 학교도 무너졌다. 사람도 무려 20만 명이 죽었다. 그 외에 사람들 수십만 명이 다치고 이재민이 발생되었다. 이젠 희망이 없는 것처럼 보였다. 그런데 인도네시아의 해변 마을에 우뚝 서 있던 이슬람 사원만은 멀쩡했다. 쓰나미 폭풍이 마을을 휩쓸고 가면서 사원 옆에 있던 많은 건물과 집들이 무너졌지만, 신기하게도 그 사원만은 멀쩡했던 것이다. 그 모습을 지켜보았던 많은 태풍 이재민들은 '신이 함께 했다. 신이 도왔다. 신은 지금도 살아 계신다'라고 가슴속으로 감격의 눈물을 삼켰다. 그리고는 그들은 무너진 폐허 속에서 '희망'을 발견했다."

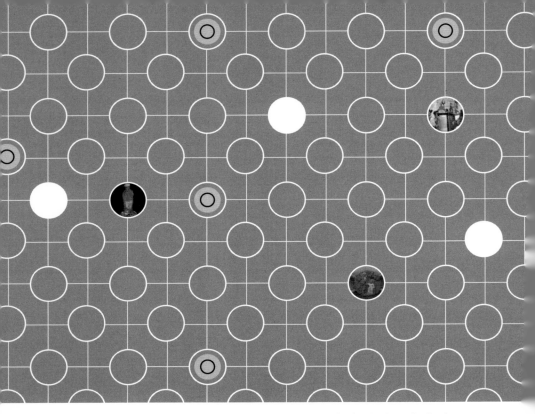

종교가 건재할 수밖에 없는
현실적인 이유

종교를 사전에서는 "신이나 초자연적인 절대자 또는 힘에 대한 믿음을 통하여 인간생활의 고뇌를 해결하고 삶의 궁극적인 의미를 추구하는 문화체계"라고 정의하고 있다. 신이나 초자연적인 절대자를 찾아 삶의 문제를 해결하는 것은 종교의 형이상학적 기능에 해당된다. 하지만 그것이 문화체계라고 말해질 때는 조금 달라진다. "문화란 자연상태에서 벗어나 일정한 목적 또는 생활 이상을 실현하고자 사회 구성원에 의하여 습득, 공유, 전달되는 행동양식이나 생활양식의 과정 및 그 과정에서 이룩하여 낸 물질적·정신적 소득을 통틀어 이르는 말"이라고 본다면 종교도 역시 우리 눈에 보이는 일상과 아주 밀접한 관계가 있기 때문이다. 이에 대해서는 '종교는 문화적 산물이며, 세뇌의 결과이다' 라는 글에서 우리는 잘 살펴보았다. 그래서 사전은 종교를 일러 "그 대상·교리·행사의 차이에 따라 여러 가지가 있는데, 애니미즘·토테미즘·물신 숭배 따위의 초기적 신앙 형태를 비롯하여 샤머니즘이나 다신교·불교·기독교·이슬람교 따위의 세계 종교에 이르기까지 비제도적인 것과 제도적인 것이 있다"라고 친절하게 설명해 주고 있는 것이다.

신이 없다 해도 얼마든지 종교생활이 가능하다

우리가 특정 종교에 몸담고 있는 사람들을 보면서 다음과 같은 의문을 가질 수 있다. 그것은 저 사람들 모두가 '신이나 초자연적인 절대자 또는 힘에 대한 믿음을 통하여 인간생활의 고뇌를 해결하고 삶의 궁극적인 의미를 추구하려고 해당 종교의 신자가 된 것일까?'

라는 의문이다. 이러한 의문은 여러분과 내가 당장 해결할 수 있을지도 모른다. 종교를 가진 사람이라면 자기 자신에게 진지하게 물어 보면 될 것이다. 만일 자신이 종교를 가진 사람이 아니라면 가족이나 친척, 친구 등 자신의 일상생활에서 늘 가까이 접하는 사람들에게 물어 보거나 그들의 삶을 살펴보면 될 것이다. 어떤가. 과연 자신과 자신 주변에 있는 평범한 사람들에게서 어떤 답을 얻을 수 있겠는가.

이러한 의문에 해답을 주는 객관적인 자료가 있다. 앞서 우리가 살펴본 스웨덴, 영국, 프랑스 등의 종교 상황이다. 기독교의 꽃을 피웠던 서양에서 조사된 "스웨덴 85%, 영국 44%, 프랑스 54%(미국 FOX TV 제공)라는 무신론자의 비율이다. 이 세상에 신이 존재하지 않는다고 믿는 유럽 사람들이 이렇게나 많다. 반면에 신기한 것은 종교인 수가 스웨덴은 루터교 87%, 그외 가톨릭, 회교 등이고 영국은 그리스도교 71.6%, 회교 2.7%, 기타 25.7%, 프랑스는 가톨릭 88%, 개신교 2%, 기타 10%(2008년 한국수출공사 제공)" 등이다. 각기 다른 기관의 조사 결과지만, 우리에게 시사해주는 바가 크다.

이것은 종교를 가지고 있음에도 불구하고 '신이 존재하지 않는다'라고 믿는 사람들이 많다는 것을 말해주는 것이다. 이 통계를 보면서 앞으로 종교의 미래도 그리 밝지 않다고 말할 수 있다. 앞서 말한 것처럼 '신이나 초자연적인 절대자 또는 힘에 대한 믿음'이 종교의 근간이기 때문이다. 사막의 종교인 유일신 종교에서 '신'의 존재를 빼고 나면 아무것도 없다. 그것이 흔들린다면 그 종교 또한 흔들리는 것은 당연하다. 하지만 위 통계수치는 절대자에 대한 믿음이 없이도 종교를 가질 수 있다는 예를 잘 보여 주고 있다.

그렇지만 위의 경우가 반드시 종교의 전망이 어둡다고 볼 만한 근거가 될 수 있을까. 스웨덴의 경우 역으로 생각해 보면 '신에 대한 믿음'이 없는 사람들이 85%인데 반해 스스로를 종교인이라고 고백하는 사람들이 90% 가까이 된다는 것은 무신론자라도 얼마든지 종교를 가질 수 있다는 점을 보여 주는 것이라 할 수 있다(불교, 유교 등 동양 종교의 경우는 '도', '진리', '부처', '하늘' 등을 신이라고 대입해서 생각해 볼 수 있다). 이론적으로 보면 종교의 근간인 '신에 대한 믿음'이 흔들린다면 해당 종교의 세도 흔들려야 하는데 실제로는 '신에 대한 믿음'과 상관없이 해당 종교의 사람들은 그 종교를 버리지는 않는다는 이야기이다. 여전히 사람들은 일요일에 교회와 성당을 가고, 종종 절과 모스크를 찾는다. '신에 대한 믿음', '삶의 궁극적인 의미 추구' 등의 문제의식을 가지고 있지 않다고 해도 전혀 문제가 되지 않는다는 말이다.

사람들은 종교에서 '안정과 복'을 얻는다

이런 의문에 대해 속 시원하게 대답을 해주는 한 가지 통계자료가 있다. 2004년 한국갤럽에서 조사한 '2004년 한국인의 종교와 종교의식' 중에서 "왜 종교를 믿는가?"라는 질문에 대해 사람들은 각각 마음의 평안을 얻으려고(67.9%), 복을 받기 위해서(15.6%), 죽음 후의 영원한 삶을 위해(7.8%), 삶의 의미를 찾기 위해(7.0%)라고 대답했다. 이것이 종교에 대한 대다수 평범한 사람들의 의식인 것이다. '신과 절대자에 대한 믿음'은 고사하고, '삶의 궁극적인 의미 추구'의 일환으로 종교를 가지는 사람조차 소수에 불과하다는 것이 위의 통계가 보여 주는 진실이다. 위의 통계에 의하면 종교의 사전적 정의(신이나 초자연적인 절대자 또는 힘에 대한 믿음을 통하여 인간생활의 고뇌를 해결하고 삶의 궁극적인 의미를 추구하는 문화체계)를 충실히 따르고 있는 사람들의 비율은 고작해야 14.8%이다. 그렇지 않은 이유, 즉 현세적이고 실질적인 이유가 83.5%인 것이다. 스웨덴의 종교인구 비율과 무신론자 비율이 보여 준 현상과 이 통계가 보여 준 수치가 비슷하다는 것이 재미있는 대목이지 않은가.

어쨌든 해당 종교에서 뜻있는 사람들이 아무리 '기복종교는 안 된다. 기복종교는 고쳐야 한다'라고 떠들어 대도 이것이 엄연한 현실이다. 자신에게 마음의 평안을 줄 수만 있다면 '신이나 초월적 존재'가 없어도 상관없고, 있어도 상관없는 것이다. 나아가 그런 일련의 종교적 신앙이 복을 가져다준다면 더 바랄 것이 없다. 이런 통계들은 결국 '평안'과 '복'을 싫어하는 사람이 이 세상에서 없어지지 않을진대 어떤 식으로든 종교산업이 번창할 거라는 사례일 것이다. 사실 각 종교의 대다수를 차지하는 위와 같은 신도들이 해당 종교가 버틸 수 있었던 힘이었을 것이다. 대다수의 그들이 열심히 헌금하고 봉사했기 때문이다. 그들 대부분은 '마음의 평안과 현세의 복'을 얻기 위해 각 종교계에 헌신한 착한 신도들이다.

그들은 자녀들이 대학수능시험을 칠 즈음이면 절에 가서 108배를 유난히 많이 하고, 교회에 나가 '100일 새벽기도회'를 하루도 거르지 않는다. 자녀의 '좋은 대학 합격'만 보장된다면 무속인에게 점을 보는 데 얼마가 들어가도 아깝지 않은 사람들이다. 또한 그들은 대학수능시험 당일에 수능 고사장 철문에 엿을 붙이고는 그 추운 겨울 날씨에도 아랑곳하지 않고 시험 시간 내내 문 밖에 서서 두 손을 모으고 자녀의 합격을 위해 기도하는 괴력을 발휘하기도 한다. 자녀의 출세와 남편의 성공을 위해서라면 언제든지 종교에 헌신 봉사할 자세가 되어 있는 사람들이다. 종교계에서 볼 때 '알토란' 같은 사람이 바로 그들이다.

종교는 '대인관계망 구축 기지'

그들이 종교를 가지는 또 다른 결정적인 이유가 있다. 그들이 교회와 성당과 절에 가는 것은 바로 '인간관계' 형성 때문이다. 말하자면 인간관계의 망을 넓혀 보려는 것이다. 그들 중 장사하는 사람이 있다면 부지런히 광고를 할 것이다. 그들 중 정치하는 사람이 있다면 투표할 때 많은 득표수를 보장받을 수도 있다(이 경우 실제로 대한민국은 심하다 싶을 정도로 우세한 편이다). 그들 중 사업하는 사람이 있다면 비즈니스를 확장해 나가는 데 종교 시설에 속해 있는 것보다 더 좋을 수 없다. 그들 중 연예인이 있다면 해당 종교인들로부터 인기와 지지를 한 몸에 누리기 쉽다. 그들 중 청소년과 처녀 총각이 있다면 이성 친구 및 배우자를 고르기에 안성맞춤이다.

그들이 대형 교회나 대형 사찰, 대형 성당 등을 선호하는 이유는 여기에 있다. 이럴 경우 자신이 가지고 있는 종교와 해당 종교단체가 크면 클수록 좋은 것이다. 자신이 조그만 종교단체에 속해 있는 것보다는 그래도 꽤 유명한 곳이어야 자신의 자존심도 세울 수 있다. 소위 '생존경쟁'과 '자본위주'의 사회에서 언제 밀려날지도 모를 현대인들이라면 그나마 종교시설이나 종교단체라고 하는 거대한 무엇이 있어야 마음의 안정을 찾을 수 있을 것이다. 그 종교단체가 설령 자신이 생각하는 만큼의 힘이 되어 주지 못한다고 할지라도 그 많은 추종자들과 그 유구한 세월에 걸친 종교 역사의 내공 때문에라도 심리적 안정을 찾을 게 분명하다. '종교가 일종의 권력현상이다'라는 글에서도 보았듯이 사람들은 자신의 안전을 담보 받을 수 있는 그 무엇을 항상 찾고 있다. 그것들 중 가장 모양새가 좋은 것이 '종교'이다. 현대인에게서 종교시설만큼 '대인관계망 구축 기지'로 활용하기 좋은 곳도 드물다.

미래에도 변치 않을 종교의 역사적 실체

종교의 역사를 보자. 유대교 3,200년, 불교 2,500년, 기독교 2,000년, 이슬람교 1,500년이다. 현대문명이 있게 한 고대문명 시절부터 종교는 있어 왔다. 그 장구한 세월을 살아 남았다면 그 종교를 추종하는 사람들에게 많은 인센티브를 지불한 것은 사실이다. 그러면서 사람들은 "내가 속한 이 종교가 뭔가 있기는 있을 것이다. 그렇지 않고서야 어찌 그 많은 세월 동안 그 많은 사람들이 따랐을까. 그런 면에서

이 종교는 진리이든지 최소한 진리에 가까운 것일 게다"라고 안심하게 되는 것이다. 실제로 이슬람 국가라고 일컬어지는 사우디아라비아, 이란, 이라크 등에선 국민 90% 이상이 무슬림이다. 중세시대 동안 종교라고 하면 '기독교'이지 다른 종교는 있을 수 없었다. 신라 1,000년과 고려 500년 동안 불교는 사람들의 정신적 지주였다. 조선 500년 동안 유교는 일상생활의 도리이자 출세의 근간이었다. 조선시대 개화기부터 대한민국 정부 60여 년은 어쨌든 기독교인들의 영향이 매우 컸다.

한 사회 안에서 두 개의 거대 종교가 있으면 충돌하기 쉽다. 인도의 위대한 영혼 마하트마 간디가 인도 사회에서의 종교적 융합, 즉 이슬람교와 힌두교의 화해를 주장하다가 자신을 따르는 사람에 의해 저격을 당해 숨진 것은 이상한 일이 아닐지도 모른다. 그들에게는 자신이 속한 종교가 진리이고 옳아야 하는데, 다른 종교가 융성하면 자신의 안정이 위협받는다고 생각했을 것이다. 그들에게 있어서 진리의 정당성을 보장받는 것은 '옳고 그름'의 문제라기보다는 '추종세력의 많고 적음'의 문제이다. 이러한 이유 때문에 종교가 맹목적으로 변해 비판의 대상이 되기도 하지만, 해당 종교 입장에서 볼 때는 분명한 역사적 실체로 자리매김하는 데 큰 역할을 한 것도 사실이다.

하여튼 그들은 아주 단순한 논리인 '한 하늘에 두 개의 태양이 있을 수 없다'는 것을 신봉하고 있었다. 이런 이유로 종교 간의 갈등과 전쟁이 끊이질 않으면서도 실제로는 서로를 존재하게 하는 힘이 되기도 한다. 기독교보다 후대에 일어난 이슬람교가 이만큼 융성한 이유 중 결정적인 요소가 있다면, 기독교를 지향하는 서구문명에 대한 반대세력의 규합과 끊임없는 투쟁 때문일 것이다. 이것은 기독교의 입장에서도 마찬가지다. 역사적으로 이슬람 세력의 융성을 저지해 보려는 중세시대 사람들의 십자군 전쟁이 그 대표적인 예라 할 것이다. 물론 십자군 전쟁이 실패로 끝났다고 보는 견해가 많지만, 그러한 전쟁들을 통해서 사회에 내재해 있던 기독교 세력의 '힘의 결집'을 일구어 내어 그것을 확인했던 자리이기도 하다. 종교가 한 사회를 통합하고 결집하는 도구로서의 역할을 해낸 경우라고 할 것이다. 조선시대에서는 '호국불교'를 기치로 '승병'이 일어난 것을 예로 들 수 있다. 한 특정 종교가 당대 사람들의 마음을 결집시키고 힘을 발휘하는 데 큰 힘을 발휘한 예는 이처럼 역사에서 수없이 많다. 결국 사람들의 본성이 근본적으로 달라지지 않는 한(달라지지도 않을 것이고, 달라질 이유도 없겠지만) 종교는 앞으로도 계속해서 역사적 실체로 자리잡게 될 것이 분명하다.

거대한 '영혼 주식회사'

종교가 건재한 또 다른 이유가 있다면 종교가 다름 아닌 경제적인 실체이기 때문이다. 더 직접적으로 말하자면 종교단체와 '종교 산업' 때문이다. 기독교 21억(33%), 이슬람교 13억(21%), 무신론자 11억(16%), 힌두교 9억(14%), 중국 전통종교 3억 9천만(6%), 불교 3억 7천만(6%)이라는 세계의 종교인구 현황은 차치하고라도, 종교와 종교 관련 산업의 경제적 규모는 또 얼마나 어마어마한가. 2005년 통계청 자료에 의하면 우리나라도 불교 1,070만, 개신교 860만, 천주교 510만, 유교 등 기타 종교 30만이라는 엄청난 규모의 종교인구가 있다고 한다. 우리나라 총인구 4,900만 중 과반수인 2,497만 명이 종교인이라는 이야기다. 이런 종교인구와 종교인들에 관련된 국내 산업만 해도 엄청난 규모이다. 종교 관련 서적과 서점, 종교 관련 용품 제조와 유통, 종교 관련 건축업체와 건축자재 제조업체, 종교 관련 복지시설과 복지요원, 종교 관련 교육업체와 교육시설 등 큰 덩치만 이야기해도 끝이 없다.

이런 연유로 종교 관련 가계지출이 무려 연 4조 3,692억 원이라는 보고도 있다. 《동아일보》 김갑식 기자의 보고에 의하면 "통계청이 2001년 5월 발간한 '도시가계연보'에 따르면 종교 관계 지출은 월평균 가계지출의 1.5%로 이를 전체 가구수로 환산하면 연간 4조 3,692억 원에 이른다. 세계 50대 개신교 교회 가운데 한국 교회가 23개에 이르는 것으로 파악되고 있다. 대한불교 조계종은 1999년 문화재 관람료 명목으로 267억 원, 불국사는 한 해 42억 3,000만원의 수입을 올린 것으로 나타났다"는 것이다.

또 김갑식 기자의 기사에 따르면 "한신대 강인철 교수(종교문화학)는 최근 발간된 계간 학술지 《비평》봄호에 실린 논문 〈종교와 자본주의〉를 통해, 종교의 자본주의에 대한 이데올로기적 '동조'와 종교의 자본주의적 '변형'이 심각하다고 주장했다. 그는 논문에서 '자본주의하에서는 국가 강제력에 의해 징수된 중세의 종교세 등이 없어져 종교와 경제가 분리된 것 같지만 이는 관계방식의 변화'라며 '자본주의적 변형을 거친 종교의 상품화와 산업화가 심각하다'고 꼬집었다. 이 논문에 따르면 종교의 상품화는 이른바 '종교적 구원재'가 자본주의의 다른 상품처럼 돈으로 교환할 가능성이 점점 높아지는 데 있다. 여기에서 '종교적 구원재'는 질병의 치유와 육체적 건강, 출산과 정신적 안정, 취업과 승진, 진학과 사업의 번창 등 기복적인 것에서부터 내세의 행복과 초능력 획득 등 우주적이면서 내세적인 것을 모두 포함한다. 강 교수는 종교를 '영혼 주식회사'에 비유하면서 △종교 산업의 지나치게 높은 수익성 △재정 사유화 경향과 불투명성 △성직자의 'CEO화' 등을 그 폐해로 지적했다. 그는 또 '현재 종교 조직이나 성직자에게 주어지는 면세 혜택의 근거는 비영리성, 공익성, 성직자의 청빈성이지만 이런 요건들이 붕괴되고 있다'며 '최근 거세게 일어나는 종교 내부의 개혁운동은 바로 이런 혼란에 대처하기 위한 것'이라고 분석했다"는 것이다. 이 보도에 의하면 강 교수는 종교를 '영혼 주식회사'라고 비유했다. 나아가서 종교의 구원적인 요소들(구원재)이 상품으로서 자리매김하여 자본의 축적과 이동의 수단으로 이용되고 있다는 현실을 여실히 보여 주고 있다.

종교가 차지하는 경제적인 규모 중 각 종교단체에 내는 종교헌금 또한 무시할 수 없을 정도로 어마어마하다. 《세계일보》는 "우리 국민은 지난해 약 6조 2,100억 원을 종교계에 헌금한 것으로 나타났다. 특히 종교헌금액은 12년 전보다 116%나 늘어 같은 기간 도시가구의 경상소득 증가율 47.2%를 크게 앞질렀다"는 보도와 함께 "우리 국민 1가구당 약 38만 8,300원을 종교관계비로 지출했다"고 보도하고 있다. 그러면서 종교

비판자유실현시민연대 신용국 사무처장이 "교회나 사찰 등은 현재 어떠한 회계 공개 의무도 없어 전체적인 자금 규모를 파악하는 건 불가능한 상황이며 실제 종교계가 거둬들이는 헌금 규모는 통계청 자료보다 훨씬 더 많을 것이다"라고 한 말을 인용 보도하기도 했다. 종교는 분명 우리 사회에 있어서 아주 중요한 경제적 실체임을 인정할 수밖에 없는 통계들이다.

이처럼 이 세상에서 종교가 인정받고 지탱해 나가는 이유는 종교의 사전적 정의처럼 고상한 이유가 아니라 지극히 현실적인 이유 때문이다. 또한 그러한 요소가 우리가 앞에서 말한 것처럼 '종교의 구라' 가 제대로 먹히는 요소가 되기도 하지만, 동시에 종교가 융성하게 되는 주동력이 되기도 하는 것을 인정해야 할 것이다. 종교는 엄연한 경제적 현실이며, 역사적 실체이며, 문화적 동력원이기에 이 땅에서 건재할 수 있는 것이다.

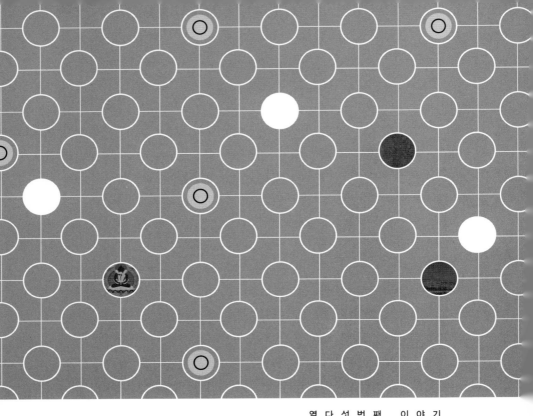

천 명에겐 천의 종교가,
만 명에겐 만의 종교가 있다

우리는 앞에서 종교의 여러 가지 구라적인 요소가 존재함에도 불구하고 종교가 건재할 수 있었던 요인들을 살펴보았다. 그중에서 종교가 이 지구상에서 사라지지 않는 이유를 종교가 주는 '그 무엇' 때문이며, '그 무엇' 이란 '근본을 생각하게 하는 힘' 이라고 말했다.

그렇다면 이제 종교가 생각하게 했다는 바로 그 '근본' 에 대해서 살펴보자. 이 '근본' 에 대한 고찰은 심리학자 칼 융과의 대화가 주를 이루게 될 것이다. 종교를 심리학적인 차원에서 살펴본 것이므로, 종교적인 용어가 아닌 심리학적 용어가 주로 설명될 것이다. 이 방법을 선택하는 이유는 개별적 종교에서 사용하는 언어들이 해당 종교인들에게만 사용되는 특수언어가 많기 때문이며, 해당 종교인들조차도 종교의 실체와 종교적 용어를 이해하는 정도가 천차만별이기 때문이다. 그래서 종교의 언어가 아니면서도 비교적 우리의 삶과 정신적인 영역을 잘 다루고 있는 심리학을 이용하는 것이다. 이제부터 심리학계의 거장 칼 융을 만나보자.

"모든 인간은 종교를 갈구한다"

우리가 종교에 대해서 논하는 것은 특정한 개별 종교만이 아니다. 종교라고 했을 때는 종교의 본질적인 면과 우리 곁에서 흔히 볼 수 있는 종교의 형식적인 면이 있다. 종교의 형식적인 면은 종교 집단 또는 종교단체를 말하는 것이다. 여기에는 특정 종교의 교리, 신학, 교단, 집회 장소, 종교인 등을 모두 내포하고 있다. 따라서 우리가 칼 융을 통해 만날 때의 종교는 형식적인 면보다는 본질적인 면이 될 것이다. 즉, 종교적 용어로 뭐라고 칭하든, 만인이 공감할 수 있고 만인에게 해당되는 인간의 본질적이고 공통적인 면을 살펴보게 될 것이다.

융은 심리학자이면서 동시에 스위스 취리히의 정신과 병원 의사이기도 했다. 그는 자신에게 찾아온 수많은 환자들을 상담하고 돌보고 치료했다. 이러한 임상 경험이 그가 구축한 심리학 세계에 지대한 영향력을 미쳤다고 할 수 있다. 그런데 융은 자신이 만난 환자들을 통해서 "실제로 그의 환자들에게 있어서 부의 문제나 사회적 지위나 가족의 유무가 그들의 문제와는 아무런 관련이 없었다. 오히려 그것은 우리가 소위 영적인 삶이라고 말하는 매우 비합리적인 욕망에서 나온 문제이며, 그것을 그는 대학이나 도서관, 심지어 교회에서까지도 얻을 수 없는 것들이다"《융의 심리학과 기독교》 W. B 클리프트, 대한기독교출판사 20쪽)라고 결론을 내렸다.

이어서 "자기의 환자들 중 그의 관심사가 삶에 있어서 종교관을 발견하고자 하는 것이 아니었던 사람은 아무도 없었다고 융은 주장했다. 그의 환자들은 모두 그런 단계에 접어들고 있었던 것이다. 그들은 현대의 종교들은 과거 어느 시대에서나 인간들에게 주어 왔던 것들을 줄 수 없게 되어 병에 걸렸던 것이다. 나아가서 융은 그들이 새로운 종교관을 발견할 때까지 그들의 병은 낫지 않는다고 단언하고 있다"(같은 책 22쪽)라고 단언하고 있다는 것이다. 융은 사람들의 정신적인 문제, 나아가서 삶의 문제가 결국 종교관의 문제로 귀착된다고 역설한다. 사람들이 겪는 모든 문제의 근원에는 종교적인 요소가 있다고 본 것이다. 물론 여기서 말하는 종교란 "이것은 교회의 어떤 특별한 신조나 회원권에 관한 것은 아니다"(같은 책 23쪽)라는 지적처럼 융은 어떤 특정한 종교집단에 속하는 문제를 언급한 게 아님을 분명히 하고 있다.

그래서 융은 언제나 "종교는 어떤 특별한 종류의 신앙 이상인 것이다"(같은 책 101쪽)라고 역설한다. 종교에 대해 어떤 사람에게 질문할 경우, 그들은 종교가 죽음 후의 삶이라든지, 절대자에 대한 신앙, 내세와 윤회에 대한 믿음, 영적인 존재에 대한 지식 등 어떤 특별한 교리 체계에 입각한 믿음이라고 답변할 것이다. 또 다른 사람들에게 종교는 어떤 도덕 질서를 수용하며 그것을 토대로 살아가는 것이라고 대답할 수 있다. 하지만 융은 이 모든 것을 뛰어넘는 그 무엇이 종교에게 있다고 보고 세상의 모든 사람들이 종교적일 수밖에 없다는 것을 재차 확인했다.

이러한 융의 견해를 찬성이라도 하듯 독일의 소설가 헤르만 헤세는 "나는 종교를 갖지 않은 상태에서 살아 본 적이 없고 앞으로도 종교 없이는 단 하루도 살 수 없을 것이다. 그러나 나는 평생토록 교회를 갖지 않은 상태에서 삶을 꾸려 나갔다"(《영혼의 수레바퀴》헤르만 헤세, 이레 134쪽)"라고 말을 했다. 심리학의 거장과 문학의 거장의 생각이 통했을까. 두 사람은 "모든 사람은 본질적으로 종교를 추구하게 되어 있다"라고 이구동성으로 말하고 있다. 종교학자 뒤르켐이 말한 '사람은 모두 종교적 인간'이라는 명제를 재차 확인해 준 셈이다.

소외되고 단절되고 분리된 인간

그렇다면 사람들에게 종교가 그토록 필요한 이유는 뭘까. 사람들은 왜 그토록 종교적인 인간일 수밖에 없을까. 이에 대해 신학자 폴 틸리히는 "인간의 실존적 상태는 곧 자기 존재의 근거와 지반인 깊이에서 단절되고 분리되어 있기 때문이다. 종교는 인간의 실존이 소외되어 있다는 간접적 표식이다"(《폴 틸리히의 생애와 사상》 김경재, 대한기독교출판사 208쪽)라고 그 원인을 밝혔다. 폴 틸리히에 의하면 인간은 누구나 자기 존재의 근원인 그 어떤 것으로부터 소외되고 분리되고 단절되어 있다는 것이다. 그 어떤 것을 사람들은 보편적으로 '신'이라고 부른다는 것이다.

이러한 상태를 종교적 용어로는 타락이라고 말하며 이것을 심리학자 폴 투르니에는 '실낙원 콤플렉스'라고 명명했다. 구약성서에 나와 있는 에덴동산에서의 아담과 이브를 조화와 내적 평화가 이루어진 인간의 원형을 나타낸 거라고 본다면, 거기서 죄를 짓고 타락했다는 것은 인간의 원형으로부터 스스로 소외되고 단절되었다는 이야기인 것이다. 사람들은 모두 이 콤플렉스에 시달리고 있으며, 나아가 이 콤플렉스로부터 탈출해 인간의 원형으로 돌아가고자 한다는 것이다.

물론 이는 기독교가 주류를 이루고 있는 서구 사회의 심리학자들의 표현이라 동양 종교에서 본다면 다소 치우친 면도 있을 수 있겠다. 하지만 융과 만나면 이러한 것들이 화해하게 된다. 융의 사상에 의하면 "세계의 위대한 종교들이 서로 다른 용어들을 쓰고 있지만, 그들은 융이나 그 밖의 다른 심리학자들이 이미 직면했던 똑같은 체험들에 대하여 말하고 있다"(《융의 심리학과 기독교》 113쪽)는 것이다. 어떤 종교가 유신론이든 무신론이든 상관없이 인간에겐 공통적으로 '실낙원 콤플렉스'가 있으며, 그에 상응하는 '종교적 체험' 또한 일맥상통한다는 이야기다. 동양 종교들의 표현을 빌리자면 '아직 깨닫지 못한 상태, 무지의 상태, 욕심의 상태'인 것이다. 그래서 "자아에 영향을 주고 있는 원형 과정들을 심리학적인 관점에서 실제로 연구해 보면, 그것은 바로 종교가 관여하고 있는 그 일인 것이다. 이러한 과제들에 대한 연구가 종교의 본질이다"(《융의 기독교와 심리학》 156~157쪽)라고 융은 설명하고 있다. 서양 심리학자이면서 동시에 동양 종교와 동양 사상에 능통했던 융이기에 동서양의 차이점보다는 유사점에 주목했을 것이다.

그러기에 융에게 있어서 영혼이란 "사람들의 뿌리와 관련된 것, 즉 그들의 무의식을 나타내기 위하여 융이 사용하고 있는 단어이다. 원시인들의 관심사였던 '영혼의 상실'에 대한 두려움은 오늘날 현대인들도 똑같이 경험하고 있는 두려움이다"(《융의 심리학과 기독교》 64쪽)라고 설명되어질 수 있는 것이다. 영혼은 사람들의 뿌리, 즉 '존재의 근원'과 관련된 것이며, 그것은 곧 무의식을 나타낸다는 것이다. 사실 융의 심리학에서 무의식에 대한 고찰과 설명은 그 누구도 따라올 수 없을 만큼 탁월하다.

종교가 의식과 무의식을 만나다

융은 이러한 생각을 바탕으로 심리학의 언어로써 종교적 표현을 소화하기에 이른다. "하느님이라는 말 대신 '무의식'이라는 말을, 그리스도라는 말 대신 '자기'를, 성육신 대신 '무의식의 통합'을, 구원 또는 구속 대신 '개성화'를, 십자가 위에서의 죽음 또는 희생 대신 '전일성'이라는 말을 사용할 수 있을 것이다"(《융의 심리학과 기독교》 209쪽)라고 말이다. 융은 이처럼 우리에게 상관없을 것 같은 종교가 우리 자신과 이토록 상관 있는 '그 무엇'이라는 것을, 이토록 선명한 개념으로 설명해 냈다. 특정 종교의 전유물처럼 여겨졌던 용어들, 그래서 특정 종교의 핵심적인 개념으로만 설명되었던 것들이 바로 우리의 '무의식, 자기, 무의식의 통합, 개성화, 전일성' 등의 개념으로 만나게 되는 것이다.

융은 "성서의 전통에 의하면 우리는 하느님이 자기 자신을 우리에게 계시하는 대로만 하느님을 알 수 있다. 계시는 무의식의 체험이며, 무의식으로부터 생겨 나오는 체험인 것이다. 심리학적 관점에서 볼 때 종교의 진수는 그것에 의하여 인간의 자아가 영향을 받아 가는 그 과정들을 실제적으로 생각해 보게 해주는 것이다"(《융의 심리학과 기독교》 103쪽)라고 역설하고 있는 것이다. 종교에서 말하는 계시라는 것이 종교적인 차원에서야 '하늘로부터 신의 메시지나 음성이 특정한 개인이나 집단에게 나타난 것'으로 보겠지만, 융의 심리학에서는 바로 '무의식의 체험'인 것이다.

융이 이해하고 있는 바에 따르면 "인종적 차이와 관계없이 사람들의 육체에 해부적으로 공통적인 구조가 있듯이, 사람들의 문화적, 의식적 차이와 관계없이 사람들의 정신 구조에도 공통된 층이 있다. 이 층(융은 이 층을 집단무의식이라고 불렀다)은 이 세계의 여러 다른 지역들에서 어떻게 같은 상징들의 신화적인 동기들이 그렇게 많이 있을 수 있는가 하는 데 대한 이유를 설명해 주고 있다. 이것은 인간 체험의 보편성을 설명해 주고 있다"(《융의 심리학과 기독교》 88쪽)"는 것이다. 이처럼 융은 사람들에게 존재하는 보편적인 인류 공통의 층을 일러 '집단무의식' 이라고 말하고 있다.

융에게 있어서 개인 무의식은 말 그대로 억압되고 눌려 있는 개인의 무의식이다. 반면 집단무의식은 "인류의 진화과정에서 생겨나는 모든 영적인 유산들을 포함하고 있는데, 그것들은 모든 개인들의 두뇌 조직 속에서 새롭게 태어나는 것이다. 인간 정신의 본능적인 힘의 원천이며, 그 정신의 본 능력들을 조절하는 행동의 유형이나 범주의 원천인 것이다. 말하자면 이 모든 것들의 원형인 것이다"(《융의 심리학과 기독교》 37쪽)라고 설명하고 있다. 융은 집단무의식을 인류의 공통적인 원형이라고 설명하고 무의식, 특히 집단무의식이라는 키워드로 종교적 구원이 필요한 인간의 상태를 설명하면서 "집단무의식이나 그 집단의 무의식 속에 내재해 있는 창조적인 가능성들에 대해서는 전혀 무지한 '세계관' 속에 갇혀 있는 현대인들은 그들의 뿌리로부터, 그리고 그들의 존재의 원천으로부터 단절되어 있는 것이다"(《융의 심리학과 기독교》 63쪽)라고 보았다. 개별 종교에서 어떤 식으로 종교적인 구원의 이전 상태를 설명하든 융에게 있어서는 바로 '집단무의식과의 단절'이라고 설명되어지는 것이다. 바로 이 무의식이 우리의 에너지의 원천이며 의미 자체인 것이다.

종교심리학자 윌리엄 제임스는 "종교란 좀 더 넓게 말하자면 세상에는 어떤 보이지 않는 질서가 있으며, 우리의 지고선이라는 것도 우리가 우리 자신을 그 질서에 조화 있게 적응시키려고 하는 것이라는 믿음이라고 결론지었다. 그래서 종교는 제임스의 의견을 따르자면 우리가 지각하고 있는 삶의 실제들에 우리가 나타내 보이고 있는 반응일 뿐이라고 말할 수 있다"《융의 심리학과 기독교》 100~101쪽)라고 말함으로써 융의 집단무의식에 비견되는 '보이지 않는 질서, 삶의 실제' 등이라는 표현으로 종교의 실제를 설명하고 있다. 이는 동양에서 말하는 '도'와 일맥상통하는 것이라 할 수 있다. 그래서 "종교는 '보다 큰 실재'의 모습을 보여준다. 특정한 사람의 유한한 개인적 경험을 뛰어넘는 '더 큰 어떤 것'이 있다. 여태까지 어느 시대, 어느 곳에서나 사람들은 그들의 삶에 중요성을 일깨워 주며 그들을 일상성의 단조로움에서부터 벗어나게 해주는 가치들을 발견해 왔다"《융의 심리학과 기독교》 97쪽)는 것이다. '더 큰 어떤 것', '보다 큰 실재' 등은 물론 융이 주장하는 '집단무의식'에 해당되는 것이다.

그런 이유로 "많은 종교 의식들은 우리 주위에 있는 수많은 사물들 가운데서 '우리가 누구인가' 하는 점을 일깨워 주는 '기억의 축제'인 것이다. 그 의식들은 사람들에게 그들의 정체를 깨닫게 해준다"《융의 심리학과 기독교》 93쪽)는 주장도 성립이 되는 것이다. 말하자면 그것은 '집단무의식'의 정체이며 더 직접적으로는 '우리 자신이 누구인가'를 묻고 대답하는 것이 종교라는 것이다. 융은 이어서 "어떤 사람이 그 자신보다 더욱 커다란 전체성을 이루고 있다고 생각하는 그 어느 것도 그의 자기의 상징이 될 수 있다"라고 말하면서 "유신론적 종교에서 말하고 있는 신의 수육이라든지 자기-현현 등은 각 사람들에게 자기의 상징으로서 기능하고 있는 것이다. 기독교에서 그리스도는 자기의 상징이다. 유대교에서도 대망의 메시아 또는 메시아의 날은 때때로 많은 사람들에게 자기 상징으로 작용했다. 불교에서 역시 부처라는 불성은 자기 상징으로 기능하고 있다"《융의 심리학과 기독교》 104~105쪽)라고 주장하고 있다. 융에 의하면 그리스도와 메시아와 부처는 '자기 상징'이라는 한 곳에서 만나며, 무의식 또는 집단무의식이라는 곳에서 스파크를 일으키게 된다. 그것은 곧바로 '나는 누구인가'와 '우리는 누구인가'라는 질문과 상통하게 된다.

신학자 폴 틸리히에 의하면 신이란 '궁극적 관심, 궁극적 실재, 존재의 근거, 존재 자체' 등으로 설명되고 있는데, 이것을 융의 언어로 바꾸면 '집단무의식, 인간 원형, 자기' 등과 의미가 같다. 그러기에 폴 틸리히가 종교를 '궁극적 관심에 사로잡히는 것'이라고 했다면, 융은 '집단무의식의 체험'이라고 하는 것이다. 융에 의하면 우리가 보편적으로 말하는 신이란 바로 '집단무의식'이라고 할 수 있다.

무의식과 의식의 재통합

그렇다면 융에게 있어서 종교의 본질적인 기능이란 무엇일까. 크게 두 가지로 볼 수 있다. 하나는 '치유'요, 또 하나는 '통합(또는 통일)'이다. 사실 이 둘은 본질적으로 둘이 아니며, 동전의 앞면과 뒷면처럼 표현의 차이일 뿐이다.

융은 세계 종교들을 정신치료를 위한 위대한 상징체계들이라고 불렀다. 그는 "구원은 치유를 의미한다. 여태까지 세계의 위대한 종교들은 세계의 위대한 정신 치유 체계들이 되어 왔다. 그것들은 구원체계들이었다. 융에게 있어서 종교 체험이란 궁극적으로 대극 통일의 체험이었다"《융의 심리학과 기독교》108쪽)라고 말하면서 종교와 심리학의 공통점을 말했다. 종교도 심리학도 결국 '치유'를 위한 구원체계라는 것이다. 이는 '구원'이라는 성서의 헬라어 어원이 '치유하다'라는 의미를 내포하고 있는 것과 통하는 대목이다. 말하자면 '존재의 근원'으로부터 단절되고 소외되어 '실낙원 콤플렉스'로 시달리고 있는 인간에게 있어서 구원이란 곧 그 상태를 치유 받는 것이다. 그러기에 "모든 종교들은 사람들의 마음에 생겨난 어떤 균열들을 치료해 주고자 한다"《융의 심리학과 기독교》69쪽)는 것이 융의 생각이다. 융에 의하면 이런 상처 중 가장 근본적인 것이 의식과 무의식 사이의 균열이다. 양자 간의 균열을 치유하는 것이야말로 가장 본질적인 종교의 기능인 것이다. 말하자면 "세계 종교들 속에 있는 상징체계들은 그것들이 실재의 모든 부분들을 의미 있는 통합성으로 재통합할 수 있는 방법을 가르쳐 주고 있기 때문에 '정신치료적'인 것"(《융의 심리학과 기독교》 67쪽)"이라고 본다.

그런데 이러한 "치유 경험은 인간의 의지에 달려 있는 것도 아니며, 자기 스스로 얻을 수 있는 종류의 것도 아니다. 그것은 종교적 회심에서처럼, 그 체험에 굴복을 해야 하는 종류의 것이다. 정신의 전일성과 정신 건강은 의식과 무의식 사이의 대화 속에서 얻어진다"(《융의 심리학과 기독교》 21쪽)라고 융은 말하고 있다. 종교적 회심에 해당하는 체험은 바로 의식과 무의식의 대화 속에서 얻어지며, 이것을 치유의 경험이라고 말하고 있는 것이다. 그래서 융의 제자이자 동료인 욜란디 야코비는 이러한 과정을 일러서 '치유에의 도정, 구원의 길'이라고 했던 것이다. 특정 종교와의 관계 유무를 떠나서 어떤 사람에게 일어나는 정신적인 치유란 모두 '종교적'이라고 할 수 있다. 그렇기에 융은 "종교들은(세계에서 가장 훌륭한 정신치료적 상징체계인) '구원의 체계'라고 볼 수 있다. 즉 그것은 치유나 재통합을 위한 체계인 것이다"(《융의 심리학과 기독교》 76쪽)라고 선언한 것이다.

융은 이러한 것들을 "자신의 뿌리와 만나는 것이라고 생각했다. 즉, 그것은 자신의 삶의 본질적인 부분의 핵심이며 의미 그 자체인 무의식과 만나는 것이다. 그러한 만남이 없다면 사람들은 무의미성밖에는 경험하지 못한다. 무의식과 이러한 관련성을 지속시켜 주며, 그것에 계속적인 주의를 환기시켜 주는 것이 융에 의하면 종교의 본질이며, 삶의 원천이며, 삶의 의미 자체인 것이다"(《융의 심리학과 기독교》 58쪽)라고 말하면서 존재의 근원과의 만남, 즉 무의식과의 만남의 과정을 종교라고 본 것이다.

융은 또 종교의 본질적인 역할을 대극들을 통일시키는 것이라고 강조했다. 대극이란 '남자와 여자, 어둠과 빛, 선과 악, 의식과 무의식' 등을 말하며, 양자를 하나로 통합하는 것이 종교라는 것이다. 말하자면 의식과 무의식이 균열되어 있는 자기 자아를 통일된 전체성(또는 온전성)으로 재통합하는 과정을 종교로 본 것이다. 그래서 융은 "그러한 통합과정을 '자기 체험'이라고 불렀으며, '대극들의 재통합'이라고 부르게 된 것이다. 이러한 '자기 체험'이란 사실은 종교체험에서 주장하고 있는 것"(《융의 심리학과 기독교》 113쪽)이라고 말하고 있다. 융에게 있어서 '자기 체험'이란 다른 말로 말하면 '개성화 과정'이다. 종교는 '내가 누구인가'와 '우리가 누구인가'를 묻고는 그 대답으로 진정한 '자기'를 체험하는 것이라고 설명한다. 이러한 '개성화 과정'은 한 곳에서 만나게 된다. 융의 주장처럼 "자기와의 만남은 균열 극복체험인 것이다. 이것은 융이 이해하고 있듯이 대극의 통일이다. 이때 제3의 입장에 도달하게"(《융의 심리학과 기독교》 107쪽) 되는 것이다.

이러한 면들은 동서양 종교에서 공통적으로 나타나는 현상이라는 것이 융의 생각이다. 말하자면 "동양 종교의 상징체계는 대체로 무신론적이거나 비인간적인 경우가 많다. 그러므로 여기서는 '분리(하느님과 개인으로서의 인간 사이의) 극복이 문제되지 않는다. 오히려 하나와 많음 사이의 대비가 문제시된다. 그리고 만유 가운데서 어떻게 '하나로' 남아 있을까 하는 것이 문제인 것이다. 아마 우리가 간파할 수 있지만, 이것 역시 대극 통일의 문제"(《융의 심리학과 기독교》 112쪽)라고 융은 주장했다. 그러므로 어떤 종교이든 "종교에서 상징은 신과 인간, 무한하고 궁극적인 것과 유한하고 구체적인 것을 접촉시켜 준다"(《융의 심리학과 기독교》 82쪽)는 점에서 동일하다는 것이 융의 생각이다. 융의 말을 종합해 보자면 "종교는 인간의 분열된 자아—균열된 의식과 무의식—를 재통합하고 치유하여 온전한 자기로 개성화해 나가는 과정이다"라고 볼 수 있다.

그렇다면 이러한 일련의 과정을 각 종교들의 교조와 연결시켜 본다면 어떨까. 각 종교의 교조들은 어쨌든 '대극의 통일, 무의식과 의식의 재통합, 자기체험, 온전한 개성화' 등을 이루어낸 사람들일 게다. 이러한 것을 '열반, 해탈, 구원, 치유' 등 뭐라고 불러도 관계없다. 다만 "예수가 그 자신의 삶을 살았고 그 자신으로 남아 있었듯이 우리 역시 우리 자신의 삶을 살고, 우리 자신으로서 존재하며, 우리의 내면적 소명에 진실할 수 있는 길을 찾아내야 한다. 융에게 있어서는 이렇게 하는 것이야말로 '그리스도를 닮는다'는 말의 진정한 의미가 된다"(《융의 심리학과 기독교》 106쪽)는 것을 명심해야 할 것이다. 물론 '그리스도' 대신에 '부처'나 '마호메트'나 '메시아' 등을 대입해도 역시 마찬가지일 것이다.

하지만 대다수 종교인들은 전체성의 길을 추구하기보다 예수(부처, 마호메트, 모세 등)가 걸어갔던 길을 모방하고자 했다. 융은 "'그리스도를 본받는다'는 것은 그런 것이 아니라, 그리스도를 '표본으로 삼아 모든 기독교인들 속에 내재되어 있는 통합된 인격을 실현하는 것이다. 다시 말해서 그리스도를 본받는다는 말은 예수가 역사적인 그리스도로 되었듯이 모든 사람들이 그들에게 부과된 전체성에의 길을 추구해 나가는 것이다"《융의 심리학과 기독교》149쪽)라고 잘라 말했다. 해당 종교의 교조가 살았던 전체성의 길, 즉 대극 통일의 길이자 무의식과 의식의 재통합의 길이며, 온전한 개성화에의 길을 가는 것이 곧 그 종교의 교조를 따르는 것이라고 역설하고 있는 것이다. 말하자면 해당 종교의 교조가 그 누구도 아닌 자신의 삶을 그렇게 충실하게 살았듯이 종교인 자신들도 자신의 삶을 충실하게 살아가는 것, 즉 자신의 길을 가는 것이 종교의 길이라는 것을 강조하고 있는 것이다. 그렇기 때문에 "종교가 인간의 삶이나 생명의 한 특별한 영역이거나 특수한 기능이 아니고 바로 모든 인간 삶의 기능에 있어서 깊이의 차원 그것 자체라는 것이다"《폴 틸리히의 생애와 사상》44쪽)라고 폴 틸리히는 확신 있게 말했던 것이다.

그러므로 "인간은 구체적 종교 행위나 종교 단체에 가입하지 않고 살아간다고 해서 그 사람이 종교 없이 살아가는 것이 아니다. 자기는 무신론자라고 생각한다고 해서 종교 없이 살아가는 것이 아니다. 인간과 모든 피조물은 신의 창조적 현존과 그 주권적 개입에서 벗어날 수 없듯이 종교 없이 살아갈 수 없는 것이다. 종교란 인간 삶의 궁극적 관심을 문제 삼는 전체 생명이 지향하는 일거리요, 삶의 상태이기 때문이다. 인간의 문화가 가치 창조의 행위와 관련되어 있는 한 문화가 있는 곳에 종교가 있게 마련이다"《폴 틸리히의 생애와 사상》164쪽)라는 폴 틸리히의 말은 상당히 설득력을 얻게 된다.

이처럼 개별적인 종교 집단이 어떤 이유로 지구상에서 사라진다고 해도 인류가 살아 있는 한 '종교의 길'은 사라지지 않을 것이다. 왜냐하면 융의 설명처럼 '종교는 모든 사람의 의식과 무의식의 통합과정'이기 때문이다. 그래서 우리는 다음과 같이 결론을 내릴 수 있다. "천 명에겐 천의 종교가, 만 명에겐 만의 종교가 있다."

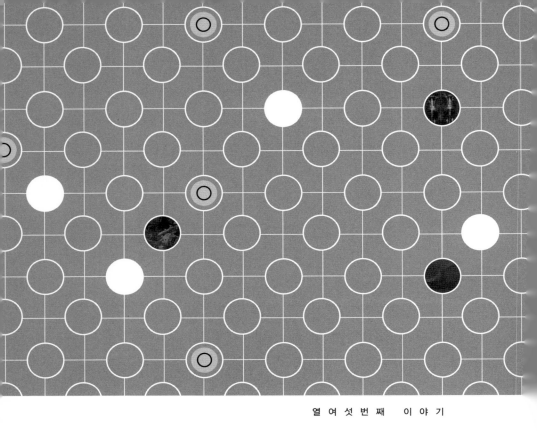

지금 우리에게는
어떤 종교가 필요한가

이제 우리는 '어떤 종교가 필요한가' 라는 질문에 직면하게 되었다. 이 질문에는 크게 두 가지 의미가 있다. 첫째, '어떤 종교가 필요한가' 를 왜 물어야 하느냐는 것이다. 둘째, '어떤 종교가 필요한가' 는 도대체 무엇을 의미하는가이다. '어떤 종교가 필요한가' 는 '종교가 무엇인가' 를 묻는 질문과 함께 종교에 대한 핵심적인 질문일 것이다. 21세기를 살아가는 우리들에게는 '종교가 무엇인가' 보다는 '어떤 종교가 필요한가' 가 더 절실할지도 모른다. 이는 현대문명이 최첨단으로 달려가는 이 시대에 모든 인류에게 필요한 질문일 것이다. 현대문명이 가속화될수록 '인간소외, 인간상실' 이 더 심각해지기에 더욱 그러하다.

1년에 두 개 꼴로 만들어진 종교

그렇다면 우리는 왜 '어떤 종교가 필요한가' 를 묻고 있나. 이 세계에는 소위 세계적인 유력 종교부터 조그만 종교까지 수도 없이 많은 종교가 존재한다. 오죽하면 인류학자 앤서니 월리스가 "그로부터 인류는 십만 종류나 되는 종교를 만들어냈다"(《인간본성에 대하여》 에드워드 윌슨, 사이언스북스 236쪽)라고 했을까. 앤서니 월리스는 인류가 만든 십만 종류의 종교의 시발점을 "대략 5만 년 전 이라크의 샤니다 지역에 살던 네안데르탈인들은 무당을 기리기 위해서였는지, 의약적 및 경제적 가치가 있는 일곱 종류의 꽃으로 무덤을 장식했다"(《인간본성에 대하여》 235쪽)라고 설명하고 있다. 그렇다면 인류는 5만 년 동안 1년에 2개 꼴로 종교를 만들었다는 이야기가 된다. 고등종교에서 파생되는 크고 작은 '유사종교'까지 손꼽는다면 이보다 더 많을 것이다.

그렇게 세월이 흐르고 흘러 인류 최초의 문명으로 불리는 수메르 문명이 탄생했다. 이 문명은 BC 3500년경 남부 메소포타미아 평야에서 일어났다. 이 문명은 고대 초기 문명으로 설형문자와 채색토기, 벽돌, 십이진법, 신전 중심의 사회체제 등 문화적 특징을 갖추기도 했다. 여기서 발생한 도시가 인류 최초의 도시로 손꼽히는 '우르'이다. 어떤 학자들은 이집트 문명의 발상지인 나일강 유역에서 BC 4000년경부터 '햄족'이 많은 도시국가를 이루고 있었으며, 이것이 차차 통일되어 BC 3000경에는 멤피스에 도읍한 통일왕조를 형성하였다고 보면서 이 문명을 인류 최초의 도시문명이라고 말하기도 하지만, 수메르 문명의 '우르'를 인류 최초의 도시라고 말하는 데는 상당수 견해를 같이하고 있다. 《역사는 수메르에서 시작되었다(History Begins at Sumer)》의 저자로 유명한 새뮤얼 크레이머 교수는 최초의 창조설화를 비롯한 교육제도, 사법제도 등 인류 최초의 39개 사건이 모두 수메르에서 시작되었다고 주장하기도 한다.

위의 이야기들을 토대로 본다면 문명이라고 불릴 만한 최초의 도시문명은 BC 3500~4000년경에 이루어졌다고 볼 수 있다. 말하자면 사람들이 모여서 종교를 만들고, 그것에 따라 종교행위와 종교집단을 만들 수 있는 터전이 마련된 것은 지금으로부터 5,500~6,000년 전쯤이라 할 수 있다. 이 문명에서 소위 '사막의 유일신 종교'들이 탄생했다. 유대교의 시작을 모세의 출생 시기(BC 1200년경)로 잡는다면 유대교의 역사는 약 3,200년이 된다. 기독교의 시작은 예수의 탄생 시기로 잡는다면

2,000년이 될 것이다. 마호메트의 탄생시기(AD 600년경)를 이슬람교의 시작으로 본다면 1,400년이 되었다.

BC 3000년 중엽부터 약 1,000년 동안 인더스 강 유역에서 청동기를 바탕으로 번영한 고대문명이 있다. 이 문명을 우리는 4대 문명 중 하나인 '인더스 문명'이라고 부른다. 인더스 문명의 대표적인 유적은 당시 2대 도시였던 하라파와 모헨조다로이다. 이때 벌써 질서정연한 도시계획에 의해 도시가 형성되었다. 건물의 대부분이 구워서 만든 벽돌로 지어졌고, 정교한 도로망과 하수도 시설, 그리고 목욕탕·집회소·곡물 창고 등도 존재했다. 이러한 인더스 문명의 토양에 힘입어 인도의 한 영주국의 왕자로 태어난(BC 500년경) 싯다르타가 불교의 교조가 되었다. 2,500년 전의 일이었다.

또 BC 5000~4000년 황하 유역에서도 신석기 문화가 이루어지고, 좁쌀·기장 등이 재배되고 개·돼지 등도 사육되었다. 바로 중국문명이라고도 불리는 '황하문명'이다. 이 문명에서 유교의 교조 공자가 활동(BC 500년경)했고, 이 비슷한 시기에 도교의 거장 노자와 장자가 활동했다. 불교와 마찬가지로 역시 2,500년 전의 일이었다.

지금의 현대문명은 18세기에 영국에서 일어났던 소위 '산업혁명'이 효시라고 할 수 있을 것이다. 산업혁명은 1780~1840년 사이에 일어났던 생산수단의 변화와 이에 따른 생산량의 증가와 산업규모 전체의 구조를 바꾼 혁명적 변화를 말한다. 지금 우리가 누리고 있는 현대문명의 역사는 200년 정도의 역사를 가지고 있다.

앞서 과거에는 약 500년 단위로 새로운 고등종교가 출현했던 것을 살펴보았다. 고대문명들이 해당 문명에 적합한 종교들을 만들어 왔다고 볼 때, 이제 현대문명에 적합한 '어떤 종교' 가 나올 때도 되지 않았을까.

아무튼 인류 역사상 그토록 많은 종교가 발생했고, 약 3,000년 전부터는 소위 고등종교가 발생해 인류와 함께해 왔는데 무엇이 문제란 말인가 할 수 있겠지만, 그럼에도 사람들은 아직 현재의 종교에 대해 만족하지 못하고 있는 것도 엄연한 현실이다. 오히려 종교가 인류에게 끼친 악영향(종교의 역기능으로 인해)을 말하며 종교가 없어져야 한다고 주장하는 사람들이 점차 늘어나고 있다. 인류의 정신을 만족하게 해줄 그런 종교를 만나지 못했든지 아니면 제대로 활용을 못했든지일 게다. 달리 말한다면 인류의 정신을 만족시켜 줄 만한, 그러면서도 지금 시대에 적합한 종교가 필요하다는 이야기일 것이다.

공룡의 멸망, 기성 종교의 멸망

약 7,000만 년 전 지구에 생존했던 공룡이 멸망한 이유는 무엇일까. 학자들은 공룡이 멸망한 이유를 크게 6가지로 보고 있다. 첫째, 운석충돌설이다. 지름이 12km나 되는 운석이 지구에 충돌, 핵겨울을 불러일으켜 공룡의 멸망을 초래했다는 것이다. 이 충돌로 솟구친 먼지가 성층권을 차단, 햇볕이 지구로 들어오지 못하게 했으며, 이로 인해 식물은 광합성을 못했고 공룡은 먹을 것이 없게 되어 멸망했다는 설이다. 포유류 등 덩치가 작은 동물들은 동면을 했기에 살아남았다는 이론이다. 이밖에도 얼음이 녹아서 멸망했다는 빙하기설, 네메시스라는 항성이 지구에 운석 소나기를 내렸다는 네메시스설, 태양이 엄청난 양의 방사능을 뿜어내어 멸망했다는 방사능설, 포유류가 활개를 치면서 공룡의 알을 다 먹어 치워 멸망했다는 포유류 활개설, 화산 폭발로 인해 멸망했다는 화산폭발설 등이 있다.

공룡 멸망설 중 어느 것이 유력한지는 학자마다 견해가 다르다. 하지만 어떤 설이든 공룡이 멸망할 수밖에 없었던 공통적인 이유가 있다. 그것은 공룡의 거대한 덩치 때문이라는 것이다. 공룡의 덩치가 너무 커서 갑작스런 지구의 변화에 적응하지 못했다는 것이다. 7,000만 년 전까지만 해도 덩치와 힘으로 지구의 최강자였던 공룡이 자신의 덩치와 힘에 못 이겨 멸망했다는 것이다.

찬란했던 세계 4대 문명(이집트, 인더스, 황하, 메소포타미아) 역시 이제는 사라져 간 고대문명으로 불리고 있다. 세상에서 절대 멸망하지 않을 것 같았던 2,000년 전의 절대 강자 '로마 문명'도 그 덩치와 힘 때문에 사라져 갔다. 우리가 지금 말하고 있는 종교의 세계라고 해서 별반 다를 게 있을까.

소위 '고등종교'들 역시 덩치가 커질 대로 커졌다. '기독교 21억(33%), 이슬람교 13억(21%), 무신론자 11억(16%), 힌두교 9억(14%), 중국 전통종교 3억 9천만(6%), 불교 3억 7천만(6%)이라는 세계 종교인구 현황자료에 의하면 60억 인구 중 약 40억의 인구가 어떤 식으로든 세계 유력종교에 속해 있다. 공룡이 멸망한 것이 지나치게 커져 버린 자신들의 덩치로 시대의 변화에 적응하지 못한 것이 제일 큰 원인이라면, 지금의 유력 종교들 역시 그 덩치로 봐서는 충분히 '공룡 멸망'과 마찬가지 신세가 될 수도 있는 것이다.

곁가지 이야기가 될 수도 있지만, 지금의 논의와 아주 닮은 부분이 있어 짚고 넘어갈 게 있다. 한국 사회에서는 아직도 교회당을 크게 짓는 것이 유행이다. 조그맣게 지으면 신도가 오지 않고 결국 큰 덩치의 교회당만 살아남는다는 이유 때문이다. 불교도 마찬가지다. 작은 사찰이나 암자들은 자꾸만 사라져 간다. 이름난 유명 사찰들에는 신도들이 넘쳐난다. 그래서 한국 사회 종교계에서 '빈익빈 부익부'는 진리가 된 지 오래다.

하지만 조금만 눈을 열고 세계를 바라보자. 그토록 찬란했던 기독교 문화의 메카 유럽의 교회와 성당들을 보면 이젠 무용지물이 되어 버린 게 얼마나 많은가. 몇몇 이름난 곳이야 문화재로 지정받아 유지된다고 하지만, 그렇지 못한 곳은 그 건물들을 처리하는 것이 사회적 문제가 되고 있지 않은가. 기독교 문화가 꽃핀 미국 등에서는 그나마 교회당을 일반인들의 결혼 공간, 사교 공간으로 활용하면서 근근이 유지하는 곳이 많다고 한다. 사실 교회당, 사찰, 성당, 모스크 등의 건물만큼 비효율적인 곳이 있을까. 미사, 예배, 예불 등 종교의식 외에는 정말 필요 없는 건물이 종교건물이다. 해당 종교인들의 헌금이 줄면 운영을 못해 자연히 문을 닫을 게 분명한데도 경쟁적으로 크게만 짓는 것은 공룡들의 전철을 작정하고 밟는 것일 뿐이다.

사실 중세시대의 종교적인 하늘은 코페르니쿠스의 '지동설'에 의해 코가 납작해진 지 오래고, 성서의 창조론은 다윈의 '진화론'에 의해 한 풀 꺾인 지 오래다. 그밖에도 앞서 살펴본 것처럼 '예수는 신화다'라는 목소리가 구체적인 사료와 근거들을 통해 들리고 있다. 뿐만 아니라 각 종교의 교조와 경전들의 신성함, 절대성, 그리고 역사성까지 이제 많은 사람들에 의해 해부되고 있다. 그만큼 '공룡의 멸망'이 현실로 다가오고 있는 게 아닐까.

누가 이 길을 열 것인가?

개별 종교의 개혁론자들이 이래서는 안 되기 때문에 "성서로 돌아가야 한다. 초대교회로 돌아가야 한다"든지 "불경으로 돌아가야 한다. 원시불교의 정신으로 돌아가야 한다"는 등의 구호를 외치고 있다. 하지만 그러한 외침이 얼마나 설득력이 있을까 싶다. 지금은 엄연히 '현대문명 200년의 시대'인데 말이다. 지구에서의 고대문명 시대는 이미 사라져 버렸다는 것을 우리는 기억해야 한다. 종교가 '문명의 산물'이라고 한다면 당연히 처음으로 돌아갈 것이 아니라 문명이 달라진 만큼 종교도 달라져야 하는 것이 아닐까. 우리가 '어떤 종교가 필요한가'라고 묻는 것도 바로 이 때문일 것이다.

위의 질문은 어떤 종교든 하늘에서 떨어진 것이 아니라는 사실과 맞물려 있다. 각 종교에서 신도들이 주장하는 것처럼 자신들의 종교가 신의 계시로 하늘에서 떨어진 것이기에 사람에 의해서가 아니라는 주장(의

외로 해당 종교의 신도들은 이렇게 믿는 사람들이 많다)대로라면 '어떤 종교가 필요한가'를 물어 볼 필요가 없다. 신이 알아서, 신의 필요에 의해 이 지구에 종교를 내려 줄 것이기 때문이다. 지금 자신이 믿는 종교가 바로 그 종교라고 믿는데 무엇을 고민할 것인가.

하지만 이러한 시각이 아닌 '모든 종교가 문화의 산물이며 사람의 상상력의 산물'이라고 보는 견해라면 이야기는 달라진다. 앞서 우리가 말한 '종교의 구라적인 요소'를 생각한다면 특히 이야기는 달라질 수밖에 없다. 말하자면 문명의 필요에 의해서 문명이 창조해낸 것이 종교라고 한다면 말이다. 이는 종교의 창시자라 불린 사람들이 늘 강조했던 '사람을 위한 종교'의 문제라고 볼 수 있다. 기독교의 교조 예수는 입버릇처럼 "안식일(종교)은 사람이 주인이다"라고 하지 않았던가. 시쳇말로 사람 나고 종교 났지, 종교 나고 사람이 난 것은 아닌 것이다.

그렇다면 현대문명에 적합한 종교는 어떤 것이어야 할까. 이제 이 질문에 대해 그 누구도 아닌 우리 자신이 고민해야 할 때가 됐다. 우리가 필요로 하고, 우리가 만족할 수 있는 그런 '어떤 종교'가 무엇인지를 말이다. 우리의 이런 진지한 고민들이 이 시대에 적합한 종교를 만들어내거나 재창조해낼 것이다. 우리가 생각하고 상상한 대로 아주 새로운 형태의 종교가 나타날 수 있다. 새로운 미래에 어떠한 형태로든 종교가 있다면 그것은 바로 우리들의 상상력의 결과요, 우리들의 선택의 결과일 것이다.

《종교가 사악해질 때》의 저자 찰스 킴볼은 "마크 고핀의 책《신성한 전쟁, 신성한 평화; 종교가 어떻게 중동에 평화를 가져올 수 있는가》는 우주적 분쟁이라는 모델에서 벗어나 관계가 소원해진 가족 간의 화해를 향해 다가갈 수 있는 사려 깊고 현실적인 방법들을 잔뜩 제시해 놓았다"고 말하면서 우리에게 다양한 길이 놓여 있음을 역설했다. 그는 이어서 "스콧 애플비의 최근 작품도 종교단체와 비정부기구들이 분쟁을 변화시키고 화해를 이룩하는 데 도움이 되도록 앞장서는 방법에 대해 대단히 훌륭한 지침들을 제시하고 있다. 진지하게 평화를 추구하는 사람들이 택할 수 있는 방법은 많다"(《종교가 사악해질 때》 300쪽)"라고 설명하면서 우리 앞에는 선택해야 할 많은 종교의 길이 있음을 재차 강조하고 있다.

《기독교 죄악사》의 저자 조찬선이 그의 책 하권에서 말한 것처럼, 이제 우리에게 남은 것은 '이 작업을 누가 먼저 시작할 것인가, 누가 먼저 그 깃발을 들고 앞장설 것인가'일 것이다. 우리들에게는 좀 더 많은 코페르니쿠스, 콜럼버스, 라이트 형제가 필요한 것이다. 찰스 킴볼이 "우리는 평화를 추구할 모든 방법을 시도해 보기는커녕 이제야 겨우 종교를 믿는 사람들의 긍정적인 에너지를 모으기 시작했을 뿐이다"(《종교가 사악해질 때》 300쪽)라고 말한 것처럼 '현대문명의 200년 시대'가 되어 우리들은 이제 긍정적인 에너지를 모으고 있는 중인 것이다. '어떤 종교가 필요한가'의 해답은 바로 우리들 자신이 가지고 있다.

어쨌든 우리가 앞으로 창조하고 선택할 바로 그 '어떤 종교'는 '피라미드식 종교, 종교의 역기능을 뿜어 대는 종교, 맹종을 강요하는 종교, 독선에 빠져 있는 종교'가 아닌 것만은 분명하다. 한마디로 '종교를 위한 종교'가 아닌 '인간을 위한 종교'를 선택하게 될 것이다.

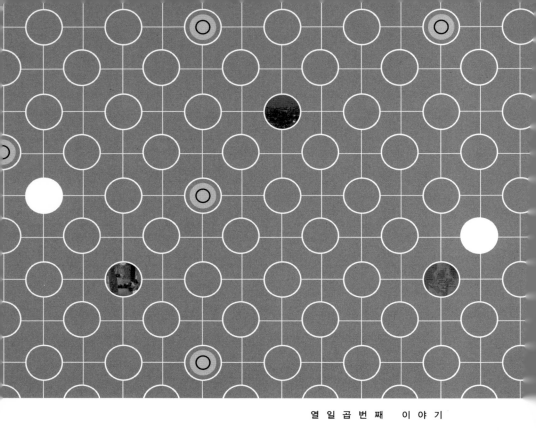

종교는 '더 큰 정체성'을
인류에게 안겨 주어야

인간에게 정체성이란 무엇일까. 먼저 정체성이 사람 잡는다는 주장을 내세운 책이 있다. 아민 말루프가 지은 책《사람 잡는 정체성》(이론과 실천)이 그것이다. 아민 말루프는 1949년 레바논에서 태어난 무슬림이었다. 그러다가 1979년 종교분쟁에 휩싸인 조국땅을 떠나 프랑스 파리로 망명해 여생을 파리에서 보내며 저술 활동을 한 사람이었다. 그는 이슬람 사회에서 태어나 기독교 사회로, 아시아에서 태어나 유럽에 정착했기에 평생 '정체성' 문제로 고민했던 사람이다.

정체성이 사람 잡는다

말루프는 그의 책에서 "정체성이란 바로 내가 나 이외의 어떤 사람과도 같지 않다는 사실을 말해 주는 것이다"라고 정체성을 설명했다. 이어서 "각 개인은 복합적이고 유일하며 어느 누구에 의해서도 대치될 수 없다는 사실에 의해서 어떤 사람과도 혼동되지 않는다"(《사람 잡는 정체성》 32쪽)며 정체성의 중요함을 역설했다. 그는 또 "정체성이 심지어 같은 환경에서 자란 형제들도 서로 다를 수 있다는 점에서 어떤 사람도 다른 사람과 바꿀 수 없다"며 정체성의 고유성을 강조했다. 반면 "한 사람에게 있어서의 정체성은 그냥 머물지 않고 계속 변화되기도 하며 다양한 소속으로 이루어져 있다"면서 정체성의 다중성을 주장하기도 했다.

여기까진 좋다. 그런데 책의 제목이 왜 하필 '사람 잡는 정체성'일까. 그것은 저자 자신이 정체성으로 인해 겪었던 뼈아픈 고통의 역사 때문이다. 그의 조국을 떠나 올 때 정체성의 싸움인 종교분쟁 때문에 탈출했고, 프랑스에서 살 때는 타 민족, '타 종교인'이라는 정체성 때문에 멸시와 차별을 감수하며 살아야만 했다.

그래서 그는 "나는 정체성이란 '거짓 친구'라고 생각한다. 정체성은 정당한 열망으로 반영하는 것으로 시작하지만 곧 전쟁의 도구로 되어 버린다"라고 반전을 시도한다. 심지어 그는 정체성을 '표범'이라고 규정하면서 잘 길들이지 않으면 그야말로 위험한 것으로 돌변한다고 역설하기에 이른다.《사람 잡는 정체성》중 '표범을 길들이다'편에서 그는 이 논란을 계속 이어 간다. '표범'이 어째서 사람을 잡는 것이며, 그 '표범'을 어떻게 길들일지를.

미국의 저널리스트인 피터 마쓰는 그의 책《네 이웃을 사랑하라》(미래의 창)에서 보스니아 내전을 다루며 너무나도 생생하게 표범에게 짓밟히는 인간성을 다루고 있다. '인종 청소'에 나선 유고의 밀로셰비치 대통령으로 인해 벌어진 비극들이다. 피터 마쓰는 '인종 청소' 사건 당시에 미국에서 파견한 특파원으로 있었다.

"세르비아인들은 포로들을 다리 난간으로 끌고 가 몸을 앞으로 굽혀 난간에 기대게 했습니다. 그런 다음 어떤 때는 총으로 쏘기도 하고 어떤 때는 목을 베었습니다. 그 다음에는 강물에 밀어 넣었지요. 그들은 나와 나보다 더 늙은 한 남자에게 다리로 오라고 명령했습니다. 가는 길에 머리가 깨진 한 늙은 남자의 시체가 있더군요. 그것을 다리로 끌고 오라고 했습니다. 시체를 끌고 가는 사이에 그의 두개골이 부서지며 뇌가 흘러

나왔습니다. 시체를 다리까지 끌고 가서 드리나 강에 던져 넣으라고 했습니다. 다리에는 시체 두 구가 더 있었습니다. 목이 잘려 죽은 시체들이었습니다. 그들도 강에 던져 넣으라고 하더군요. 시체 중 하나는 왼손의 손가락 네 개가 방금 잘려 나간 채였습니다."《네 이웃을 사랑하라》 25쪽)

위의 증언은 적국의 군사 간에 이루어진 전투 이야기가 아니다. 어제까지만 해도 세르비아에 있는 드리나 강에서 함께 발가벗고 같이 멱을 감았던 이웃들의 이야기다. 단지 '인종 청소'를 단행한 밀로셰비치의 말 한마디에 의해 절친한 이웃들을 무슬림이라는 이유 하나만으로 무참하게 살해하는 세르비아인들의 비극적인 장면이다. 무엇이 그들로 하여금 그렇게 만들었을까. 이 책에서 저자는 '네 이웃을 사랑하라'는 책의 제목이 너무나도 역설이게도 자신이 접한 현장과 생생한 증언들을 통해서 우리 안에 있는 '야수'에 대해 끊임없이 고뇌하고 있다. 이 대목은 마치 6.25 전쟁 당시 북한군과 남한군으로 나뉜 형제들의 이야기를 다룬 영화 〈태극기 휘날리며〉와 어쩌면 그리도 닮았을까. 우리 민족이 겪었던 '골육상쟁'의 아픔과 세르비아의 아픔은 모두 정체성으로 인해 겪은 비극이 아니었던가.

한 방송사에서 방영한 심리극이 있다. 이 프로그램은 원래 정신병을 다루는 내용이었지만, 상당 부분 정체성과 연관이 되어 있다. 이 실험에서 모의 감옥에 죄수 역할을 하는 3명과 간수 역할을 하는 3명이 투입되었다. 그 사람들은 사전에 주의사항을 듣고 촬영에 들어갔다. 처음엔 죄수 측과 간수 측에서 사소한 말다툼이 있었지만, 별다른 어려움 없이 지나갔다. 그러다가 간수 측의 한 사람이 스스로 정말로 간수가 된 양 진짜 죄수를 다루듯 폭언과 폭행을 하게 된다. 이 폭언과 폭행을 견디다 못한 죄수 측 사람이 '이것은 역할극이 아니냐'며 '살살 하자'고 제안하지만, 그럴수록 간수 측 사람들도 점점 더 강하게 폭행과 폭언을 일삼는다. 말하자면 간수 측 사람들은 간수로서의 정체성에 점점 몰입해 가는 것이다. 죄수 측 또한 그러한 사실에 분개하면서, 진짜 감옥에서 죄수들이 불만을 토해 내고 반항하듯 대항하게 된다. 그렇게 서로는 감정의 골이 깊어진다. 두 정체성 간에 건널 수 없는 강이 생긴 것이다. 결국 간수 측의 폭압에 못 이겨 죄수 측에서 반란을 일으킨 후 간수 측을 실제로 살해하게 된다. 죄수 측은 여기서 그치지 않는다. 그 죄수들은 이 역할극을 모니터를 통해 계속 지켜보던 실험자들을 덮쳐서 '당신들 때문'이라며 그들마저 살해해 버린다는 내용이다.

평소 잘 알지 못하던 사람들이 가상으로 설정된 정체성에 몰입하다가 빚어진 비극이라고 할 수 있다. 이런 현상은 우리에게도 일어날 수 있다. 정체성의 강조와 몰입은 자신의 정체성이 아닌 상대방을 적으로 의식하게 되고, 그래서 힘을 키워 상대방의 정체성에 위해를 가하게 되는, 우리들에게 내재된 야수성이 살아나게 하는 것이다.

이러한 예는 우리 인류사에 무수히 많다. 인류 역사에서 영국, 프랑스, 스페인 등 서구문명이 벌인 식민지 개척 역사의 본질은 "미개한 야만인들을 문명으로 개화시키자"는 것이었다. 약소 문명국을 침략하는 것에도 그들에게 대의명분이 필요했던 것이다. 기독교 선교정책도 마찬가지였다. 현지에 있는 종교를 미신처럼 여기고, 그들을 개종시켜 신의 아들로 만들자는 선의(?)가 항상 작용했다. 이는 우리나라의 개화기 초반 미국과 러시아, 영국 등이 하나같이 내걸었던 선전구호였으며, 급기야 일본이 우리나라를 집어삼키는 데에도 동원된 명분이었다. 요즘도 가끔씩 등장해 우리를 화나게 하는 것이 "그래도 일본이 점령했기에 한국의 근대화가 앞당겨졌다"는 말이다. 이것들은 모두 정체성이라는 이름으로, 말하자면 자신들이 "좀 더 고차원의 문명인이다"라는 정체성의 이름으로 저질러진 일들이었다. 평화학자 요한 갈퉁은 이를 '문화적 폭력'이라 불렀다. 좀 더 거칠게 표현하면 '문명적 침략'이라고도 할 수 있을 것이다.

'팍스 로마나'와 오리엔탈리즘

로마제국을 번성기를 일러 역사는 '팍스 로마나'(라틴어로 '로마의 평화'라는 뜻)라고 한다. 시기는 아우구스투스 황제 때(BC 27~AD 14년)부터 마르쿠스 아우렐리우스 황제 때(161~180년)까지 약 200년이다. 지중해 세계가 로마의 등극으로 인해 비교적 안정을 누렸던 시기이다. 이 시기를 '로마의 평화'라고 명명하는 것은 로마의 정체성에서 규정한 것이다. 역으로 로마 시민권이 없는 소수 민족들은 로마 시민이 아니라는 이유로 철저히 소외되고 억눌림을 당해야만 했다. 로마인의 정체성으로 보면 '평화의 지속'이었지만, 억압받던 민족의 정체성으로 보면 '전쟁과 억압의 지속'이었다. 그런데도 '로마의 평화'라고 하는 것은 얼마나 아이러니한 일인가.

문명이 고도로 발달할수록 전쟁은 잔인하고 치명적이었다. 왜냐하면 문명의 발달을 반영하는 무기가 가공할 만한 위력을 발휘하기 때문이다. 세계사를 돌아보면 문명이 발달한 곳일수록 전쟁이 빈번했다는 걸 알 수 있다. 고대 원시 석기 문명에서 청동기 문명으로 넘어갈 때, 특히 청동기 문명에서 철기 문명으로 넘어갈 때는 새로운 무기가 전쟁에 사용되면서 수많은 사람들이 희생되어 갔다. 세계 최초로 철기 문명에 눈을 떴던 히타이트 족이 고대 소아시아와 바빌로니아 등을 침략하는 전쟁을 벌여 자신들의 영토를 넓혀 간 것은 어쩌면 자연스러운 수순이었는지도 모를 일이다. 이런 차원에서 현대의 전쟁 중 일본 히로시마에서 일어난 금세기 최고의 비극적인 사건을 우리는 기억하고 있다. 미국이 투하한 원자탄은 현대 무기 문명의 엑기스라고도 할 수 있겠지만, 그 결과 엄청난 재앙을 불러일으켰다. 미국의 '패권주의'라는 정체성이 일본의 '군국주의'라는 정체성을 무릎 꿇게 한 세기의 사건이긴 했지만, 일본 국민이 감내해야만 했던 육체적, 신체적 고통과 미국이 세계로부터 받았던 비난은 너무나도 컸다.

다큐멘터리 영화 《굿바이 엉클 톰(Addio Zio Tom, 1971)》은 야코베티 감독의 영화로 기존의 흑인 노예 실상을 다루었던 영화와 비교해 보면 리얼리티 면에서 훨씬 뛰어난 작품이었다. 이 영화에서 인상 깊었던 장면은 바로 이것이다. 한 척의 배가 대서양을 건너가고 있다. 날씨 좋은 어느 날 백인 여성들과 남성들이 갑판에 나와 그들의 신께 예배를 한다.

그들의 기도문이 인상적이다. "오 신이시여. 우리에게 축복을 주셔서 감사합니다. 흑인으로 태어나지 않은 것도 감사드립니다"라고. 그렇게 예배하며 기뻐하는 그들의 발밑에는 잡혀 온 흑인 노예들이 짐승처럼 갇혀 있었다. 아니 짐승처럼이 아니라 '짐승'이었다. 그렇게 노예들은 육지에 도착하면 한 마리 애완견이 팔리듯 팔려 나갔다. 한 백인 소녀가 한 흑인 소년을 구입해서 그 소년에게 개목걸이를 걸고 마치 애완견을 데리고 다니듯 신나게 뛰어다니는 모습을 느린 화면으로 몇 분 동안 비춰 주는 장면에서 심장이 멎어 버릴 것 같은 느낌이 들었다. 이렇게 시작된 미 대륙의 인종 갈등은 아직도 오리무중에 있다. 단지 피부색이 다르다는 정체성의 소유자들뿐인데도 말이다.

오리엔탈리즘은 또 어떤가. 오리엔탈리즘이란 오리엔트 곧 동양에 관계하는 방식으로, 서양인의 경험 속에 동양이 차지하는 특별한 지위에 근거하는 것이다(《오리엔탈리즘》 에드워드 세드 저, 박홍규 역, 교보문고 13쪽). 서양인의 시각에서 바라본 동양인의 이미지와 정체성을 말한다고 할 것이다. 이 오리엔탈리즘의 비판 포인트는 서양인의 정체성으로 동양인의 정체성을 재단한, 말하자면 서양 우월주의로부터 시작되었다는 것에 있다. 이것은 미국의 할리우드 영화들이 그려낸 동양인들의 모습에서도 잘 드러나고 있다. 일본의 사무라이와 야쿠자, 홍콩의 뒷골목 깡패 등이 마치 동양을 대변하듯 할리우드 영화에 비쳐지는 것은 동양을 바라보는 서양인의 시각이 반영된 것이다. 미국이 자신들의 정체성을 항상 우월한 위치에 놓는 것은 '오리엔탈리즘' 영화뿐만 아니라 '슈퍼맨' 같은 영화에서도 잘 확인할 수 있다. 침략한 외계인을 쳐부순 슈퍼맨이 백악관 뚜껑을 들고 하늘을 나는 모습을 보면서 미국인들은 세계의 제왕으로서의 자신의 정체성을 확인하면서 통쾌함을 느낀다. 각종 '외계인 침입'과 '지구 최후의 날'을 다루는 영화에서도 항상 미국은 세계를 대표하는 메인 국가의 정체성을 과시하고 있다.

신구교 '30년 전쟁' 과 '악의 축'

이런 이야기들은 종교도 만만찮다. 먼저 신구교의 '30년 전쟁'을 보자. 30년 전쟁은 독일 보헤미아 지방에서 천주교도들이 개신교 박멸작전을 벌이자 개신교도들이 이에 저항하면서 벌어진 것으로, 약 30년간 이어진 '종교전쟁'이었다. 《기독교 죄악사》(조찬선, 평단문화사)에 의하면 이 전쟁으로 독일 인구가 3,000만에서 1,200만으로 감소했다고 한다. 특히 아우그스부르크의 인구는 8만에서 1만 8,000으로, 위텐베르크는 40만에서 4만 8,000으로 감소되었다고 하니 실로 엄청난 사망자를 낸 전쟁이었다. 신구교는 애초에 같은 성경과 같은 예수를 신봉하는 종교가 아니었던가. 하지만 30년 전쟁은 당시 천주교도였던 신자들이 개신교로 개종했다는 이유로 벌어진 일이었다. 그중에는 분명 가족, 친족, 친구 등이 포함되어 있었을 것이다. 그들은 '사랑과 평화'를 말하던 종교인의 정체성들을 가진 사람들이었지만 한때 서로 같은 신 안에서 '형제'라고 불렸던 사람들을 서로 죽였던 것이다.

부시 대통령은 이라크와 이란 등의 이슬람 국가를 '악의 축'이라고 불렀다. 이 말은 부시 대통령이 속한 미국은 '선의 축'이라는 정체성을 전제하는 말이다. 그런 '선의 축'의 정체성 정부가 있지도 않은 화학무기를 찾고자, 또는 이라크 민중 해방과 민주화라는 대의명분을 내걸고 '악의 축' 이라크를 침략했다. 그 결과 오늘의 이라크는 수많은 사상자를 냈을 뿐만 아니라 수시로 자살폭탄 테러가 일어나는 불안정한 땅으로 남아 있다. 그러면 부시 정부가 내세웠던 똑같은 잣대로 이슬람이 부시 정부를 본다면 어떨까. 부시 대통령과 미 정부를 '악의 축'이라고 하는 것은 명약관화한 일이다. '9.11 테러'도 이런 연장선에 있는 것이다.

이슬람의 경전인 코란에는 '성전'을 요구하는 구절이 있다. "너희에게 대항하는 자들과 마주치게 되면 어디에서든지 싸워라. 그들이 너희를 몰아낸 곳에서 그들을 몰아내라. 압제는 살인보다 더 나쁜 것이다."《코란》암소의 장 바까라 편 191) 무슬림들이 '성전'을 정당하다고 보는 것은 이처럼 "압제는 살인보다 더 나쁜 것이다"라는 정신에 있는 것이다. 물론 이것이 실제로 총칼을 든 전쟁을 말하느냐, 아니면 불의에 항거하는 일종의 저항운동을 말하느냐, 아니면 개인적 영성 수련에서 자신의 좋지 못한 자아와의 싸움을 말하느냐는 것은 무슬림들의 해석의 자유이다.

이런 뼈아픈 역사는 중세시대 십자군전쟁으로 거슬러 올라간다. 기독교도와 무슬림 간의 대의명분은 '성지 탈환'이었다. 자신들이 믿는 신의 성지를 탈환하려는 기독교들의 십자군전쟁은 1096년 최초의 십자군 원정으로부터 1270년 8차 십자군 원정까지 무려 174년간 이루어졌다. 심지어 아직 나이 어린 소년들까지 징집해서 '소년 십자군'을 파병했으니 대단한 역사였다고 볼 수 있겠다.

지금도 학자들은 세계의 화약고로 중동을 제일 순위로 꼽는다. 거기엔 유대교 종주국 이스라엘과 이슬람의 종주국 중동국가들, 그리고 현대 기독교의 영웅인 미국이 끼어 있다. 새뮤얼 헌팅턴은 이러한 현상들을 일러 '문명의 충돌'이라고 했지만, 종교로 풀어 본다면 '종교의 충돌'이라고 해야 할 것이다. 마치 이슬람과 힌두교 간의 충돌로 인해 인도는 파키스탄(이슬람)과 방글라데시(힌두교)로 찢어지는 아픔을 겪었다. 양 진영에서 벌인 피비린내는 대단했다. 그런 소용돌이 속에서 양자 간의 화합을 시도하던 인도의 위대한 영혼 간디가 자신을 따르는 사람으로부터 총격을 받고 사망하기도 했다.

오죽하면 이런 예화가 있을까. "어떤 거인이 한 우리 안에다가 미국인, 소련인, 일본인, 독일인 등을 넣었다. 잠시 후 그들을 꺼내 보니 얼굴, 팔, 다리 등 신체가 성한 곳이 없었다. 그 거인은 이런 모습이 재미있어서 다음엔 기독교인, 무슬림, 유대교인, 불교인 등 종교인들을 역시 같은 한 우리에다가 넣었다. 어떻게 되었나 보려고 문을 열어 보았더니 한 사람도 살아 있는 사람이 없었다."

이처럼 우리는 정체성이 없으면 하루라도 못 살 것 같아서 좀 더 나은 종교와 문명을 추구하고 있지만, 그 정체성 때문에 치열한 싸움을 해야 하는 딜레마도 있다. 따지고 보면 인류사는 곧 전쟁사이며, 그것은 곧 정체성 간의 대결이었다. 21세기 이전의 모든 인류 역사는 한마디로 '정체성 대결의 역사'였다고 해도 과언이 아니다. 지금도 지구의 한쪽에서는 끊임없이 종교 대 종교, 국가 대 국가, 회사 대 회사 등으로 나뉘어 사람들을 대결 구도로 몰아 가고 있다.

탈출구가 없을 것 같은 이런 세상에 종교가 해야 할 일은 무엇일까. 인류의 중차대한 문제 앞에서 종교는 과연 '어떤 종교'가 되어야 할까. 진정한 종교라면 이런 것을 고민해야 되지 않을까. 그래서 '정체성'이 없으면 하루도 못 살 것 같은 인류에게 보다 보편적인 정체성을 전파해야 할 것이다. 말하자면 "우리 모두는 신의 자녀로서 같은 형제자매이다, 우리 모두는 하나의 뿌리에서 나온 존재들이다, 우리 모두는 불성을 가진 부처들로서 둘이 아니다, 우리 모두는 알라에 의해 창조된 신의 형상들이다"는 것을 알려야 할 것이다. 이때까지는 각 종교의 전유물로 이용되어 온 이러한 정체성을 이젠 모든 인류에게 되돌려 주어야 하지 않을까. 지구별이 제대로 살아남으려면 종교는 끊임없이 '더 큰 정체성', 즉 전 우주적인 정체성을 인류에게 선물로 안겨 주어야 할 것이다.

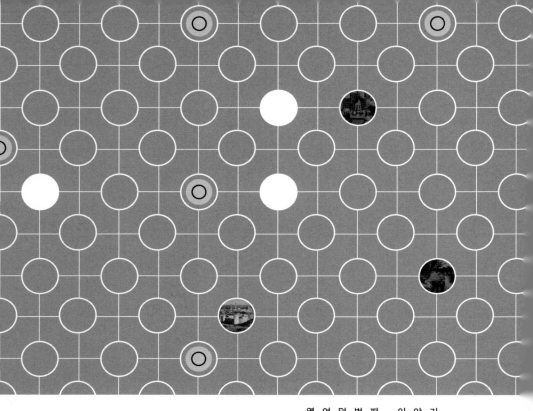

다원적이면서 세계 통합적인
종교가 살아남는다

미래에는 어떤 종교가 필요할까. 아니, 어떤 종교가 살아남을까. 다양하게 점쳐 볼 수 있다. 무수하고 다양한 그림 중 우리가 어떤 그림을 선택한다 하더라도 꼭 들어가야 할 요소가 있다. 그것은 바로 '다원적이면서, 동시에 세계 통합적인 종교가 살아남을 것'이라는 점이다. 그 이유는 명백하다. 21세기 초반인 지금도 마찬가지지만, 우리의 미래 세계는 더욱더 '다양화된 사회이면서, 동시에 통합적인 사회'가 될 것이기 때문이다. 이것이 바로 아무리 거부하려고 해도 거부할 수 없는 문명의 흐름, 인류 역사의 흐름이다. 소위 '대세'인 것이다. 문명의 산물인 종교가 제자리를 찾아가는 것이라고나 할까. 앞에서 말한 '더 큰 정체성을 안겨 주는 종교'와 일맥상통하는 길인 것이다.

종교 다원주의와 종교 간의 대화

21세기의 종교 추세를 말할 때 제일 큰 화두는 역시 '종교 다원주의와 종교 간의 대화'일 것이다. 이 둘은 따로 떼어 놓고 생각할 수 없다. 종교 세계의 지각변동의 씨앗은 이미 모든 종교에 뿌려졌다.

이러한 흐름에도 불구하고 유난히 이에 대해 알레르기 반응을 보이는 사람들이 많다. 그들은 조상 대대로 불심을 중요시하며 사찰이 유지되는 데 힘썼던 불교인일 수 있다. 또 기독교로 개종한 후 사업에 성공했거나 입신출세한 집안의 사람일 수 있다. 아니면 미국의 이라크 침략과 일방적인 서양 문명에 대한 반감으로 이슬람교에 입문한 사람일 수 있다. 그밖에도 유대교와 힌두교 등의 종교에 속해 있는 사람일 수 있다. 그들은 하나같이 자신이 속한 종교에 충성심이 강하다. 자신이 속한 종교에 대한 자부심 또한 대단하다. 그래서 그들은 타 종교에도 진리가 있음을 인정하지 않는다. 그들에게 자신의 종교는 일상생활이며 생명이다. 그들에게 세상에서 유일한 진리는 두 개가 될 수 없으며, 반드시 자신이 속한 종교의 진리가 참진리가 되어야 한다. 그러므로 그들이 '종교 다원주의'와 '타 종교'에 대해 알레르기를 가지고 있다고 해서 일방적으로 비난할 수 없다. 그들에게 있어서 그것을 양보하는 것은 어쩌면 죽음을 의미할 수도 있기 때문이다.

그들이 '종교 다원주의와 종교 간의 대화'를 거부하는 데에는 몇 가지 심리가 작용하고 있다.

첫째는, 불편하기 때문이다. 어렸을 적부터, 또는 그 종교에 입문하면서부터 자신의 종교가 최고라고 믿고 그 방식대로 살아왔는데 어느 날 갑자기 타 종교의 신앙관과 생활방식을 접한다는 것은 시작부터 마음에 들지 않는 것이다. 마치 구한말 개화기에 서양 사람이 전해 준 안경이 매우 불편한 것과 같은 이치다. 긴 머리카락은 부모로부터 물려받은 유산이라고 여겨 평생 함부로 자르지도 않고 살아온 사람에게 '단발령'은 얼토당토않을 뿐더러 불편하기만 한 것이었다.

폴란드의 휴머니스트이자 아동인권 옹호의 선구자로 알려진 야누슈 코르착은 "생각하기를 싫어하는 사람들만 다양성을 불편해 합니다"(《야누슈 코르착의 아이들》 양철북 146쪽)라고 했다. 그는 "생각하기를 싫어하는 사람들만 차이를 싫어하고, 생각하고 들여다보고 이해할 필요가 있는 다양성을 불편해 합니다"(같은 책 146쪽)라면서 자신의 메시지를 풀어서 설명했다. 이 메시지는 종교의 다양성에 대해 알레르기 반응을 일으키는 사람들에게는 상당한 불쾌감을 줄 수 있다.

한 텔레비전 방송사에서 진행된 토크쇼에서 있었던 일이다. 20대 후반의 남성과 40대 중반의 남성이 한 주제를 놓고 대화를 하다 벽에 부딪쳤다. 두 사람 사이에 토론이 팽팽해지자 40대 남성이 자신의 솔직한 심정을 토로했다. "아, 그렇군요. 우리 40대는 무슨 이야기든 빨리빨리 하나로 모으고 일사천리로 일을 추진해야 시원하고 좋은데, 요즘 젊은 사람들은 의견이 하나로 모아지지 않아도 이렇다 저렇다 이야기하는 자체를 즐기는군요. 이해가 안 되는 사고이긴 하지만, 우리는 정말 몰랐거든요"라고. 바로 이것이다. 평소 훈련되지 않으면 다양한 것이 불편하다. 획일적인 것이 편하다. 모든 현상을 하나의 원리로 설명하고 이해하는 것이 아주 편하다. 다양하게 설명하는 것은 중구난방인 것 같고, 죽도 밥도 안 될 거라고 생각한다. 기존에 늘 신앙해 왔던 자신의 종교 방식이 아니기에 그들은 이해가 되지 않은 것이며, 그래서 매우 불편한 것이다.

두 번째로는, 자신의 정체성이 흔들린다는 두려움 때문이다. 적어도 이때까지는 자신이 속한 종교에서 자신의 존재를 확인받고, 그 속에서 자신의 정체성을 확립하고 살아왔는데 그것이 아닌 다른 세계와 접촉하면 자신의 정체성을 송두리째 빼앗길 거라는 두려움이 있는 것이다. 그들이 어떠한 고상한 말과 이론으로 종교 다원주의를 공격한다고 할지라도 결국 이런 심리에서 크게 벗어나지 않는다.

그들은 '종교 다원주의와 종교 간의 대화'를 '종교 혼합주의'라고 비난하기도 한다. 때론 '종교 간음'이라고 역설하기도 한다. 기독교계 일각에서는 진리를 왜곡시키는 '사탄의 장난, 적그리스도의 출현' 등이라고 세게 몰아붙이기도 한다. 사실 이러한 현상은 유일신을 신앙하는 종교들에서 두드러지게 나타난다. 그들의 입장에서는 지극히 당연한 반응인 것이다.

그들에게 신앙이란 '자신이 속한 종교의 경전과 자신이 섬기는 교조의 삶이 보여 주는 진리가 유일무이한 진리의 길임을 믿고 따르는 것'이다. 그들에게 신이란 자신이 속한 종교가 보여 준 신만이 참되다. 그들에게 하늘의 계시란 자신이 속한 종교에서 사용하고 있는 경전이 유일한 신의 계시다. 그들에게 구원이란 자신이 속한 종교에 귀의하여 그 집단에서 생활하여야 얻는 것이다. 그들에게 진리란 바로 자신이 속한 종교의 길인 것이다. 그들에게 타 종교를 인정한다는 것은 곧 자신의 종교를 송두리째 부정하는 것이다. 그들에게 '한 하늘 아래 태양은 둘일 수 없다'는 격언은 언제나 진리가 된다. 그들에게 최고의 신앙 행위는 자신이 속한 종교의 선교를 위해 순교하는 행위다. 그들에게 타 종교가 종교라고 말한다면 자신의 종교는 종교가 아닌 것이고, 타 종교가 종교가 아니라고 말한다면 자신의 종교는 종교인 것이다. 그들에게 타 종교를 인정한다는 것은 '영적 간음'인 것이다. 그들에게 자신의 종교는 아주 독보적이고 독특한 종교로서 '하늘이 주신 하늘의 종교'라고 굳게 믿어 의심치 않게 된다. 그들에게 참된 종교는 이 세상에 하나뿐인 것이다. 그들은 이러한 생각을 결코 양보할 수 없는 것이라고 확신한다.

하나만 아는 사람은 아무것도 모르는 사람

하지만 그들이 놓치는 게 있다. 이 세상에 출현한 어떠한 종교라도 처음엔 모두 '사이비 종교'였고 '이단'이었다는 점이다. 태양신을 섬기던 이집트의 파라오 시대에 엉뚱한 청년 하나가 자신의 백성이라고 억지를 부리다가 결국은 가나안 사막으로 자신의 백성을 이끌고 나간 사건에서 유대교는 태동했다. 고행과 수련이 진리에 이르는 길임을 믿던 고대 인도 문명의 종교적 전통을 거부하고 '해탈과 열반의 길'을 외쳤던 생뚱맞은 청년 하나로 인해 이 세상에 많은 붓다가 등장했다. "안식일은 사람을 위해 있다. 화 있을 것이다 독사의 자식들아"라고 외치며 설레발치던 황당한 젊은 청년 하나의 삶과 죽음에서 기독교라는 거대한 종교가 만들어질 줄은 아무도 몰랐을 것이다. 또 사회적으로 소외당하던 이들을 이끌고 나와 사막에서 새로운 세상을 꿈꾸던 당대의 반역자 한 사람으로부터 서양 기독교 문명과 당당히 맞서는 이슬람교의 시발점이 될 줄 누가 알았을까. 이 세상 어떤 종교도 시작은 모두 그러했다. 그들이 진리라고 굳게 믿는 자신의 종교도 최초엔 모두 '사이비 종교'이며 '이단'이었다. 지금 우리 곁에 와 있는 종교 다원화 현상도 그런 맥락이라는 것을 놓쳐서는 안 될 것이다.

근대 종교학의 개조로 불리는 뮐러는 "하나만 아는 사람은 아무것도 모르는 사람"이라는 말로 그들에게 일침을 가하기도 했다. 이 말을 종교로 풀어 본다면 '자신의 종교만 진리라고 믿는 사람은 진정한 종교를 모르는 사람이다'라고 말할 수 있다. 실제로 누구라도 자신을 잘 알려고 한다면 타인을 알아야 할 것이다. 자신을 제대로 알기 위해 깊은 산 중에서 수십 년간 홀로 도를 닦는다 해도 시장에서 수십 년간 장사하며 잔뼈가 굵은 사람만 못할 수 있는 것이다.

종교학자 이찬수는 "민족의 조상인 '단군'이라는 이름은 실상 몽골어 '텡그리'에서 나왔고, 또 뮐러가 밝히고 있듯이, '텡그리'는 다시 천주 혹은 천자를 뜻하는 훈족(흉노족)의 '탕글리-구투'와 연결된다는 연구 결과들은 우리 민족의 기원과 근원에 대해 보다 넓은 시각에서 알 수 있게 도와준다. 이처럼 나와 다른 것을 앎으로써 나를 훨씬 더 잘 알 수 있게 된다는 이치는 두말할 필요 없이 자명하다"(《종교로 세계 읽기》 이찬수, 이화여자대학교출판부 19~20쪽)라며 타 종교를 인정하고 알아야 할 이유를 설명했다.

타 종교를 인정하지 않는다는 것을 한 단어로 표현한다면 '배타성'일 것이다. '배타성'은 '정체성'과 끈끈하게 연결되어 아주 큰 힘을 발휘해 왔다. 그것은 크게는 종교 간의 싸움, 작게는 교파 간의 싸움 등으로 점철되었다. 그 싸움은 종교들만의 싸움이 아니라 종종 국가 간의 싸움이 되었다. 지구상에서 벌어졌던 모든 전쟁의 상당수가 종교가 개입된 것은 그리 놀라운 일이 아니다. 이 세상에서 종교가 끼친 제일 큰 해악이 있다면 바로 '종교 간의 배타성으로 인한 전쟁과 싸움'일 것이다.

이러한 현상을 웨이크포리스트 대학 종교학 교수 찰스 킴볼은 "특정 종교의 틀 안에서만 활동하는 사람들은 가장 파괴적인 형태의 부족주의를 부추길 수 있으며, 실제로도 그렇게 하고 있다"《종교가 사악해질 때》찰스 킴볼, 에코리브르 282쪽)라고 쏘아붙였다. 그는 또 뉴욕 리버사이드 교회의 윌리엄 슬론 코핀이 썼던 《가능성에 대한 열정》에서 "상대와의 차이점이 맹목적인 숭배의 대상이 되는 것은 용납할 수 없다. 민족주의, 종족적 특성, 성별 들이 절대적인 개념으로 확립되면 반동적인 충동으로 변해 버린다. 이들은 사람들을 위대하게 만들어 줄 능력도 없으며, 약하고 편협한 유사종교가 되어 버린다. 사람의 정체감이 성별, 인종, 민족적 배경, 국가에 대한 충성심만으로 결정되는 것은 아니다. 사람은 특정한 것에서 보편성을 찾아낼 때에만, 모든 사람이 상충하는 점보다 더 많은 공통점을 갖고 있다는 것을 인정할 때에만 완전한 인간이 된다. 상충하는 점들이 무엇보다도 중요하게 보일 때 우리는 서로의 공통점을 강하게 인정해야 한다"《종교가 사악해질 때》282~283쪽)라는 구절을 인용하며 '종교적 배타성의 극복'을 주장했다. 그래서 찰스 킴볼은 "종교를 믿는 사람은 반드시 모든 경계를 뛰어넘을 수 있어야 한다"《종교가 사악해질 때》283쪽)라고 강조한다.

그래야 될 이유는 간단하고도 분명하다. 베트남의 승려 틱낫한은 그 이유를 "평화는 오직 하나의 관점에만 집착하지 않을 때 가능하다"고 말했다. 평화는 오직 하나의 종교에만 집착하지 않을 때 가능한 것이다. 하나의 종교에만 집착하지 않는 것은 해당 종교만의 문제가 아니다. 우리 인류와 지구별의 생존이 달린 문제인 것이다.

이 논의를 하면서 우리가 주의해야 될 것이 하나 있다. 우리가 경계를 뛰어넘어야 한다고 말하는 것은 자신의 종교를 최고라고 생각하는 사람들이 올바르지 않기 때문이 아니다. 바꿔 말해서 자신의 종교를 넘어서서 타 종교와 대화를 시도하고, 종교 다원주의를 이야기하는 것이 옳기 때문이 아니다. 그것이야말로 시대의 큰 흐름이며, 우리 인류의 정신이 이제 그것을 요구하고 있기 때문이다.

고독한 섬 같은 종교는 없다

그런 이유에서라도 이 시대가 원하는 종교는 개방적이어야 한다. 언제든 누구와 대화할 준비가 되어 있는 종교이어야 한다. 종교 간의 만남을 기다리는 종교가 아니라 적극적으로 나서는 종교가 되어야 한다. 종교 다원주의의 기본 바탕은 진리가 다양하다는 것을 보여 주는 것이 아니라 모든 진리는 결국 한 점에서 만난다는 입장이다. 개별 종교에서 말하는 '진리' 라는 것이 '같은 진리의 다른 설명' 이라고 보는 것이다. 그런 차원에서라도 각 종교 사이의 대화는 지금보다 더 다양하고 빈번하게 이루어져야 할 것이다.

유대인 학자 아브라함 헤셸은 《고독한 섬 같은 종교는 없다》라는 제목의 연설을 통해 "고독한 섬 같은 종교는 없다. 우리는 모두 서로서로 관련되어 있다. 우리 중 한 사람이 영적인 배신을 저지르면 모든 사람의 신앙에 그 영향이 미친다"《종교가 사악해질 때》 43쪽)라고 역설했다. 이제

하나의 종교가, 아니 하나의 개인이 어떠한 신앙을 가지느냐는 것은 그 종교만의 문제이거나 개인의 문제가 아니라 전 지구적인 문제가 될 수 있다고 아브라함 헤셀은 주장하고 있는 것이다. 그런 면에서 종교 간의 대화는 '당위성'의 차원을 넘어 '필연성'의 차원이라 할 것이다.

이런 의미에서 《동서 종교의 만남과 그 미래》(변선환 아키브·동서종교 신학연구소 지음, 모시는사람들)라는 책은 아주 훌륭한 시도라고 할 수 있다. 이 책은 그동안 지구별에서 시도된 '종교 간의 만남'을 한국적 상황에서 잘 풀어 놓은 책이다. 이 책을 저술한 '변선환 아키브'는 "기독교 밖에도 구원이 있다"고 발언했다가 종교재판을 받고 감리교회로부터 출교당했던 변선환 교수의 제자들과 그 뜻을 따르는 종교학자들이 종파를 초월해 공부하며 종교 연구의 새 지평을 열어 가는 곳이다. 이 책은 '불교와 기독교의 만남, 유교와 기독교의 만남, 동학과 기독교의 만남' 등 크게 세 부분으로 구성돼 있다. 물론 이 책을 주도한 곳이 기독교 관련 연구모임이기에 기독교와의 연관성만을 짚어 보는 한계가 있긴 하지만 아주 의미 있는 만남을 다룬 책임에는 분명하다.

이 책에서 저자들은 불교와 기독교의 만남에 대해 "불교는 힌두교적 세계관과 정신을 계승하면서도 인간의 내면성, 진리 자체를 추구하는 정신과 방법에 있어서 충분히 세계적 보편성을 획득하고 있다. … 유대교에서 나왔으면서도 유대교의 민족적 제한성을 넘어 세계로 나아간 그리스도교의 경우도 마찬가지이다. … 이런 점에서 불교와 그리스도교는 인간의 보편적 심층을 대변하면서 그 심층이 동양과 서양에서 어떤 양상으로 전개되어 갔는지를 보여 주는 적절한 재료들이 아닐 수 없다"(《동서 종교의 만남과 그 미래》 이찬수, 41쪽)라고 강조하고 있다. 불교와 그리스도교, 양자 간에 많은 대척점과 쟁점을 가지고 있음에도 양 종교에서 추구한 '인류 보편성'에서 만나는 점이 있다는 것을 역설하고 있는 것이다.

또한 유교와 기독교의 만남 부분에서는 "오늘날 동아시아 문화권이 지구촌 시대의 새로운 틀거리를 위한 밑거름으로 이바지할 수 있는 길은 무엇일까. 중국과 같이 부수어 버렸던 공자 상을 되살리고 그를 기리는 종교적 제의를 부활한다든지, 각국에 '공자학교'를 세워 중국어와 중국 문화를 보급하는 식의 전략적이고 독선적 방식으로는 아무래도 그 설득력이 떨어지게 마련이다. 오히려 유교사상의 근저에 담겨 있는 인간성 회복과 사해동포주의라는 대동세계의 실현을 이루고, 21세기 지구촌에서 문화적 다양성의 보편적 실천이라는 차원을 담아낼 수 있는 틀을 짜는 것이 무엇보다 중요할 것이다. 이로써 보스턴 유교를 비롯하여 다양한 문화의 해석학들이 유교의 발전적이고 바람직한 미래를 함께 열어 줄 수 있을 것이다"(《동서 종교의 만남과 그 미래》 이종찬, 178~179쪽)라며 기독교와 유교의 만남의 가능성의 길을 열어 놓았다. 유교의 '인간성 회복, 사해동포주의' 등은 기독교적 휴머니즘과 '모든 인류는 신의 자녀들'이라는 기독교 사상에서 보기 좋게 만날 수 있다는 내용이다.

한국의 고유 종교인 동학(천도교)과 기독교가 만나는 부분에서도 "수운, 해월, 의암의 신관이 실제로 변천되었다기보다는 그 신을 섬기는 방법, 즉 수양론이 심화되고 지속적으로 재해석되고 있었던 것이다. 그리고 그러한 심화된 수양론을 통해 동학은 한국인의 심성 속에 자리하고 있었던 '하늘님'에 대한 이해를 '생활세계'에서만이 아닌 '종교세계'로까지 확대시킨 공헌을 하였다고 볼 수 있다. 즉 유교가 국가 종교로 자리잡은 이후 민간의 종교생활 속에서 사적(私的)으로만 언급되던 '하늘님' 신앙이 동학의 등장으로 본격적인 공적(公的) 세계에서 논의되기 시작했으며, 이로 인해 한반도에 새로운 종교 지형도가 그려지기 시작한 것이라 볼 수 있다"《동서 종교의 만남과 그 미래》이길용, 254쪽)라고 역설함으로써 동학이 설파한 '하늘님'과 기독교에서 말하는 하느님과의 만남을 시도했다. 그동안 한국 민족에게 있었던 종교성을 기독교의 신과 만날 수 있도록 공적으로 터놓았다고 역설하고 있는 것이다.

이쯤하고 틱낫한의 말에서 희망을 찾아보자. 세계 정신 간의 만남을 시도한 틱낫한은 그의 책《틱낫한의 평화로움》(류시화 옮김, 열림원)에서 "나는 불교와 서양 정신이 만난다면 우리의 가슴을 뛰게 할 매우 중요한 일이 일어나리라고 믿는다. 사물을 바라보는 과학적인 방식, 자유롭게 탐구하는 정신, 그리고 민주주의와 같은 매우 중요한 가치들을 서양은 갖고 있다. 불교와 그러한 가치들과의 만남은 인류에게 매우 새롭게, 가슴 뛰는 어떤 것을 가져다줄 것이다"라는 말로 우리에게 길을 제시했다.

그렇다. '종교와 종교의 만남, 동양과 서양의 만남', 그것은 가슴 뛰는 일인 것이다. 불편하거나 정체성이 흔들리거나 무엇을 잃어버리는 것이 아니라 인류에게 새로운 세상을 창조하여 선물하는 행위이다. 그런 의미에서 볼 때 '이슬람교의 공동체성, 기독교의 헌신적인 사회봉사, 불교의 차분한 자기성찰 문화, 유대교의 끈질긴 생명력, 힌두교의 비폭력 평화주의' 등 각 종교의 장점만을 골라서 이루어진 '세계적 종교'를 상상해 보는 것은 가슴 뛰는 일인 것이다.

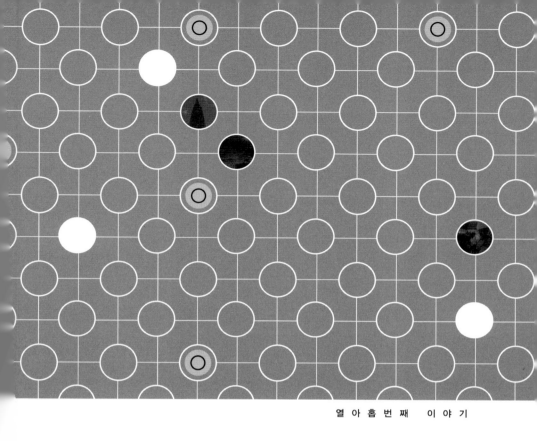

우리에게
어떤 신이 필요한가

'우리에게 어떤 신이 필요한가' 라는 질문은 사실상 '우리에게 어떤 종교가 필요한가' 라는 질문과 같은 것이다. 이는 인격적인 유일신과는 관계가 없다고 하는 동양 종교들조차도 마찬가지다. "모든 유신론적 종교에서는 그것이 다신론이든 일신론이든 신은 최고의 가치, 최상의 선을 상징한다. 따라서 각 인간이 무엇을 최고의 가치로 여기고 있느냐에 따라 신이란 개념은 의미를 가질 수 있다"(《에리히 프롬과의 대화》 박찬국, 철학과 현실사 206쪽)라는 프롬의 말을 빌려 오자면, "신이란 결국 모든 사람에게 '최고의 가치, 최상의 선' 을 상징하는 것"이기 때문이다. 어떤 식으로 자신의 종교의 '최고의 가치' 를 표현하든 그것은 결국 '최상의 선' 을 상징한다는 점에서 동서양의 종교가 다를 수 없다는 이야기다.

끝나지도 않았고, 알 수도 없는 이야기

철학자 니체가 "신은 죽었다"고 표현해서 종교계가 술렁였지만, 실상 그 표현은 "신은 살아 있다"는 표현과 같다. 신의 존재 유무를 따지는 차원에서는 신이 존재한다는 서양 기독교식의 전제하에 이루어진 말인 것이다. 이처럼 서양 종교에서는 '신', 특히 '인격적인 신' 을 배제하고는 종교를 말할 수 없다.

신이 존재한다고 믿는 사람들은 신이 존재하는 몇 가지 근거를 들고 있다. 먼저 자신이 속한 종교 경전에서 신이 존재함을 명백하게 보여 주고 있다고 주장한다. 물론 그들은 이 경전은 신이 하늘에서 주신 계시를 바탕으로 기록된 것임을 언제나 전제하고 있다. 세상 만물과 자연을 보

더라도 이 세상을 창조하고 다스리는 어떠한 '설계자'가 있다는 걸 알
수 있다고 강변한다. 자신이 직접 경험한 '신체험'과 경전의 기록이 맞
아떨어지는 것을 보면서 신의 존재를 굳게 확신하기도 한다. 자신이 간
절하게 기도한 것이 이루어지는 것을 보고 신의 존재를 감지하기도 하
고, 자신의 주변에 일어나는 일련의 일들을 되돌아보면서 신의 섭리를
느끼기도 한다. 이런 모든 것들을 이야기하고 증언하는 주위 사람들 때
문에 신은 움직일 수 없는 '확고한 실재'임을 확신하게 된다.

그래서 때로는 신이 없다고 도전해 오는 이에게는 "당신의 행복은?
신이 있다는 앞면을 취하여 손득을 계산해 보자. 두 가지 경우를 생각해
보자. 만일 당신이 이긴다면, 당신은 모든 것을 얻게 될 것이다. 그러나
진다 해도 잃는 것은 하나도 없다. 그러니 주저하지 말고 신이 있다는 편
에 걸어라"(《팡세》 파스칼, 홍신문화사 111쪽)고 한 파스칼의 이야기 투로 대
꾸한다. 도박판에서 '경우의 수'를 따지듯, 신의 존재는 인생에서 한번
걸어 볼 만한 도박이라고 이야기하는 것이다. 신이 있다고 믿고 인생에
투자했을 때 손해볼 것은 없지만, 신이 없다고 생각하고 산다면 진짜로
신이 존재하게 될 경우 손해볼 것이라는 이야기다. 이것은 현명한 처사
일 수는 있지만, 신의 존재를 증명하는 데는 사실 아무런 도움도 되지 않
는 이야기이다.

신이 존재한다는 근거를 하늘의 별처럼 많이 대더라도 그 반대의 경
우 또한 하늘의 별처럼 많기에 이는 결론 없는 '끝나지 않는 이야기'일
뿐이다. 말하자면 '알 수 없는 이야기'가 되어 버린 것이다. 오죽하면

기독교 철학자라고 알려진 파스칼조차 "신이 존재하다는 것은 알 수 없는 일이며, 신이 없다는 것 또한 알 수 없는 일이다. 영혼이 육체와 같이 있다는 것도, 인간에게 영혼이 없다는 것도 알 수 없는 일이다. 또한 세상이 창조된 것인지, 창조되지 않은 것인지도 알 수 없다. 그리고 원죄가 있는지 없는지조차도 알 수 없는 것이다"(《팡세》 230번째 이야기)라고 했을까.

신의 존재 유무를 뛰어넘어라

'끝나지도 않았고, 알 수도 없는 이야기'에 질렸는지 급기야 도킨스와 같이 대놓고 '신이 없음'을 선포하며 도발하는 사람도 등장했다. 도킨스보다 좀 더 고상하게 '신이 없음'을 표현한 사람들의 이야기도 있다.

에리히 프롬에 의하면 "붓다, 에크하르트, 마르크스, 슈바이처의 사상에는 뚜렷한 유사점이 있다. 소유 지향의 포기에 대한 철저한 주장, 완전한 독립의 주장, 형이상학적인 회의론, 신이 없는 종교성, 사랑과 인간적 연대의식 속에서의 사회적 활동의 주장 등이 그것이다"(《소유냐 존재냐》 에리히 프롬, 청목서점 209쪽)라는 것이다. '신이 없는 종교성'을 주장한 그 사람들 중 특히 슈바이처는 한 편지에서 "사랑의 종교는 세계를 지배하는 인격신 없이도 존재할 수 있다"(《에리히 프롬과의 대화》 217쪽)고 결론을 내렸다고 한다. 슈바이처의 이 말은 "하느님의 존재를 믿는다고 말하는 사람들의 대다수가 실제적인 삶의 방식에서는 권력이나 재산을 숭배하는 우상 숭배자의 양상을 보이는 반면에, 인류에 대한 사랑 때문에 목숨을 바치는 무신론자들에게서 오히려 진정한 의미에서 종교적 태도가 나타나는 경우를 우리는 쉽게 찾아볼 수 있다"(《에리히 프롬과의 대화》 231쪽)는 에리히 프롬의 사상과 일맥상통하는 것이다.

앞에서 열거한 그들에게 '신의 존재 여부'는 더 이상 관심사가 아니다. 이와 같은 사상은 이제 일부 선구자들만의 견해가 아니라는 데 그 중요성이 있다. 이제 인류는 '신에 대한 생각'에 관해 새로운 국면을 맞이하고 있다. 지금의 인류는 '신이 있느냐 없느냐'의 문제보다 신이 존재한다면 과연 그 신은 '어떤 신'이어야 하는가, 말하자면 '어떤 신이 필요한가'를 고민하고 있다. "종교에 관한 논의를 신의 존재에 대한 승인이나 부인에 집중시키는 것은 종교 문제를 인간의 문제로서 이해하는 것을 방해하고, 진정한 의미에서 종교적이라고 부를 수 있는 인간적인 태도의 발전을 방해한다"(《에리히 프롬과의 대화》 232쪽)는 견해가 지금의 인류에게 더 설득력을 얻고 있다. 이와 관련해 프롬은 "종교냐 무종교냐가 아니라 어떤 종류의 종교냐가 중요한 문제(《에리히 프롬과의 대화》 214쪽)"라고 역설하고 있다. 프롬의 지적처럼 '유신론이냐 무신론이냐'의 문제가 아니라 '어떤 종류의 신이냐'가 문제가 되는 것이다.

인류사에서 전해 내려온 전통적인 신 개념(전지전능, 창조주, 인도자 등)은 이러한 측면을 담고 있다. 사막에서의 막막한 생활에서 보자면 풀밭과 오아시스로 인도하는 경이로운 존재가 마치 '양을 물가와 푸른 풀밭으로 인도하는 목자'처럼 다가왔을 것이다. 천둥이 왜 치는지, 홍수가 왜 나는지를 도무지 알 수 없는데도 매년 여름마다 몰아치는 태풍 앞에 서면 한없이 작아지는 인간 자신을 발견하며 이 모든 것을 알고 다스리는 신의 존재를 머리에 떠올렸을 게다. 사람과 만물이 어디서 와서 어디로 가는지 알 수 없는 세상에서조차 일정한 법칙에 의해 세상 만물이 돌아가는 것은 한 설계자에 의해 창조되었을 거라고, 그렇지 않으면 세상이 이렇게 돌아갈 수 없을 거라고 믿을 수밖에 없었던 것이다. 때가 되면 비를 내리고, 때가 되면 햇빛을 내리는 그런 존재에 대해 경외감을 가지는 것은 당연하다.

하지만 현대인은 '내비게이션' 하나면 생전 모르는 곳이라도 알아서 척척 인도해 주는 세상에 살고 있다. 굳이 '목자' 같은 신을 필요로 할지 의문이다. 모르는 것이 생기면 컴퓨터 앞에 앉아 인터넷 검색창에 치기만 하면 세상의 어떤 지식도 대부분 알 수 있는 세상에서 전지한 신은 더 이상 의미가 없지 않을까. 동물을 복제하다 못해 앞으로는 사람까지도 복제하겠다고 나설 인간 앞에서 '창조주 신'은 더 이상 얼굴을 들 수 없게 되었다. 2050년이면 달나라에 위성도시를 만들어 휴가를 가겠다고 준비 중인 인류 앞에 더 이상 전능한 신의 능력은 힘을 쓸 수 없게 되는 것이다.

어떤 신관을 가지느냐는 것은 결국 세계관의 문제이기 때문에 참으로 중요하다. 이 세상을 감시하고 심판하는 그런 엄격한 신을 믿는 곳에서 '분쟁'은 필연적이다. 그 신은 언제나 불꽃같이 눈을 부릅뜨고 세상을 지켜보는 재판관이기 때문이다. 악을 미워하고 선을 좋아해 결국에는 정의의 편에 서서 손을 들어주는 그러한 '정의의 신'을 따르는 곳에서는 '논쟁과 보복'은 자연스러운 일이다. 그 신은 언제나 다른 사람이 아닌 각자 자신과 자신이 속한 집단만을 정의롭다고 인정해 힘을 북돋워 주는 신이기 때문이다.

신약성서에서 "예수께서 길을 가시다가 태어나면서부터 눈먼 소경을 만나셨는데 제자들이 예수께 '선생님, 저 사람이 소경으로 태어난 것은 누구의 죄입니까? 자기 죄입니까? 그 부모의 죄입니까?' 하고 물었다"(요한복음 9장 1절~2절)라는 대목은 사람이 가진 신관이 주위 세상에 어떻게 반응하는지를 잘 보여 주고 있다. 사람이 장애인으로 태어나는 것조차도 신에게 벌을 받아 그 죄의 대가를 치르는 것이라고 예수 당시 사람들은 믿고 살았다. 이것은 동서양을 막론하고 만연된 신의 모습이며 현대를 살아가는 사람들조차도 적지 않게 신봉하는 신의 모습이다. 이처럼 신을 어떻게 바라보느냐는 결국 그 사람의 세계관, 인생관, 가치관과 연결되는 것이다.

신은 대상이 아니라 방향이다

이런 의미에서 우리에게 획기적인 신관을 제시하는 미국의 한 남자가 있다. 그는 "매일 새벽 4시 30분경 시작된 신과의 대화는 1992년부터 만 3년 동안 계속되었다"고 고백하는 닐 도널드 월쉬다. 건강도 안 좋은데다 직장에서 해고까지 당한 월쉬는 49세의 어느 날 밤 잠에서 깨어 일어났다. 그리고는 자신의 인생을 그토록 엉망진창으로 만든 신에게 항의하는 편지를 썼다. 그러자 놀랍게도 신의 대답을 받게 되었고, 그 신의 말을 계속 받아 적었다고 한다. 이 내용을 책으로 냈는데, 처음엔 입소문으로 팔리던 것이 미국의 유명한 출판사에 의해 출간되자 특급 베스트셀러가 되었다고 한다. 이 책이 바로 《신과 나눈 이야기》이다. 이 책은 지금 20개국 이상의 나라들에 판권이 팔릴 정도로 영향력을 발휘하고 있으며, 그의 사상을 따르는 추종자들에 의해 세계 각국에서 각종 종교 모임들이 늘어나고 있다. 한국에서도 아름드리 출판사에서 1~3권으로 출간했으며, 그의 사상을 따르는 모임도 결성되어 있다.

이 책에서 제시하는 신은 "가톨릭의 하느님도, 기독교의 하나님도, 불교의 부처님도, 혹은 다른 어떤 특정한 종교에서 숭배하는 신도 아니다. 오히려 기존 종교와는 전혀 무관하게 단지 창조주이자 관찰자로만 존재하는 신, 지옥과 천당 없이 인간에게 모든 창조력과 선택권을 무제한으로 허용하는 신이다."《신과 나눈 이야기 1》닐 도널드 월쉬, 아름드리출판사〉 "신의 세계에는 '해야 한다' 거나 '하지 말아야 한다' 는 없다. 네가 원하는 대로 하라"〈같은 책 68쪽〉며 인간의 무한 자유를 허용하는 신이다. 또한 "나는 한번도 '옳다' 거나 '그르다' 거나, '하라' 거나 '하지 마라' 는 걸 설정한 적이 없다"〈같은 책 70쪽〉며 심판하고 처벌하는 신의 이미지를 확 벗어던져 버렸다. 급기야 "신에게 더없이 기쁜 순간은 너희가 신이 전혀 필요하지 않다고 깨닫는 바로 그 순간이다"〈같은 책 190쪽〉"라며 섬김과 복종을 포기하는 신으로 묘사된다. 이 책 전반에 흐르는 신은 그동안 서양 사회에서 회자되고 있던 전통적인 신에 대한 '혁명적인 반기'라고 표현할 만큼 대단한 것이다. 월시가 말한 '신과 나눈 이야기'는 진위 여부를 떠나 이 시대에 필요한 신, 이 시대를 선도해 나갈 신이 어떠한 것인가를 잘 보여준 경우로 서양 사회에서는 충분히 놀라운 일이었다.

또 하나의 획기적인 신관을 제시한 사람이 있다면 미국의 종교학자 휴스턴 스미스가 그의 책에서 소개한 소설가 라이너 마리아 릴케이다. 휴스턴 스미스는 《종교가 왜 중요한가》라는 책에서 "현실 속에서 영혼의 갈망을 자극하고 충족시키는 것은 여러 가지 이름으로 불리는 하나님이다. 인간의 정신으로는 하나님의 본질을 도저히 이해할 수 없으므로, 우리가 하나님을 대상이 아니라 하나의 방향으로 생각한다는 라이너 마리아 릴케의 의견을 그냥 따르는 것이 좋겠다"라고 소개하고 있다.

릴케가 말한 신의 개념은 가히 혁신적인 개념이다. 그동안 많은 종교에서 말해 왔던 신은 '대상으로서의 신'이었다. 그 신은 인간과는 수준이 다른 거대한 거인과 같은 존재로 인간의 숭배를 먹고 살아왔다. 어떤 고급 종교라도 이 범주에서 크게 벗어나지 못했다. 물론 간혹 이와는 다른 식의 신관을 말한 사람들도 있기는 하지만, 대부분의 평범한 종교인들은 그렇게 믿고 따라 왔다. '누구든지 자기 자신을 돌아보고 깨우쳐서 스스로 부처가 될 수 있다'고 가르치는 불교에서조차도 '부처님'의 존재는 유일신 종교에서 숭배하고 있는 신과 크게 다를 바 없다.

이러한 세계 종교의 지형에 릴케가 지진을 일으킨 것이다. '신을 대상이 아닌 하나의 방향'으로 본다는 것은 더 이상 신의 존재 유무에 관심이 없어진 현대 인류의 풍토가 반영된 것일지도 모른다. 전지전능하고 무소부재하며 이 세상을 창조한, 그래서 인간의 삶을 지배해 왔던 신은 이제 필요 없다는 인류의 바람인지도 모른다. 신은 존재 여부를 따져야 하는 섬김의 대상이 아니라 인류가 살아야 하는 삶의 방향으로서 의미가 있다는 선포인 것이다. 인간의 삶의 방향 자체가 신이라는 것이다. "신이란 결국 모든 사람에게 '최고의 가치, 최상의 선'을 상징하는 것"이라는 프롬의 말과 어쩌면 이렇게도 상통할까. 이 둘을 합하여 결론을 내린다면 "신이란 결국 '최고의 가치, 최상의 선' 또는 그것들을 향하는 방향 자체"인 것이다.

진화하는 신

그래도 우리는 다시 하나의 의문에 봉착하게 된다. 신이 있느냐 없느냐는 둘째 치고 '왜 신은 달라지고 있는가?' 라는 것이다. 자세히 살펴보면 고대의 신에서 현대의 신으로 진화하고 있지 않은가. 그렇다면 왜 신은 진화하고 있는가.

이에 대해 에리히 프롬이 아주 명쾌하게 설명을 했다. 그에 의하면 "어떤 사람이 가지고 있는 신에 대한 개념의 본질을 이해하기 위해서는 신을 숭배하는 사람의 정신적인 상태나 성격 구조를 파악하지 않으면 안 된다"(《에리히 프롬과의 대화》 206쪽)라는 것이다. 신에 대한 개념은 결국 신에게 있는 것이 아니라 사람에게 달려 있다는 것을 프롬은 시원하게 밝혀 주고 있다. 이는 "각자가 모두 자신의 신을 만든다"(구약성서 외경 지혜서 15장 16절)라는 내용과 같은 맥락이다. 앞서 말한 바대로 "하나의 인간이 어떤 신관을 가지고 있느냐는 결국 어떤 세계관을 가지고 있느냐와 연결된다"고 말한 것과 상통하는 것이다. 이 둘은 어느 것이 먼저냐를 구분할 수 없는 '동전의 양면'과 같은 것들이다.

그러면서 프롬은 "신이란 개념은 어떤 사회의 성격이 부계사회적이냐 모계사회적이냐에 의해서뿐 아니라 인간이 도달한 성숙의 정도에 따라서 그 의미가 달라진다"(같은 책 208쪽)라며 탁월한 진단을 인류에게 선물한다. 프롬은 "왜 신이 달라지는가, 왜 신은 진화하는가?"라는 질문에 대해 "그것은 바로 인간의 정신이 진화했기 때문이다"라고 명쾌하게 대답고 있다. 그러면서 "진정한 신앙은 신에 대한 신앙이 아니라 인간 자신에 대한 신앙"(같은 책 223쪽)이라고 결론을 내리고 있다.

또한 프롬은 《너희도 신처럼 되리라》(에리히 프롬, 범우사)를 통해 '권위주의적 종교'와 '인본주의적 종교'를 대비시킴으로써 신이 진화한 양상을 뚜렷하게 설명해 주고 있다. 권위주의적 종교는 지나간 시대에서 강조되었던 전통적인 신이었다. 그 전통적인 신은 인간에게 복종을 강조하는 절대적인 존재였기에 그런 종교가 성행한 사회도 자연히 '권위를 강조하는 사회'였다는 것이다. '권위주의적 종교'의 사회에서 최고의 미덕은 언제나 '복종'이었고, 가장 큰 죄는 '불복종과 반역'이었다. 이에 반해 인본주의적 종교에 대해 프롬은 "죄란 진정한 자기 자신의 목소리에 귀를 기울이지 않는 것이며, 결국 죄란 신이나 외적인 권위에 대한 죄가 아니라 자기 자신에 대한 죄다"(같은 책 221쪽)라고 말하고 있다. 그래서 '인본주의적 종교'는 "신은 인간을 제압하는 힘의 상징이 아니라 인간 자신의 힘의 상징"(같은 책 221쪽)이라고 설명한다. 이러한 모습의 신은 '닐 도널드 월쉬'가 만났다던 바로 그 신과 비슷한 모습이다.

'신의 진화는 사람에게 달려 있었다'는 프롬의 사상은 동양 종교인 불교에서 핵심적으로 다루고 있는 '일체유심조'(一切唯心造, 모든 것은 오로지 마음이 지어내는 것임을 뜻하는 불교용어)와 일맥상통한다. 이런 사상에 의하면 신도 종교도 다 사람의 마음에서 지어낸 것이며, 사람이 성숙하면 당연히 신도 성숙하게 되며, 신이 진화했다면 인류의 정신 역시 진화하게 되는 것이다.

그렇다면 '신의 이야기'는 결국 '사람 자신의 이야기'이다. '끝나지도 않았고, 알 수도 없는' 신에 대한 이야기가 왜 그토록 인류에게 끈질기게 붙어 다녔는지 충분히 짐작할 수 있다. 과연 인류에게는 '어떤 신'이 필요할까. 아니 '어떤 인간'이 필요할까. 지나간 세월의 인류 역사가 보여 준 것처럼 '복종을 최고의 미덕으로 삼는 정의의 수호자가 되어 자신을 추종하는 사람들에겐 힘을 주고, 반대로 악의 무리를 섬멸하는 식의 신'이 인류에게는 필요할까. 그동안 수많은 전쟁과 다툼을 통해 아픔을 겪을 만큼 겪은 인류가 더 이상 그러한 신에 함몰되어서는 안 된다. 그래서 프롬은 "새로운 종류의 인간이 필요하다. 그것은 좁은 국가의 한계를 초월한 인간이며, 다른 민족을 야만인이 아니라 이웃으로 느낄 수 있는 인간이고, 세계 어디에서나 안주할 수 있는 인간이다"(《에리히 프롬과의 대화》 235쪽)라고 역설하지 않았던가. 이제 인류에게는 '좀 더 성숙한 종교, 좀 더 성숙한 신, 좀 더 성숙한 인간'이 필요하다. 인류는 지금 그런 '진화된 신, 진화된 종교'를 잉태하려고 애쓰고 있는 중이다.

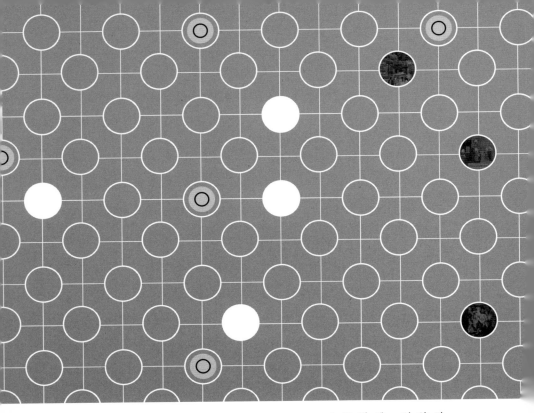

우리가 가야 할 길은
'간소한 우주적 종교'

2,000년 전 예수가 21세기의 하버드 대학에 왔다고 하는 책이 있다. 예수가 무슨 볼일이 있어서 현대 최고의 명문대로 꼽히는 하버드 대학에 왔을까. 이런 식의 발상이 새로운 것은 아니다. 세계 유력 종교의 교조들이 현대의 특정한 어느 곳에 왔다는 것을 주제로 쓴 책들은 적지 않다. 이는 종교라는 것이 최초 발생 당시와 같은 종교로 고정되는 것이 아니라 끊임없이 변화하며 현재와 대화해야 한다는 종교인들의 요청일 것이다. 그래서 예수도 하버드에 왔다. 예수를 하버드에 오게 한 하비 콕스는 그의 책 《예수, 하버드에 오다》(하비 콕스, 문예출판사)를 통해 이러한 시도의 배경을 밝히고 있다.

이 책에서 밝힌 이유를 살펴보자. 먼저 지금 시대는 종교가 오히려 부흥되고 있는 추세라고 한다. 백여 년 동안 지속적으로 하향곡선을 그리던 종교가 세계 모든 곳에서 다시 상승곡선을 긋고 있다는 것이다. 1세기 전까지만 해도 산업혁명과 각종 현대사상 등이 신속하게 퍼지면서 종교가 한쪽 구석으로 밀려났다. 그래서 종교는 '알지도 못하는 신'에 대한 주장이나 하고, 각종 사회적 현상에 대해 윤리적인 설교나 하는 '뒷방 늙은이' 취급을 받아야만 했다. 하지만 급속한 과학 발달과 기아, 테러 등의 윤리적 도전 속에서 사람들이 부딪히게 되는 혼란과 불확실성, 정치경제인들에 대한 불신은 사람들로 하여금 다시 종교적인 전통으로 돌아오게 했다는 것이다. 현대문명에서 점차 소외되는 인간이 '이게 아닌데'라고 고개를 갸우뚱거리며 종교에 눈을 돌리게 된 것이다. 이런 추세이다 보니 '개별 종교의 부흥'은 여러 종교 문명 사이의 갈등을 부추기는 면이 없지 않았다고 콕스는 주장하고 있다. 종교가 '뒷방 늙은 이'로 취급당하는 것도 문제이지만, '종교 부흥의 시대'가 더 문제일 수 있다. 이럴진대 예수를 하버드에 불러들인 하비 콕스처럼 기성 종교들은 모두 자신들의 교조를 21세기의 구체적인 장소에 불러들여야 할 것이다. 이 작업을 등한시하는 종교가 있다면 현대의 인류에게 영향력을 끼치는 것은 고사하고 제 몸 하나 건사하지 못할 것이 분명하다.

미래의 종교는 우주적인 종교

천재 과학자 알베르트 아인슈타인이 프리스턴 대학에서 《과학과 종교》라는 제목으로 연설을 했다. 그는 연설 중 다음과 같이 이 시대에 주는 금과옥조의 말을 했다.

"미래의 종교는 우주적인 종교일 것이다. 그것은 개인적인 신, 도그마와 신학을 초월해야 한다. 자연적인 것과 정신적인 것을 아우르면서, 모든 존재(자연적 정신적으로 의미 있는 모든 개체)의 경험으로부터 기인하는 종교적 관념에 토대를 두어야 한다. 불교는 이런 점을 만족한다. 현대 과학의 요구에 부응하는 종교가 있다면 그것은 불교일 것이다."(1939년 5월 19일 프리스턴 대학 연설 중)

서양의 기독교적 토양에서 잔뼈가 굵은 아인슈타인, 그것도 종교와 많은 대척점을 가지고 있는 현대과학의 거장이 동양 종교를 인정한 것이다. 뿐만 아니라 그 종교가 미래의 종교가 될 것이라고 극찬하고 있다. 그 종교가 우주적인 종교라는 이유에서다. 아인슈타인은 불교를 들어

'그 종교'라고 말했다. 상당 부분 아인슈타인의 주장이 설득력을 얻고 있는 것은 그만큼 인류가 '변화된 종교'를 원하고 있다는 증거일 것이다. 서양 문명이 이 지구별을 거의 잠식하고 있는 21세기이지만, 종교만큼은 동양의 내용으로 돌아가자는 움직임은 서양 사회에서 오히려 활발하게 이루어지고 있다.

이러한 움직임을 반영하듯 "미국은 최근 미국불교의 정체성을 확립하려는 활발한 움직임을 보이고 있다. 최근 《타임》지에서도 미국에서 불어 닥치고 있는 명상수행 바람에 대해서 다뤘다.… 현재 미국에서 명상수행하고 있는 사람이 1천만 명으로 10년 새 2배로 늘었으며, 이는 명상수행이 스트레스 해소와 질병 예방에도 도움이 된다는 서구인들의 믿음이라고 지적했다. 신구대학의 진우기 교수가 인용한 서구의 종교인구 통계자료에서 1990년대 중반을 기준으로 보면 미국의 불교도는 3백만~4백만 명으로 총인구의 1.6%를 차지하고 있다고 제시했다. 진 교수는 '미국은 90%의 단체나 수행센터가 모두 70년대와 80년대에 생겨났을 만큼 붐을 이뤘다'고 말했다"(《불교신문》 2004년 2월 17일자 기사)는 식의 보도가 신문 지면을 심심찮게 장식하고 있다.

또 시사주간지 《타임》 등을 보면 '미국 엘리트의 60%는 불교이거나 명상과 선을 즐긴다', '미국에서 베스트셀러, 스테디셀러 10개 중 상위권은 늘 선과 불교에 대한 책이다', '유럽은 교회 중 40% 이상이 절로 바뀌고 있다', '미국과 서양인들에게 가장 영향력을 미치는 현대의 인물을 꼽으라면 티베트의 승려 달라이라마와 베트남의 승려 틱낫한을 꼽고 있다' 는 등의 뉴스가 자주 등장하고 있다. 이와 관련해 뉴욕주립대의 조성택 교수는 "미국인들의 불교에 대한 관심이 미국 주류사회의 큰 흐름의 하나로 등장하고 있음을 말한다. 머지않아 불교는 미국의 가장 보편적인 상식이 될 것이다"라고 평가하면서 미국이 불교의 성지가 될 수도 있다는 전망까지 내놓고 있다. 현대에 있어서 서구 산업자본의 꽃을 어느 나라보다도 잘 피워 내고 있는 미국에서 이런 현상들이 일어나고 있다는 것은 우리에게 많은 것을 생각하게 한다.

물론 이런 내용을 소개하는 것은 불교를 추천하거나 추켜세우고자 함은 아니다. 종교지형의 변화를 가늠해 보자는 것이다. 세계적인 종교 흐름, 나아가서 현대문명에 살고 있는 인류가 바라는 종교의 모습을 감지하자는 것이다. 지금 우리가 하고 있는 논의에 비추어 보자면 '어떤 종교가 필요한가'를 살펴보는 데 도움이 되기 때문이다.

그렇다면 아인슈타인이 말한 '우주적인 종교'는 어떤 모습일까. '개인적인 신, 도그마와 신학을 초월해야 한다. 자연적인 것과 정신적인 것을 아우르면서, 모든 존재(자연적, 정신적으로 의미 있는 모든 개체)의 경험으로부터 기인하는 종교적 관념에 토대를 둔' 그러한 종교는 어떤 종교일까. 이는 우리가 필요로 하는 현대의 종교의 모습이며, 나아가 미래 종교의 모습일 것이다.

이 세상은 둘이 아니다

우리 앞에 한 장의 종이가 있다고 상상해 보자. 누군가가 사온 그 종이를 운반하기 위해 많은 사람들이 수고를 아끼지 않았다. 또한 그 종이는 종이공장에서 여러 근로자들이 땀을 흘려 생산해 낸 것이다. 그 종이는 아프리카의 어느 산에서 고이 자란 나무였을 수 있다. 그 나무가 자라는 것은 하루 이틀의 일이 아니었다. 하늘에서 비가 내리고, 햇빛은 시시때때로 잎을 푸르게 만들었다. 많은 식물과 동물의 시체가 밑거름이 되어 그 나무를 키웠다. 그 나무는 흙에 붙박아 물을 빨아들여야 살 수 있었다. 그 물은 원래 태평양 바다에서 흐르는 물이었다. 그리고 그 물은 구름을 타고 하늘에서 내려왔다. 그리고 그 구름은…. 이런 식으로 생각을 넓혀 보면 이 세상에 따로 떨어져 홀로 존재하는 것은 아무것도 없다.

그래서 불교 경전 《화엄경》은 "이 한 장의 종이와 관련되지 않은 것은 전 우주 안에 단 한 가지도 없다"(《틱낫한의 평화로움》 틱낫한, 열림원 95쪽)라고 역설하고 있다. 말하자면 그 종이는 '종이가 아닌 요소'들로 이루어져 있는 것이다. 그 종이 안에는 '나무, 구름, 물, 공기, 햇빛, 대지, 사람, 돈' 등이 들어 있다. 그 얇은 종이 하나에 전 우주가 들어 있는 것이다. 틱낫한은 이러한 통찰을 바탕으로 "그대가 꽃과 나무에 물을 줄 때, 그것은 지구 전체에 물을 주는 것이다. 꽃과 나무에 말을 거는 것은 그대 자신에게 말은 거는 것이다. 우리는 세상의 모든 것들과 연결되어 있다. 우리는 무수한 시간 동안 함께 존재해 왔다"(같은 책 172~173쪽)라며 우리에게 하나의 깨달음을 주고 있다.

앞에서 말한 틱낫한의 깨달음은 사실 전혀 새로운 것은 아니다. 불교에서는 종이가 자신이 아닌 요소로 이루어져 있기에 실상은 종이가 텅 비어 있다는 의미에서 이를 '공(空)'으로 설명했다. 이 공은 다시 있는 듯하나 사실은 없는 것이라는 의미에서 '무(無)'라고 설명된다. 마치 종이가 있다고 하지만 실상은 없는 것과 같다는 이치다. 그것은 다시 '공즉시색(空卽是色), 색즉시공(色卽是空)'이라는 말로 설명된다. '공(空)'이 곧 '색(色)'이요, '색(色)'이 곧 '공(空)'이라는 이야기다. 쉽게 말해서 종이가 비어 있는 것이기도 하고, 종이가 꽉 차 있기도 하다는 것이다. 종이가 눈에 보이는 사물인 것도 맞고, 눈에 보이지 않는 우주적 요소로 이루어진 것도 맞다. 그 둘을 굳이 구분할 수 없기에 둘이 아닌 것이다. 그래서 불교는 일찌감치 '자타불이(自他不二)'의 세상을 열었던 것이다. 이는 '나와 너, 사람과 자연, 인류와 우주'가 둘이 아니라는 사상 말이다. 종이 하나에 우주가 담겨져 있고, 우주와 연결되어 있다는 그런 사상이다. 틱낫한은 이러한 불교의 사상을 현대인에게 맞게 설명했을 뿐이다.

말하다 보니 불교라는 종교를 선전하는 꼴이 되었지만, 지구에 있는 고등종교 중 이러한 사상을 말하지 않은 종교가 없다.

이슬람교의 경전 《코란》에는 "과거에는 온 인류가 한 민족이었다" 《코란》 암소의 장 바까라 213절)고 분명하게 선언하고 있다. 그렇게 선언할 수 있었던 이유는 바로 무슬림이 섬기는 '알라'가 창조주였기 때문이다.

이슬람교를 소개하는 책 《이슬람교 입문》(쉐이크 하에리, 김영사)에는 "세계는 또한 온 인류의 메디나이다"(같은 책 50쪽)라고 기록하고 있다. 메디나는 마호메트와 그 추종자들이 일구어낸 '움마 공동체'가 있던 곳으로 무슬림의 이상적 공동체이다. 세계를 한 공동체로 보고 있는 것이다. 그러면서 이 책은 "우리 내면의 우주는 결국 광활한 바깥 우주의 축소판이기 때문이다. 소우주에서 시작한 사람은 결국 대우주를 만나게 되고, 대우주에서 시작한 사람은 결국 소우주를 만나게 된다. 두 개의 우주는 사실 하나의 실재의 다른 면모에 지나지 않기 때문이다"(같은 책 51쪽)라고 이슬람 사상을 설명하고 있다. 실제로 무슬림들은 이런 사상을 역사에서 실천했다. "종교를 강요해서는 안 된다"(암소의 장 256절)는 《코란》의 가르침대로 전쟁으로 점령한 곳에서도 종교의 자유를 보장해 주었으며, '밀레트'라고 하는 지역을 설치해 타 종교인의 종교 활동도 보장해 주었다. '이슬람'이라는 낱말이 아랍어로 '평화'를 상징하는 것은 우연이 아닌 것이다.

기독교의 경전인 구약성서의 제일 첫 구절이 "태초에 하나님이 천지를 창조했다"(구약 창세기 1장 1절)라고 시작하는 것은 상당히 의미 있는 장면이다. 이 세상 모든 만물이 한 근원에서 나왔다는 사상으로부터 기독교는 출발한다. 이 세상에 모든 만물이 하나의 뿌리로부터 나왔으며, 이 세상 모든 존재는 둘이 아닌 하나라는 이야기이다. 이 세상의 인류는 기독교에서 늘 말하듯 '신의 형제자매들'인 것이다. 이러한 사상을 좀 더 구체적으로 실천했던 이가 예수였다. 그는 항상 입버릇처럼 "아버지께서 내 안에 계시고 내가 아버지 안에 있는 것같이 그들도 모두 하나가 되게 하시고"(요한복음 17장 21절)라고 말했다. 그렇게 말하는 바람에 당시의 종교지도자들로부터 '신성모독죄'(신과 예수 자신이 하나라고 떠벌린 죄)로 십자가형에 처해진 것을 우리는 모두 알고 있다. 예수가 그렇게도 강조하던 신은 율법을 준수하는 여부에 따라 처벌과 차별을 내리던 당시의 신이 아니라 허랑방탕하더라도 매일같이 문을 열어 놓고 기다리던 아버지로서의 모습이었다. '모든 만물이 한 뿌리에서 나왔다'는 성서의 첫 정신에 누구보다도 충실했던 이가 바로 예수였다. 고대에 만연했던 초월적 절대자로서의 신을 아버지로서의 신으로 대했던 혁명적인 이가 바로 예수였던 것이다.

한국 민족은 어떨까. "옛날 환인(桓因, 하느님이란 뜻)의 서자 환웅(桓雄)이 자주 천하에 뜻을 두고 인간세상을 탐내어 찾았다. 아버지가 아들의 뜻을 알고 아래로 삼위태백(三危太伯)을 굽어보니 인간을 널리 유익하게(弘益人間) 할 수 있었다"(《삼국유사》의 단군신화 중)라며 일찌감치 '홍익인간'의 이념을 선포했다. 그 일이 4,300여 년 전(BC 2333년)에 이루어진 것이니 유대교의 시작이라고 볼 수 있는 BC 1300년보다 무려 1,000년을 더 앞섰다. 이처럼 하늘과 하나 되어 세상을 널리 이롭게 한다는 사상은 조선시대 말기 다시 '동학'으로 한반도에서 꽃피우게 된다. 동학은 자신의 몸에 하늘을 모시고 있다는 '시천주(侍天主)' 사상을 통해 사람이 곧 하늘이라는 '인내천(人乃天)' 사상을 꽃피워 냈다. 윤석산은 그의 책에서 "동학의 우주관은 한마디로 '우주' 자체를 '하나의 커다란 생명체'로 보고 있으며, 이와 같은 하나의 생명체와 유기적인 연관을 맺고 있는 우주 만상은 궁극적으로 같은 근원에 뿌리를 둔 동포라는 데에 그 핵심이 있는 것이다"(《동학교조 수운 최제우》윤석산 저, 도서출판 모시는사람들 210쪽)라고 동학의 핵심사상을 명쾌하게 밝혔다.

이러한 현상에 대해 영국의 성공회 신부 머레이 로저스도 "지금은 '믿음'으로 사는 사람이라면 누구나–사나타나 다르마의 수행자이건, 회교도이건, 불교도이건, 유대인이건, 아니면 도교를 신봉하는 사람이건–형제자매가 될 수 있다는 확신을 갖게 되었습니다.… 그리고 그 '실재'가 어떠한 이름으로 불리건 간에 그것에 대한 믿음은 우리 모두의 근본이 하나임을 깨닫게 해줍니다"(《종교 간의 대화와 영성》도시 아라이와 웨슬리 아리아라자 공저, 열린마당 35쪽)라며 자신의 경험을 통해 정리해 주고 있다.

종교란 끊어진 우주와 하나 되게 하는 것

그러면 도대체 종교가 뭐길래 이러한 일들을 해낼 수 있단 말인가. 종교란 어떤 것이기에 우리로 하여금 우주와 하나 되게 한단 말인가. 우선 종교의 어원부터 살펴보자.

스위스 취리히에 있는 융 연구소에서 수학한 미국의 정신분석가 로버트 A.존슨은 "종교(religion)란 단어는 라틴어로 '다시'라는 의미의 re와 '연결되고 묶고 다리를 놓는다'라는 의미를 지닌 ligare에서 유래되었다. '끈을 동여 묶다'라는 뜻을 지닌 ligature도 같은 뿌리에서 파생되었다. 그러므로 종교란 '다시 함께 묶는다'라는 뜻이다"(《당신의 그림자가 울고 있다》로버트 존슨, 에코의 서재 103쪽)라고 종교의 어원을 드러내주었다. 이어서 그는 "종교는 말 그대로 진정한 의미를 회복해야 한다. 그래야만 이 단어가 치유력을 되찾게 될 것이다. 치유하고, 연결하고, 결합하고, 교량이 되고, 다시 함께 만드는 것, 이것이야말로 우리가 지닌 신성한 능력이다"(같은 책 105쪽)라며 종교의 어원을 바탕으로 종교의 진정한 역할까지 일러 주었다.

다시 함께 묶는다면 지금 우리의 모습은 '함께 묶인 것이 풀려 있고, 끊어져 있고, 나뉘어져 있다'는 말이 된다. 무엇으로부터? 우리의 근원으로부터. 또한 우리의 근본에서 파생된 '나와 너'로부터. 우리의 형제인 만물로부터. 종교들은 하나같이 이러한 인간 실존의 현장에서부터 시작한다. 나뉘고 깨지고 끊어져 있는 것들을 '치유하고, 연결하고, 결합하고, 교량이 되고, 다시 함께 만드는 것'을 감당한다. 어떤 종교가 되어야 하는가, 어떤 종교가 필요한가 하는 것은 사실 그렇게 복잡한 것이 아니다. 어떤 형태를 취하든 종교 본연의 역할을 하면 되는 것이다. 이것은 바꿔 말하면 "종교 생활은 분리된 삶을 살고 있는 우리들이 다시 전일성(wholeness)을 회복할 수 있도록 도와준다. 종교란 단어는 다시 연결하고, 원천과 하나 되는 상태로 돌아가며, 분리된 상처를 치유한다는 의미가 내포되어 있다"(같은 책 23쪽)라는 로버트 A.존슨의 이야기와 상통하는 것이다.

이것은 융이 말한 "모든 종교들은 사람들의 마음에 생겨난 어떤 균열들을 치료해 주고자 한다"(《융의 심리학과 기독교》 69쪽)는 견해와 일치한다. 그래서 융에게 있어서 종교란 무의식과 의식과의 대화의 과정이며, 전체성을 회복하는 길이며, 대극의 대통합의 과정인 것이다. 이렇게 마음에 생겨난 균열들을 이어 주는, 바꿔 말해서 인간을 근본과 우주로 끊임없이 연결시켜 주는 역할을 해야 하는 것이 종교인 것이다. 이것은 "인간과 모든 생명체뿐 아니라 우주 전체와 하나가 되는 것이다"(《에리히 프롬과의 대화》 226쪽)라는 프롬의 설명과 딱 맞아떨어지는 것이며, 인도의 위대한 영혼 간디가 말한 것처럼 "종교의 궁극적인 목표는 본질적으로 모두는 하나임을 깨닫는 것이다"라는 것과 정확하게 일치하는 것이다. 이런 의미에서 보면 인류사에서 획을 그었던 위인들, 석가, 예수, 마호메트, 간디, 틱낫한, 달라이라마 등이 하나같이 '이 세상이 둘이 아님'을 역설한 것은 그리 놀라운 일이 아니다.

간소한 우주적 종교

이제 이 지구별에 필요한 종교는 명확해졌다. '근본과 연결시켜 주는 종교, 세상이 둘이 아님을 역설하는 종교, 세상과 세상을 소통시켜 주는 종교, 우주와 인간을 하나 되게 하는 종교'인 것이다. 알베르트 아인슈타인이 말한 것처럼 '우주적인 종교'가 우리에게 필요한 것이다. 이 '우주적인 종교'가 우리에게 설득력이 있는 것은 지금 지구에 닥친 심각한 환경오염으로 인한 지구 생존의 문제와 맞물리기 때문이다. 실제로 지구별이 환경의 재앙으로 멸망한다면 지구의 멸망과 함께 종교도 사라질 것은 분명하다. 아인슈타인은 분명 이것을 염두에 두고 '우주적인 종교'를 말했을 것이다.

거기에다 수식어를 하나 덧붙인다면 '간소한 우주적 종교'라고 할 수 있겠다. 종교의 번영을 추구하고, 종교 집단의 발전을 추구하는 식의 종교는 간소한 게 아니다. 종교가 권위적이며 복종을 강조하는 것은 간소한 게 아니다. 소속된 종교인에게 자유를 억압하고 구속하는 종교는 간소한 게 아니다. 교리를 만들고 경전을 만드는 데 전력하는 것은 간소한 게 아니다. 자신의 종교를 최고라고 여기고 다른 종교에 대해 배타적인 종교는 간소한 게 아니다. 교조를 섬기고 절대화하는 것은 간소한 게 아니다. 조직을 만든 후 조직의 충성이 곧 종교에 대한 충성이라고 강조하는 것은 간소한 게 아니다. 하지 말아야 될 것과 해야 될 것을 규정하여 사람들의 삶을 간섭하는 종교는 간소한 게 아니다. 간소하다는 것은 한마디로 '종교의 번영을 추구하지 않는 종교'를 말한다. "종교의 궁극적 기도는 종교 자체가 없어져도 인간의 삶이 생명의 깊이와 통일 연합되고 생명의 충만 속에서 살아가기를 기원하는 것이라야 한다"(《폴 틸리히의 생애와 사상》 209쪽)는 폴 틸리히의 말처럼 언제든지 자신의 사명만 다한다면 스스로 없어져도 좋다고 다짐하는 종교인 것이다. "종교는 존재의 깊이, 거룩의 높이를 지시해 주는 매개체인 것이지 종교 자체가 거룩한 것이 아니다"(《폴 틸리히의 생애와 사상》 167쪽)라는 표현대로 종교 자신은 단지 매개체이며, 거룩한 존재가 아님을 자각하는 종교이어야 할 것이다.

그런 의미에서 앞으로 우리에게 올 종교는 '인터넷을 통해 활발하게 이루어지는 종교, 특정한 교조가 없거나 교조가 있더라도 절대시되지 않는 종교, 일정한 날을 정해서 기계적으로 모이지 않고 융통성 있게 모이는 종교, 피라미드식 구조가 아닌 수평적인 관계가 지향되는 종교, 타 종교에게 언제나 열려 있는 경계가 느슨한 종교, 경전이 없거나 있어도 절대화되지 않는 종교, 모임 장소는 언제나 유동적인 종교, '자유'를 무엇보다 소중히 여기는 종교, 지구환경에 대한 구체적인 고민과 나눔과 실천이 있는 종교, 일정한 형식과 조직이 없거나 느슨한 종교' 등의 다양한 모습으로 상상해 볼 수 있다. 이는 무엇을 의미하는 것일까. 한마디로 미래는 '종교 아닌 종교'가 대세이며 '종교 아닌 종교의 시대'가 온다는 것을 의미한다.